수호후전 2

수호후전 2

2025년 8월 15일 초판 1쇄 찍음
2025년 8월 25일 초판 1쇄 펴냄

지은이   진침
옮긴이   이상
펴낸이   이상
펴낸곳   가갸날
주소   경기도 고양시 일산서구 강선로 49, 402호
전화   070.8806.4062
팩스   0303.3443.4062
이메일   gagyapub@naver.com
블로그   blog.naver.com/gagyapub
페이지   www.facebook.com/gagyapub
디자인   강소이

ISBN   979-11-94205-01-2 (04820)
        979-11-87949-99-2 (04820) (세트)

수호후전 2

진침 지음 · 이상 옮김

가갸날

차례

제14회	하늘이 국모로 점지한 문소저	07
제15회	북방의 패자로 등장한 금나라	31
제16회	유당만에 부는 피바람	54
제17회	세 마리 쌍봉 호랑이를 처단하다	79
제18회	황신을 가장한 반간계	103
제19회	호연옥과 서성의 스승 문환장	127
제20회	황하 수비에 실패해 쫓기는 호연작 부자	150
제21회	억울하게 옥에 갇힌 소선풍 시진	173
제22회	귀양길에 오른 여섯 명의 간신	197
제23회	도성 함락과 남송의 건국	220
제24회	연청, 금나라 군영으로 잡혀간 황제를 찾아가다	244
제25회	대명부 범의 소굴에서 관승을 구출하다	266
제26회	음마천 최후의 전투	288
제27회	황하를 건너 퇴각하다	311

일러두기

1. 이 책은 진침陳忱이 17세기 중반에 집필한 소설 〈수호후전〉 원작의 국내 최초 완역본이다. 18세기 후반의 소유당紹裕堂 간행본이 저본으로 중국청소년신세기독서네트워크에 실려 있는 원문을 번역 텍스트로 사용하였다. 매회 말미에 들어 있는 짧은 총평은 중복된 내용이라서 제외했으며, 두 줄의 긴 제목을 짧은 제목으로 바꾸었다.
2. 가감 없는 원문의 충실한 번역을 위해 애썼지만 역사적 사건과 그에 얽힌 실제 인물이 등장하는 문장에서는 짧게 살을 보태기도 했다. 문학작품이라는 점을 고려해 역주를 달지 않는 것을 원칙으로 하면서도 소설 서두의 난해한 장시 부분과 서문에는 몇 개의 주를 달았다.
3. 인명과 지명 등 고유명사는 소설 원문의 한자음 그대로 우리말로 표기하였다.
4. 수록한 삽화는 명나라 화가 두근杜菫의 그림으로 청 광서연간(1880년경) 장수당臧修堂에서 간행한 〈수호전도〉에 실린 것이다.

제14회
하늘이 국모로 점지한 문소저

  채태사의 집을 나온 안도전은 고려국에 사신으로 갈 때 자신에게 적지않은 전별금을 보내준 몇몇 원로들이 생각났다. 마침 중요한 임무를 마쳤으므로 먼저 그분들에게 인사를 드리기로 하였다.
  집으로 돌아온 안도전은 고려에서 가지고 온 고려 종이와 붓 같은 선물을 챙겼다. 그런 다음 거리에서 고용한 아이에게 짐을 들려 성밖의 장상서張尙書 댁을 찾아갔다. 장상서가 위로주를 대접하며 환대하는 바람에 그곳에서 하룻밤을 묵었다.
  안도전은 다음날 아침 성안으로 돌아오는 길에 숙태위를 예방하였다. 숙태위는 조정에 들어가 아직 귀가하지 않고 있었다. 데리고 온 아이를 돌려보낸 안도전은 사랑방에 앉아 숙태위가 돌아오기를 기다렸다.
  숙태위는 점심 때가 지나서야 돌아왔다. 안도전이 앞으로 나아가 인사를 올리자 숙태위는 황급히 안도전의 손을 잡고 서재로 들어갔다. 자리에 앉으며 숙태위가 말했다.

"자네가 채태사의 애첩을 약을 먹여 죽였다고 지금 채태사가 노발대발하고 있네. 자네가 외국에 국가기밀을 누설하고 반역도당과 결탁했다는 등의 이유로 비밀 상주서가 올라가 이미 대리시에 자네를 잡아들이라는 명령이 떨어졌다네."

안도전은 머리에 찬물을 끼얹은 듯 온몸이 부르르 떨렸다. 얼마 있다가 안도전이 대답했다.

"전혀 그런 일이 없습니다."

"고발한 자가 있는데 의관 노사월이라네."

숙태위의 말에 안도전은 비로소 노사월이 얼마 전에 완소칠한테 모욕당한 일이 생각났다.

"고려국에서 돌아오는 길에 해상에서 배가 전복되었는데 다행히 옛 친구 이준의 구원을 받아 간신히 짐을 챙겨 귀국할 수 있었습니다. 그때 악화의 부탁으로 등운산 손립에게 편지를 전하게 되었지요. 등운산에서 노사월이 완소칠한테 두세 마디 거친 말을 들은 일은 있습니다. 그런 일은 분명히 있었습니다만 채태사의 첩을 죽였다니요?

의사란 죽어가는 사람을 살리는 직업 아닙니까? 병세에 맞게 제대로 처방했는데 죽었다는 게 믿어지지 않습니다. 어찌된 영문인지 전혀 모르는 일입니다. 부디 저를 도와주십시오."

안도전이 간청하자 숙태위가 말했다.

"다른 일이라면 몰라도 이건 황제의 엄명이 내린 일이네. 게다가 채태사가 먼저 밀고했기 때문에 당장 어떻게 해결할 도리가 없네. 이곳에 머무르다가 그 사실이 새어 나가기라도 하면 채태사가 가만히 있지 않을 걸세. 자네는 이제 집으로 돌아갈 수 없으니 도성을 떠나 멀리 피신하게. 기회를 봐서 방법을 찾아보세."

안도전은 눈물을 흘리며 채태사와 작별할 수밖에 없었다.

"잠깐 기다리게. 여행용 옷가지와 여비를 조금 마련해 주겠네. 먼길을 가야 할 테니."

숙태위는 하인에게 몇 벌의 의복과 은자 오십 냥을 꾸려 가져오라고 분부하였다. 얼마 지나지 않아 하인이 분부한 물건을 가져왔다. 안도전이 큰 은혜에 감사하며 물러가려 하자 숙태위가 다시 말했다.

"이보게, 대리시는 개봉부청에 자네를 잡아들이라고 의뢰했다네. 부청에서 자네를 체포하기 위해 분명 성문을 굳게 지키고 있을 걸세. 겉옷을 갈아입고 모자도 바꿔 써 심부름꾼 모습으로 치장하게. 하인을 시켜서 성밖까지 배웅할 테니까 남쪽으로 심부름 간다고 말하게나."

안도전은 거듭거듭 감사하며 숙태위와 헤어졌다. 하인과 함께 봉구문에 이르렀다. 과연 성문을 지키는 관리들이 국사범 안도전을 잡아들이라는 개봉부의 명을 받들어 출입하는 모든 사람을 세밀히 검문하고 있었다. 하지만 안도전이 숙태위의 하인과 함께 성밖으로 나가는 것을 보고는 숙태위 부중 사람인 줄 알고 자세히 조사하지 않았다.

두 사람은 곧바로 교외에 이르렀다. 안도전은 하인한테 감사의 인사를 건네고 보따리를 짊어졌다. 혼자 남은 안도전이 불안에 떠는 모습은 마치 상갓집 개를 연상시켰다. 마침 한겨울이라서 삭풍은 매섭고 황사가 자욱해 대낮인데도 햇빛을 볼 수 없었다. 천지에 가득한 시든 풀처럼 참으로 처량한 신세였다. 그는 원래 문약한 사람이어서 먼길을 가는 데 익숙하지 않았다. 말이라도 한마리 구할까 생각했지만 딱히 갈 곳이 있는 것도 아니어서 어찌할 바를 모른 채 질질 끄는 발걸음으로 천천히 걸을 뿐이었다. 저녁이 되자 숙소를 잡고 홀짝홀짝 술을 마시기 시작했다.

'이런 일을 당할 줄 진작 알았더라면 바다에 빠져 죽는 편이 차라리 깨끗했을 것을. 금오도는 좋은 곳이었어. 이준이 붙잡을 때 떠나오는 게 아니었어. 이준은 장차 출세할 것이 틀림없지만 먼바다 저편에 있으니 그곳에 갈 수도 없지 않은가. 무심코 악화의 부탁을 받고 편지를 전달했을 뿐이거늘 완전히 두흥의 전철을 밟고 말았구나. 등운산이라면 몸을 의탁할 수도 있겠지만 한 번 불구덩이에서 뛰쳐나온 셈인데 어찌 또다시 그런 곳에 들어간단 말인가.'

이런저런 상념에 빠진 채 시킨 술을 다 마시고는 잠자리에 들었다. 아침 일찍 일어난 그는 다시 길을 갔다. 동경에서 육칠십 리쯤 되는 곳에 이르렀을 때 두 사람이 달려오며 말했다.

"안선생님, 어디로 가십니까?"

안도전은 흠칫 놀라 돌아섰지만 두 사람 모두 낯선 얼굴이었다.

"나는 성이 이가인데 남방으로 가는 길입니다."

안도전이 얼버무리자 한 사람이 웃으며 말했다.

"숨기지 않으셔도 됩니다. 저는 숙태위댁에서 일하는 사람입니다. 어제 태위께서 하인을 시켜 선생님을 성밖으로 안내하지 않았습니까?"

"순간적으로 당황해서 실례했소이다. 혹시 내가 성밖으로 나온 다음에 개봉부에서 누가 숙태위님 부중으로 찾아오지나 않았소?"

"개봉부 사람들이 아무리 대담해도 감히 부중으로 조사를 나오겠습니까? 다만 선생님의 친구인 소양과 김대견이 잡혀 대리시로 압송되었답니다."

안도전은 안타까움에 발을 동동거리며 말했다.

"그들에게 누를 끼치고 말았구나! 그런데 지금 두 분은 어디로 가는 중이오?"

"태위께서 보내는 서신을 기현杞縣에 전하러 가는 길인데 내일 돌아올 것입니다. 선생님과는 요 앞에서 길이 갈리게 됩니다."

두 사람의 대답을 들은 안도전이 말했다.

"혼자만 도망치느라 남에게 누를 끼친 것이 마음에 걸리는군요. 태위께 감사의 마음과 더불어 두 사람을 잘 살펴달라고 부탁을 드려야겠는데 편지를 좀 전해 주구려."

"선생님의 일은 사안이 중대하니 어찌해 볼 도리가 없지만 그 두 사람은 단지 선생님의 행방을 찾자는 것 아니겠습니까? 태위께서도 분명히 동정심을 갖고 계실 것입니다."

한 사람이 손가락으로 앞쪽을 가리키며 말을 계속했다.

"저기 술집에 들어가서 점심식사를 하는 동안 편지를 써주시지요."

세 사람은 술집으로 들어가 술과 음식을 주문하였다. 붓과 벼루를 빌려 편지를 쓰고 난 안도전은 은자 두 냥을 꺼내 편지와 함께 두 사람에게 주었다. 술값을 지불한 다음 안도전은 두 사람과 함께 문밖으로 나섰다. 오 리도 채 가지 않아 그들은 각자의 길로 갈라지게 되었다.

안도전은 동경 소식을 듣고 나니 걱정이 되어 발걸음이 더 무거웠다. 열흘 남짓 되어서야 겨우 산동 땅에 들어섰다. 말이라도 있으면 하루에 역참 두 곳은 달릴 수 있고 제대로 된 숙소도 잡을 수 있겠지만 도보로 가는 몸이라서 그때그때의 형편에 따라 숙소를 해결해야 했다.
해가 서산에 지고 행인들의 인적이 끊기기 시작하자 배는 고프고 다리는 시큰거렸다. 가까이에 쉬어갈 만한 숙소가 없느냐고 행인에게 묻자 아직 십 리는 더 가야 한다고 했다. 한숨이 절로 나왔다.
조금 더 길을 가노라니까 멀리 마을이 보이고 길가에 큼지막한 집 한 채가 눈에 띄었다. 대문 앞에 세 그루의 고목이 솟아 있고 집 뒤쪽은 작은 언덕에 면해 있었다. 그 집 왼쪽에는 얼음장에 덮인 시냇물을 건너는 작은 돌다리가 놓여 있고 개울을 가로지르듯 누워 있는 한 그루 노매화는 아직 꽃을 피우지 않고 있었다. 한 무리의 참새떼가 꽃망울을 쪼고 있다가 인기척에 놀라 날아올랐다.
그때 집 안에서 어린아이 세 명이 달려나왔다. 아이들은 책보를 팔에 안은 채 집으로 돌아가는 참이었다. 아이들 뒤로 사립문을 닫으러 나온 사람의 모습이 보였다. 높이 솟은 두건을 쓰고 도복을 입은 풍채가 건장한 사내였다. 안도전은 앞으로 나서며 공손히 말했다.

"지나는 과객입니다만 곤혹스럽게도 몸이 힘들어 숙소를 구하러 갈 수가 없습니다. 송구하지만 귀댁에서 하룻밤 묵을 수 있을까요? 방값은 계산해 드리겠습니다."

해는 저물고 달은 아직 뜨지 않아 과객의 얼굴을 자세히 알아볼 수는 없었다. 하지만 마주한 상대가 고상한 풍모를 지니고 있음은 얼핏이나마 눈치챌 수 있었다. 집주인은 부드러운 목소리로 대답했다.

"묵객이신 것 같군요. 깊은 시골이라서 대접이 변변찮을 것입니다. 안으로 드시지요."

안도전은 그의 뒤를 따라 초방으로 들어갔다. 허리를 숙이며 인사를 나누고 자리에 앉자 안쪽에서 심부름하는 아이가 등불을 가져와 책상 위에 놓았다. 두 사람은 서로의 얼굴을 마주보았다. 안도전의 얼굴을 들여다보던 집주인이 입을 열었다.

"혹시 안선생 아니십니까? 동경에서 뵌 적이 있어서요."

안도전은 사건에 얽혀 있는 몸이라서 바로 대답하지 못하고 말을 돌려 물었다.

"그런데 뉘시지요? 낯이 익은 것 같기는 합니다만."

"저는 문환장이라는 사람입니다."

안도전은 비로소 가슴을 쓸어내리며 말했다.

"오랫동안 뵙지 못해 언뜻 기억이 떠오르지 않았습니다. 제가 바로 말씀하신 안도전입니다."

문환장은 크게 기뻐하며 다시 예를 표했다. 그는 잠시 안으로 들어가더니 차를 내왔다.

"안선생께서는 조정에 봉공하는 몸이시라 황족이며 고관들이 불시에 찾아와 수레와 말이 문전성시를 이룰 터인데 어찌하여 이렇게 혼자 오셨습니까?"

문환장의 물음에 안도전이 대답했다.

"황제 폐하의 성지를 받들고 고려국에 가서 국왕의 병을 치유하고 돌아오다가 바다 위에서 배가 전복되는 바람에 하마터면 목숨을 잃을 뻔했지요. 다행히도 구조되었지만 이제는 명예나 재산 같은 게 다 부질없는 일이다 싶어 고향으로 돌아가 조용히 여생을 보내려고 합니다. 그런데 이렇게 뜻밖에도 문선생을 만나게 되었군요. 연일 계속되는 여행에 마음이 편할 틈이 없었는데 오늘밤은 푹 잘 수 있겠습니다."

이어서 안도전이 물었다.

"그런데 고태위와 교분이 두터운 걸로 아는데 어째서 이런 곳에 계시는지요?"

문환장은 웃으며 대답했다.

"교분이 두텁다니요? 다들 권세와 이익을 추구할 뿐이지요. 저는 본래 남의 비위를 맞출 줄 모르는 사람으로 권문에 드나드는 것은 생리에 맞지 않았습니다. 시끄러운 세상을 피해 조용히 살려고 이곳에 들어왔지요. 아이들에게 글이나 가르치며 살다 보니 몸과 마음이 편안해지더군요."

둘이 이야기를 나누는 중에 심부름하는 아이가 술상을 내왔다. 두 사람은 마주앉아 술을 마시기 시작하였다.

"안선생께서 이곳에 오신 것은 우연이 아닌 것 같습니다. 실은 어젯밤에 길조가 있었습니다. 제게는 장성한 무남독녀 외동딸이 있는데 성정이 꽤 단정합니다. 집사람이 세상을 떠난 까닭에 집안일은 모두 이 아이한테 신세를 지고 있지요. 그런데 무슨 연유인지 기묘한 병에 걸렸지 뭡니까. 낮에는 혼몽한 상태로 지내고 밤에는 잠을 이루지 못하는 겁니다. 음식을 잘 먹지 못해 몸이 초췌해진데다 혼잣말을 하거나 멋쩍게 웃는 등 정신이 혼미한 상태입니다.
근처에는 훌륭한 명의가 없어 제대로 치료할 수가 없었지요. 몇 번이나 안선생을 초빙할까 하는 생각도 해봤습니다. 하지만 바쁘신 몸이라서 멀리 출타할 수도 없을 것이고 게다가 저희 집이 가난해 치료비를 마련할 형편이 아니라서 머뭇거리고 있었습니다. 그런데 오늘 이렇게 하늘에서 내려오시니 이제 딸은 목숨을 건졌습니다."
문환장의 말을 듣고 있던 안도전이 말했다.
"맥은 새벽에 보아야 합니다. 내일 꼭 보아드리죠."
두 사람은 모두 명리를 초월한 고결한 선비인 만큼 쉽게 의기투합이 되었다. 안도전은 문환장과 한참을 주거니 받거니 대작하다가 저녁식사를 마친 뒤 서재로 가서 쉬었다. 토담을 두른 초가집 방 한쪽에 작은 종이창이 나 있고 정갈한 나무침상이 놓여 있었다. 문환장은 편히 쉬라는 인사를 하고는 내실로 들어갔다.
안도전은 매일매일의 피로에 더해 객점에서는 자면서도 경계심을 떨쳐 버릴 수 없었는데 모처럼 아무런 걱정 없이 숙면을 취할 수 있었다. 그는 해가 중천에 높이 떠오를 즈음에야 자리에서 일어났다. 부랴부랴 얼굴을 씻고 아침을 들었다.

그런 다음 문환장의 안내를 받아 문소저의 침실로 향했다. 문소저는 휘장 밖으로 팔을 내밀었다. 안도전은 호흡을 가다듬고 정신을 집중해 왼손과 오른손의 모든 경락 기혈을 세밀히 진찰하였다.

"맥의 상태는 모두 살펴보았습니다. 하지만 예로부터 의서에 이르기를 '병의 진단에는 네 가지 중요한 것이 있으니, 안색을 살피고, 목소리를 듣고, 병세를 묻고, 맥을 짚는 것'입니다. 그러니 따님의 얼굴을 보고 안색을 살피지 않으면 처방을 내릴 수가 없습니다."

문환장은 시녀에게 휘장을 걷으라고 말했다. 얼핏 보아도 문소저의 얼굴은 보름달을 닮은데다 눈썹이 가늘고 눈이 맑아서 큰 복을 지닌 상이었다. 다만 열 때문에 붉은 기운을 띠고 있었다. 문환장과 함께 서재로 돌아온 안도전이 진찰한 내용을 말했다.

"따님의 병은 기쁨, 분노, 슬픔, 즐거움, 사랑, 놀람, 두려움 같은 칠정七情에 상처를 받았기 때문입니다. 그래서 정신이 흐트러지고 음양이 엇갈리는 병세를 보이는 것입니다. 한 달만 공들여 치료하면 완쾌될 것입니다."

"선생께서는 정말 신인神人이십니다. 아내가 세상을 떠나고 나자 천성이 착한 딸이 허구헌날 울기만 하더니 이 지경이 되었습니다. 어젯밤에 미처 말씀드리지 못했지만 딸의 병이 걱정되어 하늘에 기도를 드렸더니 꿈에 한 선녀가 나타나 일러주더군요.

'내일 천의성天醫星이 올 테니 병은 저절로 아물어지리라. 딸은

나중에 한 나라의 국모가 될 것이니 경솔히 아무하고나 혼인해서는 안된다.'

그런데 선생께서 이렇게 갑자기 왕림하시니 어찌 천의성이 하강한 것이 아니겠습니까? 국모라는 말은 믿어지지 않습니다만…. 저처럼 가난한 사람의 딸을 지체 높은 집안에서인들 며느리로 맞아들일 리가 없지요. 그게 요새처럼 권력이나 부를 탐하는 무리라면 내 쪽에서도 딱 질색이지만 말입니다."

문환장의 말을 안도전이 받았다.

"따님은 맥이 맑고 자태가 아름답습니다. 반드시 귀인을 배필로 맞게 될 것입니다. 하늘의 인연은 반드시 이루어지는 것이니 걱정할 필요가 없지요. 다만 약재가 없으니 그것이 걱정입니다."

"그것은 어려운 일이 아닙니다. 여기서 동창부東昌府까지는 불과 이십 리 길입니다. 처방전을 써 주시면 사람을 시켜 사오겠습니다. 다만 한 달은 이곳에 머물러 주셔야겠습니다. 고향에 가시는 길을 방해하는데다 대접이 소홀할까 그것이 걱정입니다."

"기왕 맡겨주셨으니 끝까지 돌보아 드려야지요."

문환장은 안도전의 말에 크게 기뻐하며 동창부로 사람을 보내 안도전이 써준 약재를 사오게 했다. 처방전대로 약을 달여 먹이니 문소저는 몸이 한결 개운해지면서 그날 밤부터 잠을 제대로 자기 시작했다.

안도전은 꼬리가 잡힐까봐 서재에 틀어박힌 채 한 발짝도 문밖으로 나가지 않았다. 이윽고 한 달이 흐르면서 문소저의 병은 완전히 치유되고 원기도 예전 모습으로 회복되었다. 안도전이 작별을 고하며 떠나려 하자 문환장이 만류하였다.

"딸아이가 선생의 신통한 치료 덕분에 목숨을 건졌는데 아무런 은혜도 갚지 못했습니다. 아직 한겨울이라 길이 얼어붙어 있으니 걷기에 불편합니다. 조금 더 머무시다가 날씨가 좀 따뜻해지면 그때 보내드리겠습니다."

안도전은 감사를 표하며 더 머물기로 하였다. 문환장과 아침저녁으로 이야기를 나누다 보니 그가 바른 군자임을 알게 되었다. 그래서 자신이 처한 상황을 이야기해도 지장 없을 것이라고 생각해 그간의 일을 낱낱이 털어놓자 문환장이 말했다.

"그렇다면 아직 길을 떠나서는 안됩니다. 선생께서는 소인에게 참소당한 것으로 모든 것이 사실무근이잖습니까? 잠시만 계시면 제가 사람을 동경에 보내 소식을 알아보겠습니다. 선생의 혐의가 벗겨진 뒤에 고향에 돌아가야 평온할 수 있을 것입니다."

이리하여 안도전은 마음 놓고 그곳에 눌러앉아 있게 되었다.

동지섣달이 지나 어느덧 봄이 돌아오고 있었다. 계속 내리던 폭설이 그친 어느 맑게 개인 날 문환장이 말했다.

"다릿가 매화나무에 드디어 꽃이 피기 시작했습니다. 같이 문밖에 나가 꽃구경이나 하시지요."

안도전은 흔쾌히 문밖으로 나섰다. 두 사람이 작은 다리 위에 오르니 은은히 풍겨오는 매화꽃 향기가 청초하기 이를 데 없었다. 그리고 집 뒤쪽 언덕에 쌓인 눈밭은 은세계를 방불케 하였다. 두 사람은 뒷짐을 진 채 경치를 즐겼다.

안도전이 문득 고개를 돌려 뒤를 돌아보았다. 두 남자가 목에 칼을 찬 채 길을 걷고 있었다. 그들 뒤로는 압송인 두 사람이 수화곤을 든 채 따라오고 있었다. 깜짝 놀라 그들의 얼굴을 바라보니 다름아닌 김대견과 소양이었다.

앞쪽에 있던 김대견이 큰 소리로 "안…!" 하고 말을 뱉으려 하였다. 그러자 소양이 황급히 고개를 저으며 외쳤다.

"장원외, 이런 곳에서 만나게 되는군요. 마침 부탁받은 전갈이 있는데 잠깐 이쪽으로 오시겠소."

소양은 일행과 이삼십 걸음 떨어진 곳으로 걸어가며 귓속말로 말했다.

"일전에 개봉부에서 형님을 잡으러 왔다가 찾지 못하자 행방을 토설하게 하려고 우리 두 사람을 잡아갔던 것이오. 부윤이 우리의 말을 들으려고도 하지 않고 대리시에 넘기는 바람에 고생 좀 했지요.

다행히 숙태위의 도움으로 가벼운 처벌이 내려져 사문도로 유배 가는 길이오. 태위께서는 호송하는 압송인들에게도 도중에 우리를 힘들게 하지 말라고 손을 써주었지요. 그런데 형님이 남을 치료해 주고 모아놓은 돈 말이오. 우리가 옥중에 있으면서 뇌물로 다 써버렸으니 그리 아시오."

안도전은 몹시 미안해하며 말했다.

"나는 그날 숙태위를 방문했다가 비로소 노사월이 참소한 줄을 알게 되었네. 그자가 내 처방전을 바꿔치기해 채경의 애첩을 독살하는 바람에 채경의 원망을 사고 채경이 올린 비밀 상주서로 인해 옴짝달싹 못하는 사지에 빠져버린 것이지. 숙태위는 나를 집으로 돌려보내지 않고 옷가지와 노잣돈을 쥐어주며 하인을 시켜 봉구문 밖으로 데려다주었다네.

다음날 길에서 마침 숙태위 부중 사람을 만나 자네들이 연루되었다는 것을 알고 숙태위께 편지를 써 구해 달라고 부탁드렸지. 여기까지 왔다가 문참모를 만나 문소저의 병을 치료해 주면서 머물고 있던 참이었네. 나는 두 사람이 고초를 당하더라도 이삼일이며 무사할 거라고 생각했는데 돌이켜 보니 사려 깊지 못한 생각이었군. 내가 저지른 일은 나 자신이 책임져야지. 즉시 함께 동경으로 가세. 내 죄를 인정하고 자네들을 석방시켜야겠네."

"그건 안되오. 우리 두 사람은 가볍게 말려들었을 뿐이고 죄명도 가벼워요. 하지만 형님은 목숨을 보전할 수 없소이다. 우리는 고생의 고비를 이미 넘긴데다 형기를 마치면 다시 입신을 도모할 수도 있을 것이오. 김대견이 형님 이름을 부르려 한 것을 제가 말을 막으며 장원외라고 소리쳤던 것은 그 때문이오."

소양이 극구 만류하자 안도전이 말했다.

"문참모는 바른 군자로 이번 일에 대해 모조리 알고 있다네. 두 사람과 압송인 모두 안으로 들어가세. 마음속에 있는 이야기나 잠시 나누세."

소양은 호송인에게 가더니 말했다.

"우연히 동향 출신의 장원외를 만났으니 편지를 한 통 써서 전해 달라고 부탁하려 하오. 잠시만 기다려 주시오."

네 사람이 초방에 들어서자마자 문환장은 서둘러 술과 안주를 들여보냈다. 엄동설한의 찬 눈과 바람을 맞으며 길에서 고생한 압송인들은 따끈한 술을 게눈 감추듯 냉큼냉큼 들이켰다. 안도전은 계속해서 은근히 술을 따라주었다. 그들은 금세 취해 버렸다.

"날이 벌써 저물었는데 객줏집까지는 아직도 십 리를 넘게 가야 합니다. 저희 집에서 하룻밤 묵으셔도 괜찮습니다. 이 두 사람은 저의 옛 친구이니 안심해도 됩니다."

문환장의 말에 압송인은 술에 취해 몸을 가누기 어려운 상태로 말했다.

"두 사람의 가족이 동경에 남아 있으니 걱정할 건 없지요. 게다가 숙태위님의 부탁도 있었고요. 우리라고 융통성이 없지는 않습니다. 다만 폐를 끼치는 것이 마음에 불편하지만요."

두 압송인은 먼저 식사를 마치고 따로 마련한 방에 들어가 쉬었다.

네 사람은 안주를 곁들이며 한참 동안 술을 마셨다. 그러던 중 안도전이 입을 열었다.

"내가 운이 없어 이런 화를 당했으니 죽는다 해도 어쩔 수 없지만 두 사람이 연루된 것은 참으로 마음이 괴롭네."

"친구란 의리가 중요한 것 아닙니까? 대신 죽은들 대수겠소? 다만 동경에 남겨둔 가족을 돌보아줄 사람이 없으니 그게 걱정될 뿐이지요."

가족을 걱정하는 김대견의 말을 듣고 문환장이 나섰다.

"그 일이라면 제게 생각이 있습니다. 제 딸아이의 병을 안선생이 고쳐주셨는데 은혜를 갚을 길이 없었습니다. 지금 두 분이 안선생의 일로 고초를 겪고 계시니 제가 그 걱정거리를 나누는 것이 당연합니다. 두 분께서 댁에 보내는 편지를 써 주시면 제가 직접 동경에 가서 두 분 가족을 이곳으로 모셔 오겠습니다. 제 딸과 서로 의지하며 지내도록 할 터이니 나중에 사면되어 돌아오실 때 가족을 거두시면 됩니다. 어떠신지요?"

소양이 말했다.

"문선생께서 덕이 높은 군자이시니 가솔을 맡아주신다면 무슨 걱정이 있겠습니까? 그렇게 해 주시면 사문도에 가서도 마음이 놓이겠습니다."

저녁식사를 마친 두 사람은 각자 집에 보내는 편지를 썼다. 안도전은 은자 서른 냥을 꺼내 비용에 보태라고 두 사람에게 주며 말했다.

"문선생이 가족을 모셔와 자리를 잡으면 나는 태안주로 가서 하늘에 기도를 올려야겠네. 그런 연후에 사문도로 찾아가지"

이야기를 마친 일행은 자리에 누워 눈을 붙였다. 다음날 새벽 일찍 일어난 이들은 다시 술을 곁들이며 아침을 먹었다. 그리고 눈물 흘리며 이별하였다.

이틀 후 문환장은 짐을 싸서 동경으로 떠났다. 안도전은 숙태위에게 감사의 편지를 보냈다. 동경에 도착한 문환장은 소양과 김대견의 편지를 그들의 부인에게 건네며 상황을 설명하였다. 그리고 다음날 숙태위를 찾아가 안도전의 서찰을 전했다. 편지를 뜯어 본 숙태위가 말했다.

"그대들의 의리가 참으로 놀라울 따름이오. 돌아가거든 안의관에게 사건에 대한 관심이 다소 식었다고는 해도 아직 세상에 얼굴을 내밀어서는 안된다고 전해 주시오. 요즘 조정은 금나라와 연합해 요나라를 치려 하는 중이오. 채태사는 연일 조정에 출석해 군대를 일으키는 대사에 참여하느라 작은 일을 돌볼 틈이 없다오.

그 덕분에 내가 대리시에 손을 써서 소양과 김대견 두 사람에게 가벼운 유배형을 내리게 했던 거요. 만약 그렇지 않았더라면 연좌죄로 중형을 내렸을 거요."

"안도전은 태위님의 깊은 은혜를 입었고 소양과 김대견 또한 구원을 받았으니 그 은혜가 끝이 없습니다."

문환장이 감사를 표하자 숙태위가 말했다.

"집에 머물면서 대접해야 마땅하지만 조정 회의에 참석해야 해서 곧 나가봐야 하오."

숙태위는 하인더러 선물을 가져오게 해 건넨 다음 문환장을 배웅하였다. 문환장은 감사의 예를 올리고 문을 나섰다.

문환장은 소양과 김대견의 집으로 돌아왔다. 두 부인은 이미 길 떠날 채비를 마친 상태였다. 수레 두 대를 불러 두 집 가족을 태우고 문환장 자신은 말을 탔다. 동창에 이르기까지 왕복 여정에 한 달여가 걸렸다. 다행히 아무 탈없이 문환장의 집에 도착해 수레에서 내릴 수 있었다. 꾸려 가지고 온 짐은 모두 집 안으로 들였다.

원래 소양에게는 딸이 하나 있었다. 나이는 방년 열여섯이었다. 자태가 뛰어날 뿐 아니라 품성이 어질고 총명했다. 자수며 바느질 같은 여자가 갖추어야 할 재주에 두루 뛰어난데다 아버지의 가르침을 받아 글과 그림에도 능했다. 소양과 김대견의 부인 또한 현숙하고 지혜로워 한 지붕 아래 사는 동서처럼 지냈다.

안도전이 인사를 마치자 문소저가 안으로 맞으며 두 부인께 숙모님이라는 살가운 인사를 건넸다. 또한 소양 딸의 용모와 재주를 보고는 서로 경애하는 것이 마치 친자매와 같았다. 핏줄이 다른 육친이라도 되는 듯이 화목하고 정겨웠다.

문환장은 안도전을 보며 도성 소식을 전했다.

"숙태위께서 말하기를 안선생 사건에 대한 관심이 다소 줄어들었다고는 해도 그래도 아직은 조심하라더군요. 그리고 대리시에 자신이 손을 써서 소양과 김대견 두 사람이 가벼운 처벌을 받게 되었답니다. 게다가 저한테 선물까지 주더군요.

조정은 지금 새로 금나라와 통교하는 중인데 조만간 군사를 움직여 요나라를 협공할 것 같습니다. 이는 모두 동관과 왕보 등이 주도하는 일인데 문무백관 누구도 좋은 계책이라고 생각하지 않지만 감히 나서서 간언하지 못하는 모양입니다. 머지않아 큰 전쟁이 일어날 터인데 소양과 김대견 두 분의 가족이 동경을 떠난 것은 잘된 일입니다. 만일 나중에 큰 변고가 생기면 여자의 몸으로 어떻게 감당하겠습니까!"

"저 때문에 먼길 다녀오느라 고생하셨습니다. 아무리 옛 성인이라도 감당하기 어려운 일입니다. 두 부인도 이곳에 모셨으니 이제 걱정할 게 없어졌습니다. 날씨가 따뜻해지고 태산泰山 성제聖帝의 탄신일도 눈앞으로 다가왔습니다. 동악묘에 가서 참배하고 사문도로 갈 예정이니 더 이상 다른 말씀은 마십시오. 내일 아침에 떠나겠습니다."

문환장은 더는 붙잡아 둘 수 없다는 것을 알고 송별 잔치를 베풀었다. 소양과 김대견의 부인이 말했다.

"아주버님, 참배를 마치시거든 꼭 사문도에 들러 주세요. 편지를 써놓을 테니 그것도 전해 주시고요. 그동안 모아놓은 돈이 조금 있어서 그런대로 지내고 있으니까 가족 걱정은 안해도 된답니다."

안도전은 다시 한 번 남은 가족들을 부탁하며 문환장에게 감사의 인사를 표했다. 새벽에 자리에서 일어난 안도전은 보따리를 둘러메고 태안주를 향해 떠났다.

길을 떠난 지 사흘째 되는 날이었다. 점심 때까지 줄곧 걷다 보니 배도 고프고 목이 말랐다. 마침 길가에 작은 술집이 눈에 띄어 안으로 들어가 적당한 자리를 잡고 앉았다. 보따리를 풀어 놓으며 술과 간단한 요깃거리를 주문하였다. 매운 두부탕과 야채말이 한 접시를 먹고 자리에서 일어나 계산하려는데 가게 한쪽에서 술을 마시고 있던 두 사내가 큰 소리로 말을 건넸다.

"아니, 장원외 아니십니까? 어디로 가는 길이신지요?"

안도전이 고개를 돌려 바라보니 소양과 김대견을 호송해 간 압송인들이었다.

"태안주에 참배하러 가는 길입니다. 두 분은 사문도까지 간 것치고는 무척 빨리 돌아오시는군요."

"말씀 마십시오. 등운산 자락을 지나다가 도적의 무리를 만났지 뭡니까. 그들이 압송해 가던 두 사람을 빼앗아가고 우리를 죽이려고 하였답니다. 두 사람은 도적의 무리와 원래 알던 사이였던 모양입니다. 그 두 사람이 말린 덕분에 우리는 겨우 목숨을 건질 수 있었습니다. 도적의 수괴가 오히려 노잣돈으로 쓰라며 은자를 스무 냥이나 쥐어주더군요. 원외께서 참배하러 가신다니 드리는 말씀인데 오는 길에 보니 참배객들이 길에 가득하더이다."

두 사람과 작별하고 밖으로 나온 안도전은 생각에 잠겼다.

'소양과 김대견이 등운산에 가서 잘 있다니 풍랑을 겪으며 사문도까지 갈 일은 없어졌구나! 먼저 참배를 하고 나서 등운산으로 찾아가자. 신행태보 대종이 악묘에서 출가했다고 들었는데 그를 찾아가면 숙소도 해결할 수 있겠군.'

이틀 후에 안도전은 태안주에 도착했다. 대종을 찾았더니 과연 그는 악묘에서 지내고 있었다. 다시 만나니 기쁘기 그지없었다. 반가운 얼굴로 대종이 물었다.

"안선생께서는 동경에서 벼슬살이를 하는 몸인데 어쩐 일로 이런 곳엘 다 온 게요?"

"곡절이 많아 한 마디로는 다 말할 수가 없소이다."

안도전은 그간 있었던 일을 들려주었다.

"그래서 이번에 참배하러 온 것이오."

안도전의 이야기를 듣고 나서 대종이 말했다.

"하늘은 인간의 안일함을 용서하지 않는가 보군. 선생처럼 고결한 분까지 그런 일에 휘말리다니! 그래서 나는 미리 간파하고 관직을 내던져버렸지요. 명예와 잇속을 탐하는 세속의 구렁텅이에는 들어가지 않겠다고 맹세하고 출가해 이렇게 한가롭게 지내고 있다오. 오늘이 삼월 스무엿새이니까 하루 쉬고 모레 아침에 향을 올리기로 하지요."

이렇게 말하고 나서 대종은 나물 위주의 소박한 음식을 내왔다. 두 사람은 음식상을 앞에 놓고 마음속의 깊은 이야기를 나누었다.

"내일은 특별히 할 일이 없는데 듣자니 이곳에서 보는 바다의 일출이 그렇게 멋지다면서요?"

"일출을 보려면 새벽같이 일찍 일어나야지요."

이야기를 마친 두 사람은 잠자리에 들었다.

다음날 새벽 일찍 대종과 안도전은 일관봉日觀峰에 올랐다. 시각이 아직 일러 하늘엔 별들이 총총하고 바다는 먹물처럼 어두웠다. 조금 기다리자니 한 줄기 붉은 빛이 바닷속에서 비치는가 싶더니 금세 수만 가닥의 빛줄기와 함께 둥그런 붉은 해가 불쑥 솟아올랐다. 햇빛이 천지를 가득 채우는 순간 구름이며 안개의 그림자조차 사라져버리는 것이었다.

두 사람은 큰 바위 위에 앉아 해가 한참을 솟구쳐 오를 때까지 바라보다가 산을 내려왔다. 아직도 사방은 어둠에 싸인 채였다. 아침식사를 마치고 나서는 곳곳에 산재한 명승고적을 둘러보았다. 드디어 삼월 스무여드렛날 삼경이 되었다. 한바탕 선악仙樂이 울려 퍼지면서 태산의 신인 성제의 탄생을 축하하는 의식이 시작되었다. 안도전은 목욕재계하고 옷을 갈아입었다. 그리고 향을 들고 대종과 함께 가회전 산문 앞으로 갔다. 좌우를 둘러보니 산상으로 오르는 참배객의 불빛이 십리 너머까지 이어져 마치 불로 만든 용 같기도 하고 금으로 된 뱀 같기도 했다. 순식간에 인산인해를 이루어 몸을 움직이기조차 어려웠다. 귀한 향불 내음이며 성스러운 등불이 빚어내는 상서로운 기운이 천지를 가득 채우고 있는 경사스러운 축제였다.

두 사람은 참배를 마치고 가회전을 빠져나왔다. 한켠에 마련된 씨름판이 눈에 띄었다. 사범이 좌중을 둘러보는데 그에게 도전하려는 사람은 아무도 없었다. 안도전이 말했다.

"옛날에 연청과 임원이 씨름을 하던 때는 그 기개가 정말 대단했었지! 이젠 그런 모습을 다시는 볼 수 없으니 참으로 한스럽구나!"

대종의 처소로 돌아와 안도전이 말했다.

"대원장, 어제 하늘은 인간의 안일함을 용서하지 않는다고 했잖소? 어제 우리가 본 태양은 동쪽에서 떠서 서쪽으로 들어가기를 수만 년 동안 분주히 되풀이하고 있으니 하늘에도 편안함이란 없소그려.

편안하게 살 수 있으면 그렇게 사는 게 좋을 것 같소. 내가 조정에 나가 왕후장상들의 안위를 돌보며 노심초사하였지만 지금 돌아보니 다 부질없는 일이었소. 대원장처럼 세속의 명리를 다 내려놓고 유유자적하는 삶이 제일이지. 섣불리 입을 놀려 참소를 당했으니 만일 숙태위가 도와주어 성밖으로 빠져나오지 못했다면 벌써 칼에 목이 날아갔을 것이오. 내 스스로 고초를 당하는 것이야 그렇다 쳐도 남에게 누를 끼쳐 가정이며 가업을 망치게 했으니 가슴이 답답할 뿐이오.

다행히 그 사람들의 가족을 안전한 곳으로 모셨으니 등운산에 가서 그 사실을 알려주고 다시 이곳으로 돌아와 대원장을 따라 출가해야겠소. 몸에 날개가 돋아 하늘로 올라가는 신선은 되지 못해도 세속에 얽매이지 않는 편안한 도사의 삶을 살고 싶소이다. 물론 그동안 세상의 티끌에 범벅이 된 채 정신없이 살아왔으니 청정한 몸이 되기는 어렵겠지요."

"안선생같이 좋은 재주를 갖고 있는 사람은 사방팔방에서 모셔 가려 하는 법인데 출가가 가능하겠소? 더군다나 등운산에 가면 형제들이 붙잡고 돌려보내지 않을 것이오. 이곳에 잠시 더 머물다 가 천천히 찾아가도 늦지 않으니 그리하시오."

두 사람이 이야기를 나누고 있는데 향촉을 관리하는 도인이 찾아왔다.

"고을 태수께서 원장님을 뵈러 오셨습니다."

"무슨 일로 나를 찾아 왔을까?"

대종이 고개를 갸웃하는 걸 보고 안도전이 걱정하며 말했다.

"혹시 내 일 때문 아닐까요?"

"그럴 리가요. 잠깐 뒷방에 들어가 있으시오. 무슨 일인지 알아 볼 테니."

군대가 움직이면 산악이 흔들리고
변고가 날아들면 흥망이 일게 되나니.

신행태보 대종. 왼쪽은 양산박 총두령 송강.

제15회
북방의 패자로 등장한 금나라

 안도전은 대종과 이야기를 나누고 있다가 태안주 태수가 찾아왔다는 소리에 뒷방으로 물러났다. 대종은 태수를 맞으러 밖으로 나와 깍듯한 예를 갖추었다. 태수가 만류하며 말했다.
 "원장께서는 일찍이 조정에 공을 세우고도 직책을 받지 않았으나 이제 다시 도통제의 직책이 내렸소이다. 문반과 무반의 차이는 있어도 저와 동렬이니 그런 인사는 온당치 않습니다. 지금 동추밀께서는 북경을 지키면서 금나라 군대와 호응해 요나라를 깨뜨릴 계획입니다. 원장께서 하루에 팔백 리를 달린다는 것을 알고 군무에 보탬이 되도록 황제 폐하께 상주해 도통제의 벼슬을 내린 것입니다. 그래서 본관이 이곳에 와 칙명을 전하는 것입니다."
 대종은 공손한 태도로 사양하며 말했다.
 "저는 본래 양원절급으로 있다가 송강 때문에 양산박에 들어갔던 것인데 다행히 초안을 받아 약간의 공을 세우게 되었습니다. 방랍을 토벌하고 돌아온 뒤 벼슬을 사양하고 출가한 몸입니다.

나이도 젊지 않은데 어찌 그런 직책을 맡을 수 있겠습니까? 바라건대 동추밀께 말씀 올려 칙명을 거두어주시면 정말 감사하겠습니다."

"이미 성지가 내린 것을 누가 감히 반납한단 말이오? 더욱이 동추밀께서 간절히 원하시는 일이라서 본관이 이렇게 직접 찾아온 것 아닙니까? 지정된 날짜가 눈앞에 다가와 있으니 빨리 서둘러 그르침이 없어야 할 것이오."

태수는 이렇게 말하고는 부하를 시켜 황제의 칙명이 적힌 문서를 전했다. 그리고 말을 타고 돌아가 버렸다. 한동안 멍하니 서 있던 대종은 방안으로 들어가 안도전에게 말했다.

"이런, 원망스런 죄악의 응보가 또 닥쳤구려! 이제 어찌하면 좋겠소?"

"역시 하늘은 사람이 한가한 것을 두고 보지 못하는군. 태수가 친히 청하러 왔는데 따르지 않으면 반드시 죄를 물을 것이오. 눈을 질끈 감고 다시 한 번 일을 보아 주어야지 어쩌겠소? 나는 이제 작별을 고해야겠군요."

"황제의 명령을 거역할 수도 없으니 내일 태수를 찾아가 사과하고 곧 떠나야 할 것 같소이다. 나중에 다시 만납시다."

그들은 이별주 몇 잔을 나눠 마셨다. 그리고 아쉬움을 남긴 채 헤어졌다.

안도전이 등운산에 오른 이야기는 잠시 미뤄두기로 한다. 대종은 다음날 아침 태수를 찾아가 만나고는 바로 행낭을 꾸렸다. 도통제라는 직분으로 보자면 시중들 사람을 데리고 가야 하지만 귀신처럼 달리는 신통한 재주를 지니고 있으니 누가 그를 따라갈 수 있겠는가? 예전 모습 그대로의 행장으로 산동에서 하북으로 가는 길을 택했다. 대종은 불과 며칠 만에 대명부에 도착해 여장을 풀었다.

이튿날 일찍 대종은 동추밀 본영을 찾아가 배명서를 올렸다. 동관은 전령을 시켜 대종을 안으로 맞아들였다. 대종이 인사를 올리자 동관은 반가워하며 위로의 말을 건넸다.

"오래전부터 그대의 신묘한 재주를 높이 사고 있던 터에 이번에 폐하께 상주해 벼슬을 내린 것이오. 지금 같은 전시상황에서 각 성에 내려보내야 할 문서가 많은데 왕래가 지체되지 않을까 심히 걱정되는 바이오. 그래서 특별히 이 같은 전령 임무를 맡기려 하오. 공을 세우면 큰 상을 받게 될 터인즉 맡은 직무에 최선을 다해 주기 바라오."

"소인은 이미 출가해 도사의 직분을 맡고 있는 사람입니다. 대감께서 발탁해 주시고 저희 고을의 태수가 찾아와 권하기에 이렇게 달려왔습니다만 미력하나마 역할을 마친 뒤에는 부디 다시 산으로 돌아가게 해주십시오."

"속세가 싫거든 요나라를 정벌하고 나서 동악묘 본궁의 관리를 책임맡으면 될 것이오."

대종은 인사를 하고 물러나왔다.

그 며칠 전에 동관은 조양사를 파견해 금나라에 서신을 전했다. 서신의 개요는 이런 내용이었다.

'대송 황제는 대금 황제에게 글월을 보냅니다. 신의의 표시로 작은 선물을 보내 우리 두 나라가 동일체임을 천명하는바 거란족에 벌을 내리게 되니 멀리서도 위안이 됩니다. 하나로 뜻을 모아 함께 그들의 죄를 묻게 되면 신의를 저버리지 않을 것을 약조합니다. 이에 추밀사 동관에게 군사를 내어주어 귀국과 서로 호응하게 하였습니다. 거란을 멸한 후 양국의 군대는 서로 산해관을 넘지 않도록 하고 귀국에 보내는 세폐의 양은 요나라에 보내던 것과 동일할 것입니다.'

금나라왕은 서신을 살펴보고 말했다.

"금나라 군대는 평지송림平地松林 지역에서 고북구古北口로 진격할 테니 송나라군은 백구白溝에서 협공하시오."

금나라의 약조를 얻어낸 조양사는 귀국해 도군 황제에게 아뢰었다. 황제는 크게 기뻐하며 말했다.

"경은 가히 나라의 뛰어난 동량이오. 신속히 동관에게 가서 출병하라 하시오. 금나라와의 약조를 어겨서는 아니되오. 병마와 전쟁에 소요되는 물자는 원하는 대로 조달해 사용하도록 하시오."

조양사는 예를 올리고 물러났다.

도군 황제는 상청보록궁으로 행차해 임영소의 도교 경전 강의를 들었다. '천도회'라는 성대한 재를 올리는 중이었기 때문이다. 임영소가 떠들었다.

"천상에는 아홉 개의 하늘이 있으니 그 가운데 가장 높은 곳을 신소神霄라고 하지요. 이곳에서 남방의 왕좌를 맡고 있는 옥청상제의 장자가 장생대제군인데 이분이 바로 우리 폐하이시오. 채경은 좌원선백左元仙伯, 왕보는 문화리文華吏, 동관은 저혜褚慧가 하계에 내려온 것으로 모두 장생대제군을 보좌하는 사람들이외다."

이 무렵 황제의 총애를 받는 후궁은 유귀비였다. 임영소는 유귀비 또한 구화옥진선비의 환생이라고 추켜세웠다. 황제는 속으로 은근히 기뻐하며 임영소를 더욱 아끼고 그에게 헤아릴 수 없이 많은 상을 내렸다.

그러자 임영소를 따르며 호사스럽게 지내는 무리가 무려 이만여 명에 달했다. 그 무렵 왕선위와 함께 동경으로 돌아온 곽경 역시 임영소의 문하에서 권세를 누렸다. 이처럼 도군 황제는 도교를 숭상하였다.

금나라왕은 송나라와의 맹약이 이루어지자 즉각 대군을 움직였다. 점몰갈을 대장으로 삼은 금나라 군대는 혼동강까지 진출하였나. 밤이 되어 잠을 자는데 누군가 금나라왕을 흔들어 깨웠다. 세 번이나 반복되자 왕은 놀라서 눈을 뜨며 말했다.

"이는 신명神明이 내게 보내는 신호가 분명하다!"

그는 북소리를 울리며 진군할 것을 삼군에 명했다. 강가에 이르렀으나 강을 건널 배가 없었다. 금나라왕은 갈색 준마에 올라탄 채 강물 속으로 들어서며 말했다.

"모두 내 뒤를 따라 강을 건너라!"

금나라 대군은 왕의 뒤를 따랐다. 과연 강물은 말의 배를 적실 뿐이었다. 건너편 강둑에 오른 뒤 사람을 시켜 도하한 곳의 깊이를 재어 보았다. 강물이 깊어 밑바닥을 알 수 없을 정도였다. 군사들은 뛸 듯이 기뻐하며 외쳤다.

"과연 하늘이 내린 천자로다!"

국경에 도착해 보니 십만 군사를 거느린 요나라 대장 소사선이 진을 치고 있었다. 소사선은 금나라 군대가 도착한 것을 보고 공격 준비를 하였다. 북소리가 세 번 울리자 칼을 치켜든 소사선이 말을 타고 달려나오며 소리쳤다.

"너희는 우리 대요의 속국인데 어찌하여 송나라와 결탁해 이렇듯 침범하는 것이냐?"

금나라왕이 비웃으며 대꾸했다.

"너희들의 명운은 이미 끝에 다다랐다! 그래서 내가 너희 어리석은 임금을 잡아가려고 온 것이다. 천명이 어디에 있는지 알겠거든 빨리 말에서 내려 항복하라. 그럼 목숨만은 살려주겠다."

소사선이 크게 노하여 단칼에 벨 듯이 달려들자 점몰갈이 창을 비켜들며 맞섰다. 오십여 합을 겨뤘으나 승부가 나지 않았다. 이때 갑자기 북서쪽에서 큰 바람이 불며 모래와 돌이 날아다니고 먼지가 하늘을 가렸다. 요나라 군사들이 눈을 뜨지 못하고 뿔뿔이 흩어지는 사이에 점몰갈이 소사선을 찔러 말에서 떨어뜨렸다. 금나라 군대가 몰아붙이니 요나라군은 대패하였다. 금나라군은 승세를 타고 황룡부까지 쫓아갔다.

황룡부는 요나라 도통군 소적리가 지키고 있었다. 금나라왕이 사방을 에워싼 채 군사를 이끌고 공격하자 소적리는 더 이상 감당하지 못한 채 성을 버리고 달아났다.

황룡부를 점령한 금나라왕은 점몰갈, 올출 사태자, 발근 등과 상의하였다.

"과인이 군사를 일으킨 뒤로 어디를 가도 더 이상 적이 없다. 뛰어난 군대를 앞세워 만 리의 땅을 손에 쥐게 되었고 군량도 풍부하다. 이젠 연호를 정하고 황제를 칭하려 하는데 그대들은 어떻게 생각하는가?"

점몰갈이 대답하였다.

"요나라왕이 어리석고 허약해 아군의 기세는 파죽지세입니다. 조만간 연운 땅을 수중에 넣을 수 있을 것입니다. 송나라는 왕이 교만한데다 간신들이 국정을 좌우하고 있습니다. 비록 맹약을 맺었다고는 하나 후일 기회를 엿보아 공격하면 중원 땅도 곧 우리 차지가 될 것입니다.

게다가 얼마 전 혼동강에서 신명의 계시로 말을 탄 채 깊은 강을 건너지 않았습니까! 분명 우리에게 천우신조가 있다는 증거입니다. 최대한 빨리 그리하셔야 합니다."

금나라왕은 크게 기뻐하며 마침내 황제를 칭하고 수국收國 원년(1115년)을 선포하였다.

"요나라가 '빈철'賓鐵을 연호로 삼았던 것은 견고하다는 의미 때문일 것이다. 비록 철이 단단하다고는 해도 언젠가는 변질될 수밖에 없다. 오직 금만이 변하지 않는다. 금은 본래 백색에 해당하고 과인의 성씨가 완안完顏으로 백색을 숭상하였으니 국호를 '대금'大金이라 칭하겠다. 내 이름도 '민'旻으로 고치겠다."

금나라왕은 호수虎水에서 황제 즉위식을 거행하였다. 군신의 축하를 받고 하늘과 땅에 제사를 올렸다. 그리고 삼군에 큰 상을 내린 뒤 다시 밤낮 진군을 계속하였다.

금나라 군대가 요나라를 대파했다는 소식을 들은 송나라는 동관을 다시 하북·하동 선무사에 임명하였다. 채경의 아들인 개부의동삼사 채유는 부사, 조양사는 감군시어사로 임명하였다. 이들은 이만 명의 황제 근위군을 앞세워 요나라를 협공하게 되었다. 동관은 당상에 올라 채유, 조양사와 의논하였다.

"금나라 군대가 벌써 황룡부를 쳐부수고 황제를 칭할 정도이니 요나라가 더 이상 지탱하기는 어려울 것 같소. 우리 쪽도 군사를 몰아 곧장 백구하로 진격해야겠소. 지체해서는 안될 것이오."

"요나라 탁주 유수 곽약사는 저와 의형제를 맺은 사이입니다. 제가 편지를 보내면 그는 반드시 무장을 풀고 투항할 것입니다. 우리가 탁주를 손아귀에 넣으면 요나라는 왼팔을 잃은 것이나 다름없습니다. 어렵지 않게 깨부술 수 있을 것입니다."

조양사의 말에 동관은 즉시 그렇게 하라고 재촉하였다.

"그렇다면 즉시 편지를 써서 보내도록 하오."

조양사는 편지를 한 통 써서 그날 밤 인편으로 탁주로 보냈다. 편지를 받은 곽약사는 송나라 군대가 탁주에 도착하면 성문을 열고 기다릴 것이라는 답신을 보냈다.

곽약사의 답신을 본 동관은 곽약사가 귀순의 뜻을 나타낸 것으로 알고 십오만 대병을 거느린 채 채유, 조양사와 함께 곧바로 탁주로 향했다. 곽약사는 교외까지 마중나와 동관 일행을 성안으로 안내하였다. 동관은 곽약사의 손을 잡으며 위로하였다.

"귀공이 천명을 알고 귀순해 온 것을 보니 참으로 영웅의 식견과 도량을 지녔구려. 내 황제께 즉각 상주해 요직을 제수하도록 하겠소."

곽약사가 말했다.

"세상에 널리 퍼진 대감의 덕망을 사모해 일찍부터 귀순하려는 생각을 가지고 있었습니다. 또한 저의 친한 벗 조양사가 대감의 막하에 있으니 대감을 영접하는 것은 당연한 일입니다. 그런데 요나라 대장 소간이 정병을 이끌고 양향을 지키는 중입니다. 그가 반드시 공격해 올 터이니 대감께서 먼저 군대를 움직이신다면 그들의 손발을 묶어 제압할 수 있을 것입니다."

동관은 유광세와 조양사에게 오만 군사를 내어주며 양향으로 가게 하였다. 곽약사는 송나라 군대의 길을 안내하였다.

소간 또한 군대를 이끌고 응전해 왔다. 양군이 대치하고 있는 중에 유광세가 먼저 말을 타고 앞으로 나섰다. 유광세는 유연경의 아들로 용력과 지모가 뛰어났다. 나중에 송나라 중흥에 앞장 선 장준, 한세충, 유광세, 악비로 일컬어지는 명장의 한 사람이다. 소간은 아무런 말도 하지 않은 채 불쑥 돌격해 왔다. 유광세와 소간이 삼십여 합을 부딪치는 사이에 곽약사와 조양사가 군사를 양날개로 나누어 공격하자 요나라군은 무너지고 말았다. 소간은 창을 한 번 휘두르고는 그대로 달아났다. 송나라군은 여세를 몰아 양향현을 점령하고 군대를 주둔시켰다.

패주한 소간은 요나라왕에게 보고하였다.

'탁주를 지키던 곽약사가 송나라에 투항하고 동관이 군사를 이끌고 양향을 탈취해 버린 까닭에 신으로서는 감당하기가 어렵습니다. 주상께서 직접 출진하셔야 영토를 지킬 수 있을 것입니다.'

"금나라군이 이미 요하 동쪽 땅을 치고 들어와 코앞에 이르렀는데 그 군세가 매우 강대하다 하오. 짐이 직접 친정에 나선다 해도 양쪽으로 협공당하는 상황에서 두 곳 모두를 구하기는 어려우니 어찌하면 좋겠소?"

요나라왕이 한숨을 내쉬자 승상 좌기궁이 주청하였다.

"송나라는 진작에 우리와 형제의 의를 맺은 사이 아닙니까? 동관에게 사신을 보내 이전의 좋은 관계를 회복하는 것이 좋겠습니다. 그래야 송나라군이 고삐를 늦추는 사이에 금나라군에 대항할 수 있을 것입니다."

요나라왕은 그 말에 따라 즉시 사자를 동관 진영으로 파견하였다. 동관은 사신이 전하는 글을 펼쳐 보았다.

'우리의 속국인 금나라가 우리를 배반했지만 이는 송나라에도 몹시 잘못된 것이오. 일시의 이로움을 좇아 백 년의 좋은 관계를 버리고 강포한 자들을 가까이 하면 후일의 화근이 될 터이니 어찌 현명한 계책이라고 하겠소? 어려운 상황에 놓인 이웃을 긍휼히 여기고 돕는 것은 고금에 통하는 바른 길일지니 오직 대국만이 이를 도모할 수 있을 것이오.'

동관이 다 읽고 장수들의 의견을 물었다. 조양사가 나섰다.

"눈앞에 닥친 성공을 하루아침에 무너뜨려서야 되겠습니까? 하물며 금나라와 약속을 주고받은 마당에 다시 요나라와 통호하는 것은 도리가 아닙니다."

동관은 요나라의 요청을 받아들이지 않기로 하였다. 그들은 요나라 사자를 진문 밖으로 내쫓았다. 요나라왕은 동관이 자신의 청을 물리치자 두려움에 몹시 초조하였다. 이를 보고 소간이 말했다.

"사태가 급박합니다. 배수진을 치고 적과 일전을 벌여야 합니다. 속수무책으로 당할 수는 없습니다."

요나라왕은 마지못해 온 나라의 군사를 불러모았다. 그렇게 모인 삼만 명으로 진영을 갖추어 싸움에 대비하였다.

금나라군은 점몰갈, 올출, 발근, 알리불이 지휘하는 네 개 군으로 군대를 편성하였다. 금나라왕 자신은 철기군을 이끌며 중군을 맡았다. 금나라는 이 같은 편제로 공격할 것임을 동관에게 통보하였다.

동관 역시 유광세, 신흥종, 곽약사, 조양사를 대장으로 하는 네 개 부대로 군대를 나누고 자신은 중군을 맡았다. 철통 같은 진용을 갖춘 군대가 사면팔방의 산야를 가득 메웠다. 송나라와 금나라 군사들이 징을 두드리고 북을 울리는 소리, 깃발을 흔들며 내지르는 함성소리가 지축을 흔들었다.

이 모습을 바라보며 두려움에 떨면서도 요나라왕은 어쩔 수 없이 말을 타고 출진하였다. 요나라왕의 왼편에는 소간, 오른편에는 좌기궁이 자리를 잡았다.

접전이 시작되자마자 금나라왕은 철기군을 이끌고 곧장 요나라군 한가운데로 돌격해 들어갔다. 나머지 금나라군과 송나라군도 여덟 방향에서 일제히 공격을 개시하였다.

요나라군은 겁에 질려 전의를 상실하고 말았다. 소간은 요나라 왕과 소태후를 호위하며 포위망을 뚫고 천덕 지방으로 달아났다. 승상 좌기궁은 문무백관을 이끌고 금나라왕에게 항복하였다.

이처럼 승세가 판가름나자 동관은 곽약사를 동경으로 보내 승리를 보고하였다. 도군 황제는 크게 기뻐하여 동물을 잡아 종묘에 제사지내고 신하들의 축하를 받았다. 황제는 곽약사를 후원 연춘전으로 불러들여 말했다.

"경은 천명의 대의를 좇아 이번에 큰 공을 세웠소. 백 년의 숙적을 하루아침에 멸망시켰으니 짐의 바라던 소원이 비로소 이루어졌도. 그대를 선무사 겸 연산부 지사에 임명하는 바이오."

곽약사는 바닥에 엎드려 눈물을 흘리며 성은에 감격하였다.

"신은 요나라에 있으면서 대송 황제께서는 천상에서 내려오신 분이라는 말을 들었사온데 오늘 이렇게 용안을 뵈오니 이보다 더한 행복이 없사옵니다."

"연산부는 금나라와 경계를 이루고 있는 땅이니 경은 성심을 다해 방어하기 바라오."

도군 황제의 당부에 곽약사가 대답하였다.

"어찌 감히 죽을힘을 다하지 않겠습니까? 얼마 전의 협상에서 금나라와 약조하기를 연운 십육주의 땅은 우리 송나라에 귀속하기로 약속한 바 있습니다. 하지만 그 경계가 분명치 않으니 조양사와 함께 신이 금나라에 들어가 경계를 정한 다음 다시 복명하겠습니다."

"경이 그 일을 해낸다면 진실로 사직에 큰 공을 세우는 신하가 될 것이오!"

도군 황제는 이렇게 말하며 자신이 입고 있던 구슬 달린 외투를 벗어 두 개의 금쟁반과 함께 곽약사에게 하사하였다. 금명지에서 유희를 열어 관람시키는가 하면 곽약사에게 큰 저택과 어여쁜 여인을 선물하였다. 귀족과 대신들에게도 곽약사를 위한 잔치를 베풀어주라고 지시하는 등 일찍이 없던 총애를 베풀었다.

곽약사는 황제에게 배례한 뒤 연산부로 부임하였다. 칙지를 받들기 위해 그는 조양사와 함께 곧바로 금나라로 향했다. 금나라왕을 만난 그들은 국경을 확정짓고 싶다는 도군 황제의 뜻을 전하며 영營, 평平, 난欒 세 고을의 반환을 요구하였다. 그러자 금나라왕이 말했다.

"송나라와의 처음 약속에서는 일찍이 석진石晉이 거란국에 진상한 땅을 반환하도록 되어 있소. 하지만 영, 평, 난은 석진이 진상한 땅이 아니라 유인공이 요나라에 바친 것이오. 특별히 계薊, 경景, 단檀, 순順, 탁涿, 역易의 연운 육주는 돌려주겠소."

"제가 해로를 통해 금나라에 와서 폐하와 확약한 바로는 연운 십육주를 넘겨준다고 하셨습니다. 지금 그렇게 말씀하시면 신의에 어긋나는 일 아니겠습니까?"

조양사가 반론을 제기하자 금나라왕이 말했다.

"송나라군의 출병이 늦어 연운 땅은 우리 금나라군이 공략하였소. 그러니 그 땅의 조세를 우리가 갖는 것은 당연하지 않은가."

"조세는 땅에 부속되는 것입니다. 땅의 관리와 조세 징수가 제각기 이루어진다면 이는 이치에 맞지 않습니다."

"연운의 세액은 육백만 섬이오. 그 땅을 전부 가져가려거든 조세 대신 은 백만 냥을 우리에게 보내시오. 그렇지 않을 요량이면 탁과 역 두 지역은 우리가 가져야겠소. 우리 군사들이 그곳에 주둔한다면 귀국이 평과 난 지방을 변경의 요새로 삼는 계획은 도저히 불가능할 것이오."

그때 요나라 승상이었던 좌기궁이 금나라왕에게 시를 한 수 헌상하였다. 시의 끝구절은 이러하였다.

군왕이시여, 연운 땅을 돌려달라는 요구를 물리치소서
한 뼘의 산천은 한 덩어리의 금과 같나이다

좌기궁의 시를 본 금나라왕은 깊은 생각에 잠겼다. 그는 얼굴빛을 바꾸며 조양사와 곽약사를 송나라로 돌려보냈다.

추후 두 나라는 송나라가 그 땅을 돌려받아 국경을 획정함과 동시에 시장을 열어 교역을 촉진할 것을 약속하였다. 송나라는 땅을 돌려받는 대가로 원래의 세폐 사십만 냥에 조세 대용의 백만 냥을 더해 해마다 은 백사십만 냥을 금나라에 보내기로 했다. 또한 설날과 금나라왕의 생일에 축하사신을 보내야 했다.

금나라왕은 마침내 군사를 회군하라는 영을 내렸다. 하지만 연운 땅의 금은보화며 어린아이와 부녀자, 관리, 부자들의 재산까지 모조리 거두어 갔다. 연운 땅은 빈 땅만 남은 셈이었다.

그럼에도 불구하고 송나라 조정은 연운 지방을 회복하는 데 공을 세웠다 하여 왕보를 태부로 올려 초국공에 봉하고 채유는 소사 겸 영국공에, 동관은 태위 겸 예국공에 봉하였다. 조양사에게는 연강전 학사 벼슬을 내렸다.

이후 양국이 평화로운 관계를 유지한 까닭에 한동안 국경은 평온하고 백성들의 생업 또한 안정되었다. 이런 겉과 속이 다른 상황을 한탄한 옛 현인의 시가 있다.

물 많은 강남땅에 전쟁이 벌어지니
백성들 어찌 즐거이 나무하고 풀 베며 살아갈까
그대 높은 벼슬 받는다고 자랑하지 말게나
장수의 공을 드높이기 위해 수많은 병사들 죽어간다네

예국공에 봉해진 동관은 조정에 돌아온 후 나는 새도 떨어뜨리는 위세를 자랑했다. 그동안 대종은 여기저기 공문을 전달하느라 동분서주하며 지냈다. 다행히 공을 세우고 전쟁도 잦아들었으므로 그는 동관을 찾아가 말했다.

"추밀 각하의 부름을 받고 그동안 밤낮으로 뛰어다녔는데 세상이 평정되고 각하 또한 길이 남을 큰 공을 세우셨습니다. 이제 부디 산으로 돌아가게 해주십시오."

"자네가 세운 많은 공적은 잘 알고 있네. 이미 위에 상주하였으니 곧 칙지가 내리겠지만 그건 다름아닌 태안주 동악묘의 책임자 자리네. 조금만 기다렸다가 칙지를 받고 돌아가게. 그런데 한시가 급한 문서가 하나 있는데 강남 건강부에 전하는 문서이네. 답서를 받아 돌아올 때쯤이면 칙지도 내려와 있을 것이네."

동관이 이렇게 말하니 대종은 요청을 뿌리칠 수가 없었다. 별수 없이 문서를 받아가지고 숙소로 돌아왔다.

다음날 아침 여장을 갖춘 대종은 새로운 미투리로 갈아 신었다. 그리고 다리에 네 장의 부적을 붙인 다음 마치 하늘을 달리듯 걸었다. 이윽고 날이 저물어 밤을 보낼 객줏집 안으로 들어갔다. 부적을 떼어낸 그는 지전을 살라 제를 지냈다.

술 한 잔을 곁들여 간단히 식사를 마치고는 침대로 올라갔다. 고단했던지라 금세 코를 골면서 잠이 들었다. 그런데 홀연 얼굴이 시커먼 건장한 사내가 잠을 깨우며 말하는 것이었다.

"송강 형님의 명령으로 왔으니 나하고 같이 갈 데가 있네."

대종이 바라보니 그는 흑선풍 이규였다. 그가 죽은 사람이라는 것을 깜빡 잊고 대종이 물었다.

"형님의 명령이란 게 무엇인가?"

"자, 어서 일어나라고. 그리고 내게도 부적을 붙여주게. 예전에 공손승을 데리러 갔을 때 자네한테 놀림을 당하지 않았는가! 나도 이제 쇠고기는 먹지 않을 테니까."

두 사람은 대문 밖으로 나와 손을 잡고 걷기 시작했다. 한 곳에 도착해 보니 끝이 보이지 않는 큰 강이 펼쳐져 있었다.

"이런 큰 강을 어떻게 건넌단 말인가. 건널 배를 찾아보세."

대종의 말을 이규가 받았다.

"배 같은 건 필요없네. 나를 따라오게."

그들은 평지를 걷듯 수면 위를 걸어 어느 나라에 도착했다. 궁궐이 크고 아름다운데다 금과 옥으로 만든 계단이 으리으리하였다. 문무백관이 도열해 있는 중앙에 한 왕이 옥좌에 앉아 있는 모습이 보였다.

"자, 같이 들어가세."

이규가 말하자 대종이 주저하였다.

"여기가 어딘가? 무작정 들어가도 되겠는가?"

"자네도 조만간 이 성전에 들어와 자리를 잡게 될 걸세. 나는 안 되지만."

대종이 흘깃 엿보니 왕의 얼굴이 어딘지 낯익었다. 하지만 이름이 쉬 떠오르지는 않았다. 이규가 안으로 끌고 들어가려는 것을 대종은 멈칫하였다. 그러자 이규가 눈을 부릅뜨며 꾸짖었다.

"너는 정말 의리가 없는 놈이로구나! 형님의 명령은 따르지 않으면서 동관 따위 간신배들의 문서나 전달해 주겠다는 것이냐?"

이규는 허리춤에서 쌍도끼를 뽑아 대종의 얼굴을 향해 내리쳤다. 대종은 깜짝 놀라 몸을 피하면서 꿈에서 깼다.

'그것 참 이상하군. 어쩌다가 이규의 꿈을 다 꾸었을까? 내가 동관을 위해 문서 전하는 것을 알고 화내는 것을 보니 그는 역시 성미가 대쪽 같은 사내였어. 그러니까 죽어서도 간당들을 싫어하는 게지. 나도 좋아서 하는 것은 아니지만. 그런데 내가 그런 궁궐에 자리를 잡게 된다는 것은 무슨 뜻인지 도무지 영문을 모르겠군. 꿈이란 건 환상에 지나지 않으니 괘념치 말자.'

곧 닭이 우는 소리가 들렸다. 대종은 자리에서 일어나 세수를 하고 머리를 빗었다. 숙박비를 지불하고 밖으로 나온 그는 다시 여행을 계속했다.

사오 일 만에 그는 벌써 건강부에 도착하였다. 먼저 숙소를 잡고 여장을 풀었다. 다음날 군관 복장으로 갈아입고 건강부청에 문서를 전달하였다. 태수가 문서를 받아서 펼쳐보니 대종이 도통제라고 되어 있었다. 소홀히 할 수 없는지라 후당으로 안내해 예를 갖추어 인사를 나누었다. 태수는 자리를 권하며 차를 대접하였다.

"도통제께서 이렇게 친히 왕림하셨으니 서둘러 준비하겠습니다. 닷새 후에는 합당한 답변을 드리겠습니다. 이곳에 머무는 동안 필요한 것들은 아랫사람을 시켜 보살펴 드리겠습니다."

대종은 감사의 인사를 전했다. 태수는 대문까지 대종을 배웅하였다. 대종은 다시 평복으로 갈아입고 이곳저곳 구경하며 돌아다녔다.

사흘째 되는 날이었다. 건강부의 두 아전이 대종을 찾아왔다. 얼마 전 그들이 동관의 군영에 전량을 가지고 왔을 때 대종을 알게 되었는데 대종이 그들을 잘 돌보고 대접해 준 일이 있었다.

두 사람은 대종이 문서를 전달하러 왔다는 소식을 듣고 답례하기 위해 대종의 숙소를 수소문해 찾아온 것이었다. 대종은 그들을 따라 부청 앞 큰길에 면한 요릿집으로 향했다. 연극 공연을 관람하면서 술을 마시는 곳이었다.

세 사람이 큰길로 나서면서 보니까 네댓 명의 장정이 한 남자를 옴짝달싹 못하게 멱살을 움켜쥐고는 욕설을 퍼붓고 있었다.

"이 나쁜 도둑놈아, 이렇게 사람을 우습게 만든다 이거지! 사또한테 가서 시비를 가려보자."

그 남자는 멱살 잡힌 손아귀에서 벗어나려고 발버둥을 쳤다. 그의 얼굴을 바라보던 대종이 소리쳤다.

"아니, 장경 아우 아닌가! 도대체 무슨 일인가?"

고개를 쳐든 그 남자는 대종을 알아보고 큰 소리로 호소하였다.

"원장, 도와주시오. 이 낮도깨비 같은 자들이 내 물건을 빼앗고는 그것도 모자라 이렇게 때리며 관으로 끌고 가려는 거요."

대종이 장정들을 향해 말했다.

"손을 놓거라!"

"당신이 뭔데 쓸데없는 일에 참견하는 거냐?"

장정들 중의 우두머리는 이렇게 말하며 장경을 그대로 끌고 가려고 했다. 지켜보던 아전이 꾸짖으며 나섰다.

"무례하게 굴지 마라. 이분은 동추밀 대감 밑에 계신 분이다. 어찌 감히 대드는 게냐. 어서 풀어주지 못할까?"

소리치는 사람이 부청 아전인 것을 알아본 장정들은 마지못해 손을 놓았다.

"좋아, 나중에 천천히 얘기하자."

장정들은 거들먹거리며 사라졌다. 그 남자가 전후사정을 설명하려고 하자 아전이 말했다.

"통제님의 친구시라면 요릿집에 가서 여유있게 말씀하시지요."

그들은 요릿집으로 들어섰다. 무대 정면에 예약한 술자리가 마련되어 있었다. 아전들은 대종과 대종의 친구를 상석에 앉히고 자신들은 좌우 자리에 마주앉았다. 요릿집은 사람들로 가득 차 있었지만 아전들이 미리 부탁해 놓았기 때문에 대종 일행이 자리에 앉고 나서야 배우들은 공연을 시작하였다.

술이 세 순배쯤 돌았을 때 대종이 친구에게 말했다.

"아우는 언제 이곳에 온 것인가? 어째서 저런 패거리들과 다투고 있는 거야?"

이 남자는 과연 누구일까? 다름아닌 신산자 장경으로 담주 출신이었다.

"관리가 되고 싶지 않아 고향으로 돌아갔지만 어디 한가하게 앉아 있을 수가 있어야지요. 그래서 몇 푼 마련한 자금으로 사천에서 약재를 구입해 이곳 건강에서 팔았소이다. 아까 그 우두머리는 중산랑 감무라는 이 지역의 건달인데 행상들의 물건을 전문적으로 갈취하는 자라오. 몹시 흉포한데다 툭하면 소송을 거는 까닭에 모두들 놈의 위세에 벌벌 떠는 형국이지요.

나도 어쩔 수 없이 그자한테 황련과 천부를 외상으로 넘겼답니다. 백 냥어치나 되는데 열흘 안에 지불하겠다고 하고는 삼 개월이 지나도록 한 푼도 갚지 않는 것이오. 외상값을 받아 호광지방(호북, 호남)으로 쌀을 사러 갈 작정이었던지라 속을 끓이다가 대금 상환을 부탁하러 아침에 그를 찾아갔던 것이오.

그런데 이놈이 생떼를 쓰며 나를 모함하는 것 아니겠소? 우리가 양산박에 있을 때 제 놈의 돈 천 냥을 털어갔다나! 그러면서 불량배들을 동원해 난동을 부리고 나를 건강부로 끌고 가 동경으로 압송하라고 태수에게 요청하겠다는 것이었소. 이런 불합리한 일이 어디 있단 말이오!"

장경의 말을 듣고 나서 대종이 아전들에게 말했다.
　"내 아우는 장경이란 사람이오. 나와 마찬가지로 초안을 받아 방납 정벌에 공을 세웠지요. 통제직을 제수받았지만 그걸 마다하고 조용히 본분을 지키며 장사를 했는데 아까 그 무뢰배가 물건을 빼앗은 것도 모자라 얼토당토않은 모함을 뒤집어씌우는 모양이오. 회답서를 받기 위해 곧 태수를 만나야 하니 외상값 변제와 법에 따른 처벌을 요청할 생각이오. 두 분께서도 힘을 보태주기 바라오."
　"그 감무라는 자는 지금까지 몇 번이나 사건을 일으켰는지 모릅니다. 태수도 처벌을 내렸지만 도무지 고칠 기색이 없어요. 도통제께서 먼저 태수께 건의하시면 사건 처리는 어떻게든 저희가 알아서 해결하겠습니다. 반드시 돈을 돌려드리고 그놈에게 큰 죄를 묻겠습니다. 오늘은 술이나 드시지요."
　대종과 장경은 아전들에게 연신 감사의 말을 전했다. 그들은 자정에 이르도록 술을 마시다가 요릿집을 나왔다. 대종이 장경에게 말했다.
　"자네는 내 숙소에 가서 함께 자세. 내일 태수한테 가서 이야기해 보세."
　두 사람은 아전들에게 다시 고마움을 표하고 함께 숙소로 갔다. 장경이 말했다.
　"형님은 출가해 동악묘에 있다고 들었는데 어째 또 이런 곳에 있는 거요?"
　대종이 눈썹을 오므리며 대답했다.

"이젠 세속의 그물 밖으로 빠져나왔다고 생각했는데 동관이 황제한테 얘기해 옛날처럼 도통제직을 내렸지 뭔가. 나를 군대의 심부름꾼으로 쓰려고 했던 것이지. 고을 태수가 직접 찾아와 청하는 바람에 반년 동안이나 북경에 가서 동관의 전령 노릇을 하며 지냈다네.

어떻게든 산으로 돌아가게 해달라고 다시 간청했더니 긴급한 문서가 있으니 한 번 더 전달해 달라더군. 이번에 답서를 가지고 돌아가면 원래대로 산으로 돌아갈 예정이네. 지금 금나라와 새로 연합해 요나라를 멸망시켰다지만 조만간 더 큰 변란이 시작될 것이네.

그런데 자네는 이응과 배선 등이 음마천을 점거하고 완소칠과 손립 등은 등운산에 둥지를 튼 것을 알고 있는가? 내일 돈을 돌려받을 수 있도록 해볼 테니 고향에 돌아가 논마지기라도 장만하게. 어떻게든 살아갈 요량을 마련하고 더 이상은 소란스러운 일을 벌이지 말게!"

"잘 알겠소. 이제는 세상물정을 좀 알 것 같소."

두 사람은 함께 자리에 누워 밤이 깊도록 이야기를 나누었다. 다음날 부청에 가서 감무가 장경의 물건을 빼앗고 생트집을 잡아 구타한 사실의 전말을 호소하였다.

태수는 즉시 감무를 잡아들였다. 그리고 대종을 후당으로 청해 들인 뒤 붙잡혀온 감무가 당상 아래서 곤장 맞는 소리를 듣게 했다. 감무는 곤장 삼십 대를 맞고 즉시 장경에게 빼앗은 물건값의 원금을 돌려주어야 했다. 두 사람의 아전이 힘써 준 덕분이었다.

대종은 태수에게 사의를 표한 뒤 답서를 받아 부청을 나왔다. 그리고 장경과 함께 아전들을 찾아가 감사의 마음을 전하고 장경과도 헤어졌다.

어려움 속에서 옛 벗을 만나 서로 돕노라니
벗 사이의 도타운 정이 이미 한마음이네

제16회
유당만에 부는 피바람

 장경이 돈을 돌려받은 것을 확인한 대종은 답서를 받아 하북으로 돌아갔다. 장경은 수중에 있는 돈을 셈해 보았다. 모두 오백 냥 남짓 되었다. 아직 받지 못한 돈이 이삼십 냥 되었지만 속히 정리될 것 같지는 않았다.
 건강 지방은 계속되는 가뭄으로 곡물이 잘 자라지 못해 쌀값이 천정부지로 치솟았다. 그에 비해 호광 지방은 풍년이 들었다. 호광에서 쌀을 사 건강에다 팔면 큰 이문을 남길 수 있었다. 하지만 오래도록 꾸물대고 있다가 쌀배가 줄줄이 건강으로 들어오면 돈벌이할 기회를 날리게 될 터였다. 장경은 외상값은 잠시 놔두었다가 나중에 와서 받자고 생각하였다.
 생각을 정리한 장경은 용강관에 가서 삼판선 하나를 빌렸다. 짐을 실은 그는 지전을 태워 뱃길이 안녕하기를 빈 다음 출항했다. 배에는 두 사람의 사공이 딸려 있었다. 장경이 사공에게 말했다.
 "자네들 이름을 물어보지 못했소그려."

"저는 육가입니다. 이 친구는 장가인데 눈 속의 구더기 곧 설리저라는 별명을 갖고 있습니다."

얼굴이 크고 땅딸막한 사내가 대답했다. 그러자 짙은 눈썹에 갸름한 얼굴을 한 젊은 사내가 웃으며 끼어들었다.

"네 별명도 말씀드려야지! 이 친구 별명은 나두원(머리가 우툴두툴한 거북)이랍니다."

그들은 한바탕 웃음을 주고받았다. 때마침 동북풍이 불어 호광으로 가는 길은 순조로웠다. 순풍을 타고 배를 몰아 나가다가 강줄기가 움푹 들어간 만에서 쉬기를 반복하며 불과 열흘 만에 강주 가까이 이르렀다.

그런데 강주를 삼십 리쯤 남겨둔 지점에서 갑자기 바람이 서풍으로 바뀌었다. 흰 파도가 솟구쳐 더 이상 배를 운항할 수 없었다. 어느 틈에 먹구름이 짙어지며 폭설까지 날리기 시작하였다. 주변을 지나는 배 한 척 볼 수 없었다.

어쩔 수 없이 포구에 배를 댔다. 몹시 황량한 곳이었는데 사공들은 익히 잘 알고 있는 듯 노관저라고 알려주었다. 강가에는 인가가 불과 십여 채뿐이었다.

"이런 난데없는 바람을 만나지 않았더라면 지금쯤 이미 집에 도착했을 텐데."

설리저가 이렇게 내뱉자 나두원이 웃으며 말을 받았다.

"네 마누라가 운이 없구나. 또 하룻밤 독수공방해야지, 뭐!"

그러고는 장경에게 말했다.

"매일 대접을 받았는데 오늘은 여기서 묵어야 하니 저희가 답례로 술 한잔 사겠습니다."

물가로 뛰어내리는 나두원을 향해 장경이 소리쳤다.

"그럴 필요없소. 술을 사올 요량이면 여기 은자가 있소!"

설리저가 말했다.

"저희가 조금 보답하려는 것입니다. 설마 그만한 돈이 없을까봐 그러십니까?"

얼마 지나지 않아 나두원이 큰 수탉 한 마리와 오리 열 마리, 황어 한 마리를 들고 나타났다. 술집 사환이 잘 익은 술 한 동이를 배 안에 내려놓았다.

두 사람은 가져온 요리를 가지런히 늘어놓았다. 세 사람은 선실 안에 자리를 잡고 둘러앉았다. 설리저와 나두원은 장경에게 연거푸 술을 권했다.

눈바람 날리는 날씨에 몸이 얼어붙은 장경은 연거푸 열 잔이나 술을 들이켰다. 그러다 문득 그곳이 몹시 외진 곳이란 데 생각이 미쳤다. 두 사공이 말은 듣기 좋게 건네고 있지만 자기는 혼자인데 그들이 나쁜 마음이라도 먹으면 어떡하지 하는 불안이 엄습했던 것이다.

그렇지만 자기가 누군가. 양산박 호걸이 돼가지고 두려워한다는 게 말이 되는가! 그래서 몇 잔을 더 받아 마시는데 한 가지 기억이 뇌리를 스쳤다.

'가만 있자, 낭리백도 장순이 양자강을 건너다가 이런 방법으로 봉변을 당한 적이 있지. 역시 술은 자제해야겠다.'

장경은 사양하며 더는 마시려 하지 않았다. 그러자 나두원이

신산자 장경. 오른쪽은 방랍 토벌시 전사한 진명.

제16회 유당만에 부는 피바람

선실 벽에 드리운 문발을 열어젖히며 큰 소리로 말했다.

"손님, 이것 보세요. 밖에 이렇게 폭설이 내리고 추위가 매서운데 몸속에 술이 들어가야 견딜 수 있다구요. 별거 아니지만 대접하려는 성의를 생각해서 마음 편히 몇 잔 더 드십시오. 내일 강주에 도착해 배를 바꿀 요량이면 모르겠지만 저희와 함께 호광에 가시려거든 즐기십시오. 손님처럼 온화한 분은 만나기 어려운데 참으로 강호의 호걸이십니다."

그러면서 술을 권하는 바람에 장경은 두어 잔 더 마실 수밖에 없었다. 더는 곤란하다며 딱 잘라 거절한 다음 밥을 챙겨 먹었다. 이윽고 사공들이 술자리를 정리하였다.

장경은 이부자리를 펴고 요도를 풀어 머리맡에 놓았다. 그리고 옷을 입은 채 자리에 누워 몸에 이불을 두르고는 잠이 들었다. 술이 반쯤 취한 상태라서 푹 잠들기에 안성맞춤이었다.

자정쯤 되었을 때 장경은 잠결에 무언가 움직이는 듯한 기척을 느꼈다. 급히 일어나 요도를 찾았다. 손으로 더듬어 보았지만 칼을 찾을 수가 없었다. 선실을 환히 비추는 눈빛 속에 나두원이 자신의 요도를 들고 뱃머리 쪽에서 조심스레 다가오는 것이 보였다. 설리저 또한 도끼를 든 채 배의 고물 쪽에서 접근하였다.

장경은 몹시 당황했다. 몸에 아무런 무기도 지니지 않은데다 사태가 급박했다. 몸을 일으켜 엉성한 선실의 삿자리 문을 젖히는 순간 나두원이 장경의 얼굴을 향해 칼을 내리쳤다. 장경은 순간적으로 몸을 피하며 하는 수 없이 강물 속으로 뛰어들었다. 풍덩 소리를 내며 장경은 강바닥으로 가라앉았다.

"이런, 풀 베고 뿌리를 남겨둔 꼴이네. 뒤가 시끄러울까 걱정이군."

나두원이 푸념을 하자 설리저가 말했다.

"옛날부터 '양자강에는 바닥이 없다'는 말이 있잖은가. 육지에서 살던 놈이니 물에는 익숙하지 않을 걸세. 설령 물에 익숙하다 해도 이렇게 눈 내리는 날에는 얼어죽을 게 뻔해. 전혀 걱정할 필요없네. 그런데 놈의 보따리 속에 재물이 얼마나 들어 있을까? 만약 돈이 없다면 헛수고만 한 꼴 아니겠는가!"

"어서 열어보세."

나두원의 말을 들으며 설리저가 보따리를 풀어헤치니 푸른 천으로 감싼 두 개의 꾸러미가 나왔다. 꾸러미 속에 들어 있는 묵직한 말굽은이 눈빛처럼 반짝이는 게 눈을 쏘는 듯했다. 그것도 무려 오백여 냥이나 되었다. 두 사람은 기뻐서 어쩔 줄을 몰랐다.

"이걸 둘이서 나눠 갖자구. 너는 색시라도 하나 얻어서 가정을 꾸리면 되겠다."

설리저의 말에 나두원이 말했다.

"나누긴 뭘 나눠. 그냥 자네 집에 얹혀사는 게 낫지. 그까짓 마누라 있어 봤자 발목만 잡힐 뿐이라고. 다음에 의논하세."

눈은 더 심해졌으나 바람은 멈추었다. 두 사람은 배를 몰아 강주로 돌아갔다. 이 상황에 딱 맞는 시가 있다.

탐욕스러운 자는 이익 취하기를 그칠 줄 모르니
백발이 되고 심장이 멎을 때까지 그리한다네

세상에 만약 돈이 없다면
황제黃帝처럼 화서국에서 노닐 수 있으리

장경은 재물을 노린 두 사공이 앞뒤에서 달려드는 바람에 황급히 강물 속으로 뛰어들 수밖에 없었다. 그런데 다행히도 그는 상강 출신으로 어릴 때부터 물에 익숙했다. 있는 힘껏 물속으로 뛰어든 장경은 그대로 바닥으로 가라앉았다. 강바닥에 이르자 발로 바닥을 걷어차며 다시 물 위로 떠올라 열심히 헤엄쳐 물가에 이르렀다.

그가 도착한 곳은 배가 정박하는 노관저가 아니라 갈대밭 한가운데였다. 어디로 어떻게 해서 뭍으로 올라야 할지 출구를 찾을 수가 없었다. 하물며 혹한의 폭설 속에서 흠뻑 젖은 옷을 걸치고 있자니 덜덜 떨 수밖에 없었다. 갈대숲을 헤치며 한 발 한 발 발걸음을 옮겨 가까스로 강 언덕 위로 올라왔으나 사방은 온통 은빛 눈의 세계였다.

눈을 밟으며 길을 찾고 있는데 문득 소나무 숲속에서 아른거리는 불빛이 눈에 띄었다. 불빛을 향해 필사적으로 다가갔나. 가까이 가서 보니 작은 암자였다.

그 순간 장경은 쿵 하고 바닥에 쓰러졌다. 별 생각 없이 눈 속에 놓인 커다란 검은 돌을 밟았다가 그만 미끄러지고 말았던 것이다. 꽁꽁 언 몸인지라 한번 넘어지고 나니 일어날 수가 없었다.

암자에는 한 노승이 살고 있었다. 새벽 일찍 일어나 경문을 읽던 노승은 문밖에서 나는 희미한 신음소리를 들었다. 문을 열고 밖으로 나가 보니 눈 위에 웬 사내가 쓰러져 있었다.

노승은 자비로운 마음으로 장경을 힘껏 일으켜 세웠다. 사내의 옷은 꽁꽁 얼어붙어 있었다. 부랴부랴 사내를 부축해 암자 안으로 데리고 들어왔다. 우선 따뜻한 생강탕 한 그릇을 장경에게 먹였다. 그리고 젖은 옷을 벗기고 솜으로 누빈 승복을 입힌 뒤 불 옆으로 데려다 뉘었다.

한참 시간이 흐른 뒤에야 장경은 겨우 말을 할 수 있게 되었다.

"감사합니다. 스님 덕분에 목숨을 건졌습니다."

장경이 감사의 인사를 건네자 노승이 말했다.

"강에서 화를 당한 것 아니오?"

"두 사공이 술을 먹여 취하게 한 다음 밤중에 저를 베어 죽이려 하기에 어쩔 수 없이 강으로 뛰어들었습니다."

장경의 대답을 들은 노승은 합장하며 말했다.

"나무아미타불! 바라건대 그들을 불쌍히 여겨 자비의 길로 인도해 주소서!"

장경은 웃음이 터져나왔다.

이윽고 날이 밝았다. 노승은 소박한 사찰 음식을 차려 주었다. 그리고 장경의 옷을 햇볕에 널어 말렸다. 눈발이 그치며 날이 맑게 개었건만 솜옷은 쉽게 마르지 않았다.

"여기도 노관저인가요?"

장경의 물음에 노승이 대답했다.

"아니오, 노관저는 저 위쪽으로 십 리쯤 가야 되오."

"어젯밤에 그 도둑놈들이 외딴 곳에 배를 대고 저를 손보려 했던 것 같습니다. 그런데 스님의 법명은 어찌 되시는지요?"
"빈도는 사천 사람으로 담연이라고 합니다. 이곳저곳 떠돌아다니다 이곳에 와서 머물게 됐지요. 이곳 마을의 신도들이 시주하며 보살펴주기에 눌러앉은 지 벌써 십여 년이 지났군요."
셋째 날이 되자 옷이 다 말랐다. 장경은 스님께 작별인사를 드렸다.
"스님 덕분에 목숨을 건졌습니다. 하지만 수중에 가진 게 없어 사례할 길이 없으니 송구할 뿐입니다."
"빈도가 한 일은 불제자로서 당연한 일이지요. 거사님뿐 아니라 그 악인들이 곤경에 처했다 해도 마찬가지로 구했을 것이오. 사례라니 당치 않은 말이오. 대접한 공양도 빈도가 직접 경작한 곡식이 아니라 신도들이 시주한 것이니 내게 감사할 필요는 없소이다."
스님은 손으로 가리키며 말을 이었다.
"저 소나무숲을 지나 남쪽으로 돌면 개울에 걸쳐 있는 다리가 나올 것이오. 다리를 건너 동쪽으로 조금 더 가면 큰길을 만날 거외다."
장경은 이별을 고하고 큰길로 나왔다. 큰길에 다다른 그는 곰곰 생각하였다.
'다시 건강으로 돌아가 몇 푼 남겨둔 미수금을 챙겨야 하나? 아니면 강주로 가볼까? 혹시 아는 상인이라도 만날지 모르니. 그러면 노잣돈을 좀 빌릴 수 있을 텐데.'
잠시 궁리하다가 다시 생각해 보니 건강은 천 리 길이나 되는 곳이었다. 수중에 돈 한푼 없이 그곳까지 가기는 역시 무리였다. 일단 강주로 가서 처신을 생각해 보기로 하였다.

꽁꽁 언 길을 걸어 삼사십 리를 간 끝에 그는 세관 근처에 도착하였다. 우선 묵을 숙소를 정해야 했다. 한 객줏집에 들어갔더니 그가 홀몸인데다 짐보따리 하나 들고 있지 않은 것을 보고는 방 내주기를 거절하였다. 장경은 하는 수 없이 밖으로 나와 힘없이 발걸음을 옮기고 있었다. 그때 등뒤에서 누가 부르는 소리가 들렸다.

"장사장님!"

머리를 돌려 바라보니 지난번에 약재를 구입해 세관을 통과할 때 통과 허가증을 떼준 세관원이었다. 인사를 나누고 나서 그가 물었다.

"무사히 돌아오셨군요. 그래 이문은 많이 남겼습니까? 이번에는 어떤 물건을 가지고 왔나요?"

"말도 마세요. 이문은 좀 남겼지만 날강도 같은 사공들한테 몽땅 빼앗겨버렸지 뭡니까. 간신히 도망쳐 목숨을 건지긴 했는데 빈손만 남았지요. 이곳에서 아는 사람을 만나 여비라도 빌릴 수 있을까 하고 객줏집에 들렀더니 짐이 없는 것을 보고는 방을 내어주지 않더군요. 오도 가도 못하는 처지가 되고 말았습니다."

"그렇다면 잠시 우리집에 머물면서 아는 사람을 기다리시지요."

그 말끝에 장경이 말했다.

"이런 고마울 데가. 정말 감사합니다."

장경은 곧바로 그 사람의 집으로 갔다. 몸에 남아 있는 것이라고는 허리띠에 달린 금고리 하나뿐이었다. 그것을 빼서 저울에 달

제16회 유당만에 부는 피바람

아 보니 무게가 두 냥쯤 되었다. 장경은 그것을 은자로 바꿔 당장의 용돈으로 사용하기로 했다. 저녁밥을 먹은 다음 두 사람은 같은 방에서 잠을 잤다.

다음날 세관에 나가 둘러보았지만 도무지 아는 사람을 찾을 수 없었다. 답답한 마음에 강가로 나가니 큰 술집이 하나 눈에 띄었다. 입구에 심양루라고 적힌 깃발이 걸려 있었다.

'여기가 그 유명한 심양루로군! 들어가 술이나 한잔 하면서 기분전환이라도 해야겠다.'

이렇게 마음먹은 장경은 누각 안으로 올라갔다. 창문을 열고 밖을 바라보니 흰 눈에 덮인 여산廬山의 모습이 한눈에 들어오는데 그 중의 오로봉은 마치 백발노인 다섯이 모여 있는 듯했다.

조금 있자니 종업원이 술과 안주를 가져왔다. 한 잔 한 잔 자작하는 가운데 차츰 술기운이 올라왔다. 그러던 중 문득 술에 취한 송공명이 이곳에서 조정에 불만을 토로하는 반시反詩를 썼던 일화가 생각났다. 모반적인 내용의 시 때문에 송공명은 하마터면 목숨을 잃을 뻔했는데 다행히 양산박 형제들에게 구출되어 산채에 들게 되었다.

제법 오랜 세월이 흐르고 많은 변화가 있었음에도 풍경은 그대로인데 예전의 벗들은 모두 어디에 있는가! 저도 모르게 서글픔이 치밀어 올랐다. 그때 송공명이 읊은 시 〈서강월〉을 그는 여직 기억하고 있었다. 좋아, 송공명 시의 운에 맞추어 지금의 초라하고 쓸쓸한 내 모습을 한 수 읊어보자.

장경은 종업원에게 붓과 벼루를 부탁하였다. 그리고 먹물을 진하게 간 다음 붓에 듬뿍 묻혔다. 그는 낙제는 했어도 과거에 응시한 적이 있는 사람이라서 생각할 것도 없이 벽에 술술 시를 써내려 갔다.

모든 일의 유래는 하늘이 정하는 것이기에
하늘의 계책은 신비롭고도 기묘하다네
그 언제런가 산상에서 진실한 벗들을 만나
한때 아름다운 생활을 영위했었지
세상을 정처없이 떠돌다가
검은 적삼 걸치고 다시 강주에 이르렀느니
천금을 날리고도 원수를 갚지 못해
영웅의 웃음거리 될까 두렵구나

장경은 시를 다 쓰고 나서 한 번 죽 읽어 보았다. 붓을 내려놓으려는데 뒤에서 누가 어깨를 툭 치는 것이었다.
"형님도 송공명을 따라 여기서 반시를 쓰고 있는 것이오?"
장경이 흠칫 놀라 뒤돌아보니 소차란 목춘이었다. 두 사람은 몹시 기뻐하며 인사를 나누었다. 그리고 자리에 앉아 술을 더 시켰다. 몇 잔을 대작하고 나서 장경이 말했다.
"향리에 처박혀 지내다 보니 너무 무료하지 뭔가. 그래서 산중의 약재를 구입해 건강에 팔러 갔는데 한 파락호가 내 물건을 떼먹으려는 거야. 다행히 공문을 가지고 건강부에 왔던 대원장을 만난 덕분에 대원장이 태수에게 부탁해 물건값을 받을 수 있었다네.

그 돈으로 호광에 가서 쌀을 사려고 다시 길을 나섰지. 그러다가 이곳 강주에서 삼십 리쯤 떨어진 노관저라는 곳에 배가 정박했을 때 두 사공 놈에게 오백 냥 돈을 모두 빼앗기고 말았네. 강물속으로 뛰어들어 겨우 목숨은 건졌지.

계양진으로 자네를 찾아갈 생각도 하면서 우연히 여기에 들러 기분전환 겸 술 한잔 하고 있었네. 그런데 여기서 자네를 만나다니 마치 지옥에서 부처를 만난 듯한 기분이군. 자네는 요즘 어떻게 지내는가?"

목춘은 한숨을 쉬며 대답했다.

"우리 형님하고 나는 원래 계양진을 휘어잡고 살았지요. 그런데 불운하게도 형님이 세상을 떠나고 집안이 몰락하는 바람에 다시 재기하지 못한 채 사람들의 업신여김이나 당하는 신세가 되고 말았소. 지금은 강주 성안에서 이곳저곳 기웃거리며 입에 풀칠이나 하는 신세가 되었다오. 게다가 도박에 미쳐 완전 빈털터리가 되고 말았지요. 답답한 마음에 이곳에 술 한잔 하러 왔다가 형님을 만나니 참으로 반갑소이다."

두 사람은 술상이 어지러울 만큼 연거푸 술잔을 들이켰다. 그러던 중 목춘이 물었다.

"배는 어디서 구했소? 사공의 이름은 뭐고 어디 사람이오?"

"용강관에서 삼판선을 고용했지. 한 사람은 성이 육씨이고 별명이 나두원이라더군. 또 한 사람은 장씨 성에 별명이 설리저인데 두 사람 다 이름이 뭔지는 듣지 못했네. 바람을 피하기 위해 노관

저에 정박했을 때 두 사람이 '순풍이었으면 오늘밤 집에 도착해 마누라를 즐겁게 해줄 텐데' 하고 농담을 주고받은 것으로 보아 강주 사람으로 생각되네."

"삼판선이라면 유당만에 근거를 둔 배들이 많소. 여기서 멀지 않은 곳이오. 술도 한잔 들어갔겠다 가서 놈들을 찾아냅시다. 은자는 아마 그대로 있을 것이오. 나하고 같이 갑시다."

장경이 술값을 계산하고 아래층으로 내려오자 목춘이 말했다.

"거짓말 같지만 솔직히 지금 나는 수중에 한푼도 없네요."

두 사람은 강을 따라 걸었다. 이삼 리쯤 왔을 때 목춘이 말했다.

"여기가 유당만 같은데 사람들에게 물어봅시다."

울타리 안에서 한 노인이 허리를 굽힌 채 밭을 갈고 있었다. 성이 호씨이고 별명은 별고라고 불리는 안면이 있는 사람이었다. 목춘이 소리쳐 그에게 말을 걸었다.

"호할아버지, 여기가 유당만인가요?"

노인은 고개를 들고 대답했다.

"누군가 했더니 목소랑이군. 그렇소."

"계속 배를 타고 다니시더니 어째 밭일을 하고 계신가요?"

목춘의 물음에 노인이 대답했다.

"그렇지. 이 유당만에서 나를 모르는 사람은 없지. 우리 때는 참 정직하게 일했어. 손님이 배 안에 짐을 놓고 내려도 아무도 손을 대는 사람이 없었다구. 짐을 잃어버린 사람이 찾으러 오면 언제든지 돌려주고. 하지만 요즘은 세상이 바뀌었어. 일부 젊은것들은 나쁜 짓을 꺼리지 않거든."

나는 이제 나이가 들어 더 이상 배를 타지 않는다네. 아들 녀석한테도 농사를 짓게 해 나중에 무슨 일이 생겼을 때 말려들지 않도록 조심하고 있다오. 그런데 목소랑은 무슨 일로 이곳에 왔소?"

"건강에 가고 싶다는 손님이 있어서 나두원을 찾아왔습니다. 집에 있을까요?"

"그놈은 악당의 우두머리요. 이름이 육상인데 장덕하고 함께 작당하고 다닌다오. 삼사 일 전에 건강에서 돌아왔지. 장덕은 어저께부터 모습이 보이지 않고 육상은 아까 광주리를 들고 물건을 사러 갑디다. 그런데 왜 그자의 배를 타려는 거요?"

노인의 물음에 목춘은 말을 얼버무렸다.

"아, 예. 옛날부터 잘 아는 사이라서요. 낯선 사람의 배를 빌리면 그 사람의 성격이 어떤지도 잘 모르고…"

노인은 동쪽을 가리키며 말했다.

"저쪽 버드나무에 매어놓은 배가 그의 배요. 헤진 울타리 안에 갈대발이 걸려 있는 집이 장덕의 집이고."

노인은 고개를 저으며 사립문을 닫고 안으로 들어갔다.

목춘과 장경은 천천히 동쪽을 향해 걸었다. 채 이백 걸음도 걷지 않아 그들은 한 젊은 여자를 만났다. 흰 분가루를 잔뜩 바른 얼굴에 시커멓게 눈썹을 그려 넣은 화장이 몹시 요란했다. 양쪽에 옷깃이 달린 검정 무명 저고리와 초록 치마를 입고 있는데 머리에는 분홍빛 오글쪼글한 명주 수건을 두르고 있었다. 신고 있는 신발은 굽이 아주 높았다. 나무 물동이를 들고 호숫가로 물을 길러 가는 모양이었다.

장경과 목춘은 여자를 지나친 다음 갈대밭을 들추고 재빨리 집 안으로 들어갔다. 두 칸짜리 집으로 부엌과 침실은 안쪽에 자리하고 있었다. 집 안에는 아무도 없었다.

얼마 지나지 않아 교태 어린 모습의 여자가 물동이를 들고 숨을 헐떡이며 문 안으로 들어섰다. 여자는 집에 사람이 있는 것을 보고는 깜짝 놀랐다. 목춘이 물었다.

"장형, 집에 있나요?"

"지금 외출중인데요."

여자의 대답에 목춘이 다시 물었다.

"육상은요?"

"그 사람은 성안에 물건을 사러 갔는데 곧 돌아올 겁니다."

목춘이 장경을 가리키며 말했다.

"이 손님이 바깥양반의 배를 타고 건강에서 왔는데 배 안에 은자 오백 냥을 두고 왔지 뭡니까. 돌려주면 좋겠습니다."

여자는 얼굴색을 바꾸며 말했다.

"그런 일 없어요. 나는 모르는 일이에요."

목춘의 얼굴이 부루퉁하게 변하는 것을 보고 장경은 그 뜻을 헤아려 문에 빗장을 걸었다. 목춘은 허리춤에서 비수를 뽑은 다음 여자를 땅바닥으로 밀어 넘어뜨렸다. 그리고 한쪽 발로 여자의 가슴팍을 밟으며 얼굴에 칼을 들이대었다.

"이 엉큼한 년! 바른 대로 대지 않으면 네년 목숨은 끝장이다."

목춘이 호통을 치며 겁을 주자 여자는 부들부들 떨며 말했다.

"나으리, 제발 목숨만은 살려주세요. 은자는 침상 밑의 술독 안에 있습니다."

목춘이 다시 큰 소리로 물었다.

"네 남편은 지난 이틀 동안 어디 가 있는 거냐?"

"그 사람은…"

여자는 입을 다물고 말았다. 목춘은 칼을 목구멍에 들이대며 윽박질렀다.

"빨리 말해, 빨리!"

"그 사람…"

말을 꺼내는가 싶더니 여자는 다시 입을 다물었다. 목춘이 더는 못 기다리겠다는 듯이 여자의 저고리를 풀어 헤쳤다. 하얗고 토실토실한 젖가슴을 칼로 찌를 듯이 겁을 주자 간담이 서늘해진 여자가 황급히 소리쳤다.

"잠깐만요. 그 사람도 침상 밑 술독 안에 있어요."

"술독 안에 있다고?"

목춘이 의아해 하며 묻자 부인이 말했다.

"일전에 그들 두 사람이 많은 은자를 가지고 돌아왔는데요. 복을 가져다준 신에게 감사하면서도 육상은 돈을 나눠 가질 생각이 없었어요. 우리 그이한테 잔뜩 술을 먹여 취하게 하고는 배에서 가져온 칼로 갑자기 베어 죽였습니다. 그런 다음 몸뚱이를 토막토막 잘라 항아리 속에 넣고 마루 밑에 묻었습니다."

"장덕은 네 남편 아니냐? 남편이 살해당하는데 왜 소리쳐 이웃을 부르지 않았느냐?"

목춘의 추궁에 여자가 얼버무렸다.

"육상은 사람을 밥 먹듯이 죽이는 사람입니다. 소리라도 질렀다간 저도 죽임을 당했을 겁니다."

"그날 밤에는 상대방이 흉기를 들고 있었으니 소리를 지르지 못했다고 치자. 하지만 벌써 이삼 일이 지났는데 왜 관가에 알려 그를 잡아가게 하지 않았느냐?"

목춘이 거듭 추궁하자 여자는 입을 다문 채 아무 말도 하지 못했다.

"더 이상 말할 필요없다. 필시 육상이 놈과 눈이 맞아서 제 서방을 죽인 게로구나! 육상이 놈은 뭘 사러 갔느냐?"

목춘의 물음에 여자가 대답했다.

"여기 있다가는 일이 들통날 염려가 있어 천지신명께 제사를 지낸 후 오늘밤 저와 함께 진강으로 도망쳐 그곳에서 살기로 했습니다."

"음탕한 계집 같으니라구! 남편을 모의 살해했으니 하늘의 법도 세상의 법도 네년을 용서하지 않을 것이다!"

목춘은 이렇게 말하며 칼을 고쳐 쥐고서 여자의 목을 찔렀다. 피가 왈칵 뿜어져 나오자 여자는 다리를 한두 번 버둥거리는가 싶더니 그대로 숨이 끊어졌다.

두 사람은 침상 밑에 있는 술독을 열어보았다. 두 꾸러미의 은자는 그대로 있었지만 과연 한바탕 피냄새가 진동하였다. 벽에 걸려 있는 요도를 칼집에서 뽑아 보니 아직도 핏자국이 희미하게 남아 있었다. 장경과 목춘은 침상 위에 놓여 있던 천조각과 옷가지로 두 꾸러미의 은자를 싸맸다. 그때 문 두드리는 소리가 들렸다.

목춘은 얼른 달려가 빗장을 빼고는 문 뒤로 몸을 숨겼다. 어육, 향, 지전류가 담긴 광주리를 든 육상이 문 안으로 들어섰다.

"아주머니!"

여자를 찾으며 들어서던 그는 피가 흥건한 바닥에 죽어 자빠져 있는 여자를 발견하고 혼비백산하였다. 막 고함을 지르려는데 뒤에서 장경이 뛰쳐나오며 소리쳤다.

"이놈, 육상아! 날 알아보겠느냐?"

육상이 몸을 돌려 도망치려 하자 이번에는 목춘이 달려들었다. 목춘은 육상의 몸을 붙잡은 채 욕설을 내뱉었다.

"이 도둑놈! 손님의 은자를 빼앗고 친구를 죽여 남의 부인까지 차지했구나! 갈가리 찢어 죽여도 시원찮을 놈이다!"

장경이 요도를 휘둘러 쓰러뜨리자 목춘이 다시 육상의 가슴에 바람구멍을 내버렸다. 두 사람은 허리에 칼을 찬 다음 보따리를 하나씩 짊어졌다. 그리고 문을 닫아걸고는 밖으로 나왔다.

아직도 밭에서 일하고 있던 호노인이 소리쳤다.

"목소랑! 조금 전에 육상이 물건을 사가지고 집으로 가던데 왜 그의 배를 빌리지 않은 거요? 그 짐은 그 사람 집에 맡겨뒀던 것이오?"

"육상이 시간이 없다고 해서 배를 빌리지 못했습니다."

목춘이 얼른 대답했다. 두 사람은 나는 듯한 걸음걸이로 세관원의 집에 도착했다. 숙소로 돌아온 그들은 등불을 밝히고 술을 사다 마시며 이야기를 나누었다.

"통쾌하기 짝이 없군요. 장덕의 원수를 갚는 일이 되어 버렸지만요."

목춘의 말에 장경이 맞장구를 쳤다.

"자네를 만나지 못했다면 그놈들의 발꿈치도 찾을 수 없었을 것이네."

꽤 오랫동안 술을 마시고 났을 때 목춘이 조심스레 말을 꺼냈다.

"형님께 의논할 일이 있소이다. 전에 송공명을 구해 드리느라고 집을 태워 버리고 농지는 버려둔 채 함께 양산박으로 올라갔지요. 집안이 풍비박산이 난 까닭에 나중에 고향으로 돌아오긴 했지만 다시 가업을 일으켜 세울 방법이 없더군요. 수중에 있던 몇 푼 안 되는 재산마저 어느 틈에 다 써버려 집도 절도 없는 몸이 되고 말았지요.

마을 서쪽 산 밑에 있던 집과 농지는 천구성 요괴라는 파락호가 차지하고 있더군요. 이 교활한 놈이 현재 게양진을 쥐락펴락 하고 있지요. 몇 번이나 우리 집과 농지를 돌려달라고 요구했는데도 이백 냥을 내놓아야 돌려주겠다는 거예요. 땅을 개간하고 집을 수리하는 데 사용한 돈이며 관가에 바친 세금까지 해서 그만한 돈이 들었다는 억지주장인 거지요. 주변 이웃과도 상의해 보았는데 그 정도 보상은 받아야 한다고 했다나요.

어찌할 바를 모르겠더군요. 게다가 도박에서도 돈을 날렸으니 돈이 있을 턱이 없지요. 이러지도 저러지도 못할 상황이니 이백 냥만 융통해 주면 집과 땅을 도로 찾아 안정을 도모할 수 있을 것이오."

"우리 형제들이 언제 돈 따위에 마음을 둔 일이 있었는가! 자네

덕분에 빼앗긴 돈을 되찾고 게다가 울분도 풀 수 있었네. 사양하지 말고 가져다 쓰게."

장경의 말에 목춘이 감사를 표하며 말했다.

"형님께서 흔쾌히 청을 들어주었으니 내일 아침에 형님과 함께 가서 돈을 치르겠소."

"그렇게 하세."

두 사람은 이내 잠자리에 들었다.

다음날 목춘은 이백 냥 은자를 허리에 차고 장경과 함께 부리나케 게양진으로 갔다. 나머지 짐은 모두 묵고 있던 집에 맡겼다. 요괴는 목춘을 보자 만면에 웃음을 띠며 안으로 맞아들였다. 목춘이 말했다.

"요전에 의논한 은자 이백 냥을 가져왔소. 친구가 빌려줘서 마련했으니 우리 집과 농지를 돌려주시오."

그러면서 목춘은 은자 꾸러미를 꺼내 요괴에게 건넸다. 요괴는 본래 웃음 속에 칼을 감추고 있는 교활한 자였다. 그는 웃으며 말했다.

"젊은 양반이 돈을 가져왔는데 더 말할 필요가 뭐가 있겠는가? 그런데 조촐한 술자리나마 준비해 상담해 준 이웃사람들도 증인으로 부른 자리에서 인수인계하는 것이 사리에 맞을 것 같네. 오늘은 너무 늦었구려."

요괴는 술과 안주를 내왔다. 그는 장경을 상석에 앉히고 목춘을 그 맞은편 자리에 앉게 했다. 자신은 옆으로 비켜 앉은 상태에서 두 사람에게 은근히 술을 권했다.

"자네는 매일처럼 성안에 드나드는 모양이던데 한몫 잡기라도 했는가?"

요괴의 질문에 목춘이 대답했다.

"어찌된 영문인지 계속 잃기만 합니다."

"요즘처럼 긴 밤에 할 일도 없고 우리 내기를 한판 하면 어떤가? 만약 자네가 이기면 내일 이 돈은 물론 집과 땅까지 곧바로 내주겠네. 어떤가? 증인이 되어줄 친구도 여기 있으니."

요괴가 권하자 술을 거나하게 마신 목춘은 가슴을 두드리며 말했다.

"그것도 좋지요. 하지만 속임수를 쓰면 안됩니다."

"그럴 리가 있겠는가! 자네와 내기를 겨룬 지 벌써 몇 번쨴데 아직도 나를 모르는가! 내가 얼마나 정직하게 내기를 하는 사람인데."

요괴는 탁자 위에 붉은 천을 깔고 촛불을 밝혔다. 그리고 빨간색 도자기에서 도박용 산가지를 꺼냈다. 장경은 마음에 걸려 슬그머니 말리려 했지만 흥이 오른 목춘을 말릴 수가 없었다. 두 사람은 두 시간 정도 승부를 겨루었는데 요괴가 자신의 산가지를 모조리 목춘에게 빼앗기고 말았다. 목춘이 자리에서 일어나며 말했다.

"이제 밤이 깊었으니 잠을 자야겠습니다. 내일 아침에 우리 집과 농지 그리고 은자를 돌려주시오."

요괴는 웃음을 흘리며 말했다.

"그건 말할 필요도 없는 일이네. 그건 그렇고 자네 농지의 동쪽에 면해 있는 산은 내 땅인데 가격이 백 냥은 족히 될 것이네. 그 땅을 걸고 한 번 더 내기를 하세. 내가 지면 그 땅도 함께 넘겨주겠네."

욕심에 사로잡힌 목춘은 산가지를 집어들고 다시 내기를 시작했다. 이번에는 흐름이 좋지 않아 몇 번을 계속해도 번번이 요괴가 이겼다. 목춘은 순식간에 삼백 냥을 잃고 말았다.

요괴가 일어서며 말했다.

"밤이 깊었으니 그만 자도록 하세."

"내가 이겼을 때는 한 번 더 하자고 하더니 당신이 이기니까 그만하자는 게요?"

"나는 산을 걸었잖은가! 다시 내기를 하려거든 돈을 꺼내 놓게!"

요괴는 안색을 바꾸며 안으로 들어가려 했다. 그러자 목춘이 요괴를 막아서며 말했다.

"나는 집과 농지를 돌려받기 위해 돈을 가지고 왔소이다. 그런데 날 꾀어가지고 노름으로 돈만 빼앗겠다는 것이오? 산을 걸었다지만 그 산이 어디에 있는지 누가 알겠소? 내 땅을 무단으로 점거하더니 이제는 사기노름이라! 양심도 없소?"

그러자 요괴가 말했다.

"너희 형제는 강도를 숨겨주었다가 두 고을을 떠들썩하게 만들고는 스스로 도둑놈 소굴로 들어간 놈들이다. 네놈들을 잡기 위해 관에서 뒤지고 다니는 통에 이 근동 사람들은 편안한 날이 없었다. 아직도 네놈 뒤에 송강이 있다고 생각하느냐? 내기에 지고서 남 탓을 하다니!"

욱 하고 화가 치민 목춘은 요괴의 뺨을 후려갈겼다.

"강도야! 사람 살려!"

요괴가 소리를 지르자 목춘은 요괴의 명치를 향해 발길을 날렸다. 요괴는 풀썩 하고 바닥에 쓰러졌다. 목춘은 걸상을 집어들고 마구 내리쳤다. 소리를 듣고 안에서 그 집 하인들이 우르르 뛰어나왔다. 장경도 화가 나서 주먹질이며 발길질로 그들을 넘어뜨렸다. 요괴는 이미 목이 부러지고 머리가 깨져 죽어 있었다.

"이제야 묵은 체증이 내려가는구나. 일단 시작했으니 끝을 봐야지!"

목춘은 이렇게 말하며 안채로 뛰어들었다. 여인네와 하인들은 모두 뒷문으로 도망쳤다. 침실로 들어가 보니 자신이 가지고 온 은자 이백 냥이 침대 위에 놓여 있었다 방안에 자리한 궤짝 안에는 백 냥 남짓한 은자와 금은주옥 장신구가 들어 있었다. 목춘과 장경은 그것들을 꺼내 허리에 둘렀다.

그들은 십여 개의 짚단을 구해 불을 붙였다. 불붙은 짚단을 집 안에 던져넣자 활활 불이 타올랐다.

"형님, 이제 갑시다."

목춘과 장경은 발걸음을 돌렸다. 시각은 벌써 자정을 한참 지나 있었다.

그믐달이 동쪽 하늘에 떠올라 은은하게 비추고 있었다. 두 사람은 밤새도록 걸어 객줏집에 도착했다. 장경은 은자 한 냥을 꺼내 주인에게 사례하고 맡겨놓은 짐을 찾았다. 봇짐을 등에 진 두 사람은 큰길을 향해 성큼성큼 걸음을 떼어놓았다.

"통쾌한 일을 두 가지나 해냈지만 이제 어디로 가면 좋겠소?"

목춘이 말을 꺼내자 장경이 대답했다.

"걱정하지 말게. 갈 곳이 있으니."

표범은 호랑이 무리에 들어가 날개를 달고
교룡은 용혈龍穴에 모여 풍운을 일으키나니

제17회
세 마리 쌍봉 호랑이를 처단하다

목춘은 평소의 울분 때문에 요괴를 때려죽이고 불을 질러 그의 집을 태워버렸다. 목춘은 장경과 함께 길을 걸으면서 어디로 가면 좋을지 의논했다.

"지난번에 대원장을 만났을 때 대원장이 말하길 이응과 배선은 음마천에서 그리고 완소칠과 손립은 등운산에서 다시 거사를 일으켰다더군. 음마천은 하북이라서 당장 가기 어렵지만 등운산은 산동 땅 아닌가? 함께 그리 가면 어떨까?"

장경의 제안에 목춘이 응답했다.

"산채 생활에 익숙하다 보니 집에 있는 게 영 불편했소. 도박을 하지 않으면 일을 저지르기 일쑤였죠. 나는 좋소이다."

이렇게 하여 두 사람은 등운산으로 길을 잡았다. 오십 리도 채 못 가서 장경은 머리가 아프고 몸에 열이 나기 시작했다. 얼마 전 눈 내리던 날에 강으로 뛰어드는 바람에 감기에 걸린데다 그 사이에 고생스런 일이 많아서였다. 몸 상태가 점점 나빠지는 것을 느낄 수 있었다. 여간 낭패가 아니었다.

"몸이 아파서 걷지를 못하겠네."

"아직 강주 땅인데 어쩌죠. 무슨 변을 당할지 알 수 없단 말이오. 형님, 조금만 더 참으시오. 숙소를 잡아 쉬면서 의사를 부릅시다. 한기 쫓는 약을 처방받으면 분명 좋아질 것이오."

장경은 어쩔 수 없이 괴로움을 참아야 했다. 오 리쯤 더 걸으니 도관이 하나 눈에 띄었다. '쌍봉산신지묘'라는 편액이 걸려 있었다. 문턱에 걸터앉으려던 순간 장경은 갑자기 몸을 떨며 땅바닥으로 푹 쓰러졌다. 목춘이 황급히 장경의 몸을 일으켜 앉히며 말했다.

"형님, 병이 위중해 보이니 더 가기는 어렵겠소. 잠시 여기 기둥에 기대고 있으시오. 내가 안으로 들어가서 방을 하나 빌려 보리다. 여기 묵으면서 의원을 찾아봅시다."

장경은 고개를 끄덕였다. 목춘은 도관 안으로 들어갔다. 입구에 있는 건물을 지나 모퉁이를 돌아가니까 부엌에서 불목하니 하나가 술을 데우고 있었다. 불목하니를 보며 목춘이 말했다.

"지나가는 상인인데 우리 형님이 노상에서 병환이 나고 말았소이다. 몸을 움직이기 어려운 상황이라서 잠시 쉴 방을 하나 빌렸으면 하오. 의원을 찾아가 약을 지어 와야 할 형편이오. 몸이 회복되는 대로 바로 떠나겠소. 사례는 단단히 하리다."

"제가 결정할 수 없으니 사부님께 여쭈어 보세요."

"사부님을 뵙게 해주시오? 내가 직접 말씀드리겠소."

불목하니는 데운 술병을 들고 안으로 들어갔다. 한참을 기다리자 도사 하나가 천천히 걸어 나왔다. 큰 키에 얼굴이 너부죽한 도사의 두 뺨은 구레나룻에 덮여 있고 눈은 불그스름했다. 그는 옷단에 검은 테두리가 달린 학창의를 입고 머리에는 검은색 두건을 쓰고 있었다.

목춘은 도사에게 다가가 예를 올린 후 불목하니에게 했던 말을 다시 했다. 도사는 손으로 수염을 쓸어 올리며 말했다.

"환자는 곤란한데."

"형님이 감기에 걸렸을 뿐 큰 병이 아닙니다. 부디 호의를 부탁드립니다."

도사는 불목하니에게 턱으로 가리키며 말했다.

"이 사람들을 서쪽 바깥채에서 쉬게 해주거라."

도사는 이렇게 말하고는 큰 걸음으로 느릿느릿 안으로 들어갔다. 불목하니는 목춘을 서쪽 바깥채로 데려갔다. 원래 치성을 드리는 보응사 건물인데 방바닥은 습기에 젖어 있고 드나드는 문과 창살은 부서져 있었다. 하지만 어쩔 수 없는 일이었다. 밖으로 나온 목춘은 장경을 부축한 채 짐을 지고 그곳으로 갔다. 그는 떨어진 문짝 하나를 끌어다가 이불을 깔고 장경이 잠들 수 있게 했다.

장경은 전대에서 은자 두 냥을 꺼내 들고 부엌으로 갔다.

"이 돈으로 술이라도 사 먹으시오. 혹시 생강탕이 있거든 한 사발 달여줄 수 있겠소? 나는 약을 사러 갔다 와야 하니 귀찮아도 신세를 좀 집시다. 나중에 섭섭지 않게 사례하겠소이다."

목춘이 건네는 제법 큰돈을 받은 불목하니는 몹시 기뻐하며 말했다.

"네, 있습니다. 돌아가 계시면 바로 가져다 드리겠습니다."

소차란 목춘(왼쪽)과 병울지 손립.

목춘은 아래채로 돌아왔다. 잠시 후에 불목하니가 진한 생강탕 한 그릇을 들고 왔다. 장경은 간신히 몸을 일으킨 다음 생강탕을 들이켰다. 그리고 다시 쓰러져 잠이 들었다.
"형님, 편히 주무시오. 나가서 약을 사오겠소."
목춘이 약을 사러 가려 하자 불목하니가 일러주었다.
"북쪽으로 오 리쯤 가면 쌍봉진인데 그 마을에 가행암이라는 이름난 의원이 있습니다. 병의 증상을 자세히 알려주면 그에 맞춰 약을 지어줍니다. 한 번 복용하면 금세 낫는다고 널리 소문이 났죠. 아픈 양반이 다시 따뜻한 물이라도 찾으면 제가 갖다 드리겠습니다."
목춘은 돈을 꺼내 들고 문을 나섰다. 그때 본채 안쪽에서 한 남자가 걸어나왔다.
야윈 몸매에 키가 작달막한 사내였다. 주근깨 가득한 얼굴에는 수염이 서너 가닥뿐이었다. 매부리코에 눈매가 매서운 것이 몹시 흉악해 보였다. 그자는 특별한 직업이 없는 자로 툭하면 이름을 바꾸곤 했다. 털 한 가닥을 가지고 남의 흠집을 들추어내는 것이 마치 얕은 물이 홍수를 일으키듯 하는 자였다.
사내는 거나하게 술에 취해 비틀거리며 변소에서 나오는데 한 소년의 부축을 받고 있었다. 소년이 목춘을 보고 소리쳤다.
"목소랑!"
목춘은 약을 사러 가는 일에 정신이 팔려 있었다. 그래서 소년이 부르는 소리를 듣지 못하고 곧장 나가버렸다.
소년이 부축하고 있던 사내는 축대립이라는 자로 강주의 무뢰

배었다. 어머니가 꽤 미인이어서 주변에 도와주는 사람이 있었던 지라 축대립은 어느 정도 글을 읽고 쓸 줄 알았다. 말주변이 뛰어났던 그에게는 흰색을 검은색이라고 속이는 일쯤은 누워서 떡 먹기였다. 미인계를 미끼로 돈을 뜯어내는 일을 공공연히 벌이는가 하면 거간꾼으로 온갖 일에 끼어들지 않는 데가 없었다. 게다가 호색한이라서 남자와 여자를 가리지 않았다.

소년은 노름판을 운영하는 지대안이라는 자의 아들로 이름이 방가였다. 이목구비가 뚜렷한데다 흰 얼굴에 입술이 붉은 예쁘장한 얼굴을 하고 있었다. 나이는 열대여섯 살쯤 되었다. 방가는 공부에는 뜻이 없고 놀기를 좋아했다. 훈장 선생님께 벌을 받을까 봐 두려워하고 있던 그를 축대립이 꾀어내 쌍봉묘로 데려왔다.

쌍봉묘 도사 초악선노 도사의 본분을 지키지 않는 자였다. 그는 마을 보정 원애천과 친밀한 관계였는데 축대립과도 연결되어 함께 의형제를 맺은 사이로 세 사람은 한 패미나 다름없었다. 초도사가 지역의 사건사고를 알아내면 원애천이 상부에 신고하고 축대립이 관청 쪽 일을 도맡아 거기서 발생하는 떡고물을 셋이서 나누어 가졌다.

사람들은 '세 마리 쌍봉 호랑이'라고 부르며 그들의 행위에 치를 떨었다. 축대립이 방가를 속여 데려온 다음 초도사와 함께 둘이서 공동으로 향락을 즐겼음은 말할 필요도 없다.

그날도 축대립은 방에서 술을 한잔 하던 참이었다. 행인이 찾아와 도사에게 방을 빌린다는 소리를 듣고도 특별히 마음을 쓰지는 않았다. 그런데 술기운이 한창 오를 무렵 방가의 손을 잡고 소변을 보러 나왔다가 방가가 목춘에게 '목소랑'이라고 부르는 소리를 들었다.

"목소랑이라니 누구냐?"

"우리집에 늘상 와서 도박하던 사람인데 사람들이 '목소랑'이라고 부릅니다."

그 말이 축대립의 귓속에 번뜩 날아들었다.

'며칠 전 유당만에서 두 사람이 살해당하지 않았는가! 술독 안에서는 조각난 시신이 발견되고. 호별고 노인이 관에 알리기로는 목소랑하고 웬 낯선 남자 하나가 찾아왔다고 했지. 분명 그놈이 틀림없다. 지금 관에서 천 관의 현상금을 내걸었으니 어서 원보정한테 알려야겠다. 놈을 붙잡아 현상금을 차지해야지.'

축대립은 바깥채로 가서 살펴보았다. 장경은 이불을 뒤집어쓰고 자고 있고 그의 머리맡에는 두 개의 큰 보따리가 놓여 있었다. 그는 서둘러 방으로 돌아와 말했다.

"초도사! 팔아먹을 수 있는 좋은 물건 하나가 굴러들어왔소!"

초도사는 무슨 뜻인지 이해를 하지 못했다. 무슨 말이냐고 물으려는데 세 남자가 불쑥 방으로 들어왔다. 모두가 자리에 앉자 축대립이 말했다.

"원보정, 마침 잘 왔네. 그렇잖아도 자네를 부르러 사람을 보내려던 참이었네. 그런데 이 두 분은 누구신지?"

원애천이 대답했다.

"강주부의 관리인데 도적을 숨겨주지 않는다는 서약서를 받으러 나왔다네. 이 왼쪽 분이 그 유명한 주발천으로 본명은 주원이라네. 그리고 저분은 같이 일하는 동료이고. 축상공의 높은 이름을 듣고 특별히 만나보고 싶었다는군."

그 말을 들은 축대립은 크게 기뻐하며 말했다.

"사람이 바라는 선한 소원은 하늘이 반드시 이루어 주시는 법이라오."

그는 도사더러 큰 사발 세 개를 더 가져오게 했다. 그리고 술을 따라 새로 온 사람들에게 권했다.

"아주 좋은 일이 있는데 말이오. 술을 다 마시고 나면 이야기하겠소."

세 사람은 따라 준 술을 모두 마셨다. 그러자 축대립이 입을 열었다.

"강주 유당만에서 남자 하나와 여자 하나가 죽은 살인사건이 있었죠? 이웃에 사는 호별고라는 노인이 살인자 한 사람의 이름은 모르지만 다른 하나는 목소랑이라고 했다는데 그런가요?"

주원이 곧장 말을 받았다.

"우리는 바로 그 일 때문에 서약서를 받으러 온 겁니다. 그런 자가 어디로 깊이 숨거나 하면 곤란하니까요."

"먼저 천 관의 현상금을 같이 나누고 나서 이야기합시다."

축대립이 이렇게 말하자 원애천이 웃으며 말했다.

"축상공, 또 농담인가? 범인의 그림자조차 안 보이는데 어떻게 현상금을 나눠 갖는다는 말인가?"

"그 두 사람은 내가 벌써 주머니 속에 붙잡아 넣어두었네. 아까 초도사한테 방을 빌린 자들이 바로 그들이거든."

"전부터 얼굴을 알던 자들이오?"

도사의 물음에 축대립이 대답했다.

"아니, 그렇지는 않소. 놈이 문을 나서는 것을 보고 방가가 '목소 랑'이라고 부르기에 물어 보니 자기 집에 도박하러 드나들던 놈이 라더군요. 그놈이 틀림없소!"

"그놈이 밖으로 나가 버렸다니 찾을 수 있을까?"

원애천이 걱정하자 축대립이 말했다.

"나머지 한 놈이 지금 병이 나서 바깥채에 누워 있거든. 놈은 마을에 가서 약을 사가지고 곧 돌아올 것이네."

"먼저 그 병자를 붙잡아 심문해 봐야겠소. 그런 다음 대책을 세워야지요."

주원이 자리에서 일어서며 말했다. 사리에 맞는 말이었다.

일동은 함께 바깥채로 몰려갔다. 주원이 벼락같이 이불을 걷어 세끼며 소리쳤다.

"네 이놈, 살인범이 잘도 숨어 있구나! 하늘이 무서운 줄 모르 느냐!"

장경은 한 무리의 사람들이 자신을 에워싸고 있는 것을 보고 일이 잘못되었음을 짐작할 수 있었다. 장경은 자리에서 일어나 앉 으며 말했다.

"여러분, 진정하고 내 말 좀 들어보시오. 나는 원래 담주 사람으 로 장경이라 하오. 건강에서 호광으로 가는 배를 빌렸는데 육상 과 장덕이라는 사공이 나를 취하게 만들고는 한밤중에 칼을 들 고 선실로 들이닥치더군요. 하는 수 없이 강물 속으로 뛰어들었지요. 근처 암자의 스님 덕분에 살아날 수 있었지만 놈들은 내가 가지고 있던 은자 오백 냥을 빼앗아 갔습니다.

강주에 들렀다가 아는 동생을 만나 유당만을 찾아갔지요. 원수를 만났으니 분노하지 않을 수 없었고 그래서 그만 죽이고 말았습니다. 관청으로 끌려가도 할말은 이뿐이오."

"강도놈의 말을 일일이 듣고 있으란 말이냐!"

주원은 이렇게 말하고는 소매 속에서 오랏줄을 꺼내 장경을 묶었다.

"나는 강주에서 너희를 잡으러 온 사람이다. 목소랑이란 놈을 잡은 다음에 함께 데려가겠다."

장경은 몸이 아픈데다 상대가 예닐곱 명이나 되니 그들을 상대할 수 없었다. 하는 수 없이 끌려가 땔감 창고 안에 갇혔다. 그들은 밖에서 자물쇠를 잠갔다.

축대립, 초도사, 원애천은 장경과 목춘의 짐보따리를 방으로 가지고 와 열어 보았다. 새하얀 은자 육백 냥과 금은주옥 장신구가 들어 있었다. 생각지도 못한 횡재에 즐거워하며 축대립이 말했다.

"이 재물은 내가 찾아낸 것이니 의당 절반은 내 몫으로 하겠소. 나머지는 똑같이 나누어 가지시오."

그러자 원애천이 말했다.

"그렇게 하지. 하지만 우선 목소랑부터 잡고 나서 처리하세."

초도사는 기쁨에 겨운 나머지 다시 닭 두 마리를 잡고 잘 갈무리해 둔 새 술통을 개봉하였다. 안주로 먹을 과일과 채소도 새로 내왔다. 그들은 양껏 술을 마시기 시작했다. 축대립은 도사에게 불목하니를 바깥채로 보내 지키게 하자고 말했다.
"목소랑이 돌아와 놀라지 않도록 속여야 하오. 병든 손님이 바깥바람에 몸을 상할까봐 사부께서 안채로 옮겼다고 유인한 다음 잡는 거요."
밖으로 나간 도사는 불목하니에게 축대립이 말한 내용을 일러주었다.
방가는 목춘을 보고 불현듯 그의 이름을 불렀을 뿐이다. 그런데 축대립 무리가 이렇게 행동하는 것을 보고는 크게 후회했다.
'목소랑은 우리집에서 도박할 때 보면 매우 올곧을 뿐 아니라 언제라도 개평을 떼어 내게 주곤 했지. 오늘 목소랑이 목숨을 잃게 되면 그건 분명 나 때문 아닌가. 나중에 집에 돌아갔을 때 아버지가 사실을 알게 되면 반드시 나를 꾸짖을 거야. 아무래도 그에게 알려주는 게 좋겠다.'
이미 등불을 환히 밝힌 지 얼마의 시간이 흘렀다. 축대립 무리는 재물을 손에 넣은 뒤라서 환호작약하며 연신 술을 마셨다.
방가는 술에 취해 먼저 들어가 자겠다는 핑계를 대고 살며시 자리를 빠져나왔다. 서쪽 바깥채로 나와서 보니 불목하니는 마루에 걸터앉아 졸고 있었다. 방가는 그를 흔들어 깨웠다. 불목하니는 목춘이 돌아온 줄 알고 말했다.
"손님, 약 사오셨군요."
그 모습을 보며 방가가 말했다.
"여기서 뭐하는 거야?"
정신을 차리고 보니 그것은 방가였다.

제17회 세 마리 쌍봉 호랑이를 처단하다

"왜 나왔어?"

"두 손님이 정말 범인인지 아닌지는 모르잖아. 하지만 저 안에 있는 사람들은 불량한 사람들이야. 우리가 거기 가담할 이유는 없다고. 손님들을 어떻게든 도와줘야 돼."

"나도 그렇게 생각해. 그 손님은 좋은 사람이야. 아까 이리로 오더니 내게 은자를 두 냥이나 주더라고. 여기서 이럴 게 아니라 문 밖에 나가서 기다리자."

불목하니가 맞장구를 쳤다. 두 사람이 도관 문을 나서는데 목춘이 급히 돌아오는 게 보였다. 불목하니가 손을 내저으며 말했다.

"들어가면 안돼요."

목춘은 그런 행동이 이해되지 않았다.

"방가 아니냐? 네가 왜 여기 있는 거지?"

불목하니 옆에 방가가 있는 것을 보고 목춘이 놀라서 물었다. 방가는 목춘을 소나무숲으로 끌고 가 전후 사정을 설명했다.

"우리는 목소랑을 도우려는 거예요. 어서 도망가세요."

"두 사람의 호의는 고맙지만 형님이 안에 있는데…"

목춘이 걱정하자 방가가 밀했다.

"조금 있다가 그 패거리들이 모두 취한 다음에 몰래 숨어들어가 데리고 도망가시죠."

"알았다. 내가 안으로 들어가서 우선 그들의 움직임을 살펴보겠다."

목춘은 이렇게 말하고 나서 살며시 안으로 들어가 방안을 들여다보았다. 모두들 술에 취해 시끄러운 가운데 여전히 벌주놀이를 하며 마셔댔다. 취한 눈은 몽롱하고 몸을 가누지조차 못했다.
"그놈이 돌아올 때가 됐는데!"
주원의 말을 축대립이 바로 받아넘겼다.
"아무도 누설하는 사람이 없으니 곧 그물에 걸릴 것이오."
그러고는 문득 방가가 보이지 않는 것을 알아챘는지 말을 이었다.
"방가는 어디 갔지?"
"당신 애인은 조금 전에 자러 갔소."
초도사의 대답에 주원이 웃으며 말했다.
"당신들 두 사람은 그동안 충분히 즐겼으니 오늘밤은 내게 양보하시오. 아니면 내가 검거할지도 모르오. 요즘 남색 죄가 얼마나 무거운지 아시오, 흐흐!"
목춘은 치밀어 오르는 분노를 참을 수가 없었다. 손에 든 무기가 없어서 아궁이 쪽으로 가 장작 패는 도끼를 찾았지만 그마저 보이지 않았다. 단지 나무를 찍어내는 데 쓰는 철추가 하나 눈에 띄었다. 두툼한 끝부분이 은빛처럼 반짝이는 철추를 들어보니 무게 십여 근은 됨 직했다.
'이거면 충분하겠군!'
목춘은 다행이라 생각하며 옷자락을 단단히 조여 묶었다. 그리고 철추를 든 채 그대로 방으로 뛰어들었다.
"이런 나쁜 놈들! 철추 맛 좀 보거라!"
방안에 있던 자들은 그 모습을 보고 깜짝 놀랐다. 작은 방이라서 도망칠 뒷문도 없었다. 그들은 한쪽 구석으로 몰렸다. 분기탱천한 목춘은 이를 악물고 먼저 원애천을 때려눕혔다. 주원의 동료가 문밖으로 도망치려는 것을 철추 자루를 잡고 가슴을 내려치니 이자도 땅바닥에 나뒹굴었다.

주원은 걸상을 손에 들고 덤벼들었다. 목춘이 힘껏 내리쳤지만 그만 식탁을 치는 바람에 음식그릇이 산산조각이 났다. 목춘이 식탁을 걷어차자 식탁이 넘어지면서 식탁과 벽 사이에 낀 초도사는 온몸에 닭국물을 뒤집어썼다.

이때 다시 주원이 걸상을 들고 달려들었다. 목춘은 왼손으로 걸상을 막으면서 오른손으로 철추를 내리쳤다. 주원은 비명을 지르며 거꾸러졌다. 으깨진 그의 머리에서는 골수가 흘러나오고 있었다. 초도사가 식탁을 밀치며 일어서는 것을 목춘이 목을 잡고 일격을 가했다. 초도사는 식탁 밑으로 축 늘어졌다.

그런데 축대립이 보이지 않았다.

'이상하군!'

문득 마당을 바라보니 파초잎 뒤에 웅크리고 숨어 있는 축대립의 모습이 보였다. 달려간 목춘이 철추를 내리쳤다. 축대립은 손을 들어 막으려다가 오른팔이 부러지고 말았다.

목춘은 뒤돌아서 방안을 둘러보았다. 조금 전까지 살려고 몸을 꼼지락거리던 원애천, 주원의 동료, 초도사는 이제 거의 움직임이 없는 상태였다.

부엌으로 달려갔더니 불목하니와 방가가 아궁이 옆의 마른 짚단 속에서 서로 껴안은 채 부들부들 떨고 있었다.

"우리 형님은 어디 계시지?"

불목하니는 한동안 말을 못하다가 가까스로 입을 열었다.

"뒤꼍에 있는 땔감 창고에 갇혀 있어요."

등불을 들고 불목하니를 앞세운 목춘은 땔감 창고로 갔다. 창고 입구에 자물쇠가 잠겨 있었다.

"열쇠는?"

목춘이 묻자 불목하니가 대답했다.

"그 사람들이 열쇠를 잠갔기 때문에 어디에 있는지 모릅니다."

목춘은 발로 힘껏 문짝을 걷어찼다. 부서진 문을 밀치고 들어가며 목춘은 장경을 불렀다.

"형님!"

장경은 땔나뭇단 위에 앉아 있었다.

"내가 놈들을 다 때려눕혔소. 이제 안심하시오."

장경의 목이 밧줄에 묶여 있었기 때문에 목춘은 비수를 꺼내 밧줄을 끊었다.

"형님, 잠시 저쪽에서 기다려 주시오. 나는 아직 할 일이 있소이다. 몸은 좀 어떠시오?"

"생강탕을 마신데다가 그놈들 때문에 놀라서 한바탕 식은땀을 흘렸더니 조금 개운해졌네. 놈들이 심문하러 왔을 때는 몸을 움직일 수조차 없어 꼼짝없이 자네가 오기만 기다렸지."

목춘은 다시 방으로 돌아와 자신들의 짐을 찾았지만 보이지 않았다. 불목하니가 말했다.

"저쪽 침실에 있어요."

불목하니가 손가락으로 가리킨 곳으로 들어가 보니 과연 보따리가 놓여 있었다. 요도도 거기에 함께 있었다. 목춘은 칼을 뽑아

제17회 세 마리 쌍봉 호랑이를 처단하다

가지고 아까 있던 방으로 돌아왔다. 그는 원애천, 주원, 주원의 동료, 그리고 도사의 목을 모조리 베어 버렸다. 그런 다음 불목하니에게 물었다.
"그런데 술이 좀 있는가?"
"곳간에 있어요."
 목춘은 술독을 하나 꺼내 와서는 불목하니에게 데워달라고 했다. 그리고 부엌을 둘러보았다. 양다리 하나와 삶은 닭 반 마리가 눈에 띄었다. 목춘은 칼로 고기를 썬 다음 장경에게 앉기를 권유했다.
"형님, 따뜻한 술 한 잔 드시오. 닭고기는 아직 먹지 않는 게 좋겠지만."
 목춘은 방가와 불목하니에게도 같이 앉아 먹자고 했다. 그러자 방가가 말했다.
"목소랑, 너무 놀라서 내 간이 콩알만 해졌다구요!"
"다시는 이런 패거리들과 어울리면 안돼. 날이 밝는 대로 바로 집으로 돌아가. 부모님이 기다리고 계신다구."
 목춘은 이렇게 말하며 큰 사발에 술을 따라 연거푸 대여섯 잔을 마셨다.
"그렇지. 한 가지 더 할 일이 남아 있지!"
 목춘이 자리에서 일어나며 말했다. 불목하니에게 등불을 들려 뒤뜰로 간 목춘은 축대립을 마당으로 끌어냈다. 그리고 그의 옷을 홀랑 벗기고는 무릎을 꿇렸다.
"이 개만도 못한 놈! 지금까지 저지른 악행을 숨김없이 낱낱이 자백하면 용서해 주겠다."

목춘이 호통을 치자 축대립이 얼른 대답했다.

"호걸께서 용서해 주신다면 사실대로 말씀드리겠습니다. 아무 날 아무개한테서 돈을 사취하고 아무 날은 부녀자를 강간하고 아무 날은 벼슬아치를 꾀어먹은 일이 있습니다. 아무 날은 아무개를 모해 살해하고 억지 소송을 일으켜 사람들을 무고했을 뿐 아니라 남을 선동해 평지풍파를 일으키는 등 저지른 일이 하도 많아서 다 기억하기 어렵습니다. 소인은 죽어도 아깝지 않습니다. 하지만 홀어머니를 부양할 사람이 없으니 제발 목숨만 살려주십시오. 오른팔이 부러져 더 이상 칼을 쥘 수도 소송장을 꾸미기 위한 붓도 손에 잡을 수 없으니 지금부터는 개과천선하겠습니다."

목춘이 웃으며 말했다.

"네놈 어머니를 돌봐줄 사람이 있다는 것을 다 알고 있다. 네놈이 굳이 보살피지 않아도 된다. 오른팔이 부러져 칼도 붓도 쥐지를 못한다고? 네놈은 발가락 사이에 붓을 끼워서라도 사람을 모해할 놈이다. 우리가 이전에 원한을 산 일도 척진 일도 없는데 왜 이렇게 독기를 품은 줄 아느냐? 방가는 멀쩡한 집안의 자식 아니냐? 그런데 왜 그를 꾀어내 몹쓸 짓을 시킨 것이냐?"

목춘은 큰 사발에다 다시 술을 따라 들이켰다. 그리고 축대립의 머리를 단칼에 잘라 버렸다.

"이제야 속이 후련하오. 술을 몇 잔 더 마신 다음에 약을 달여 드리겠소!"

목춘이 가슴을 만지며 통쾌해 하자 장경이 얼른 말을 받았다.

"동생, 자네의 이런 호협한 행동을 보니 병이 싹 다 나았네. 여기는 오래 머물 곳이 아니니 어서 길을 떠나세."
"옳은 말씀이오."
맞장구를 친 목춘은 불목하니에게 말했다.
"초도사가 얼마간 모아둔 돈이 있을 테니 자네는 그걸 가지고 이곳을 떠나게. 우선 내일 이웃사람들에게 오늘 일을 알려 관에 보고하도록 하는 게 좋겠네."
그리고 방가에게 말했다.
"한시라도 빨리 집으로 돌아가. 관에서 나오면 연루자로 몰릴지도 모르니까. 앞으로 다시는 부모님 몰래 나쁜 길로 빠져선 안돼!"
목춘은 방에 들어가 짐보따리를 들고 나왔다. 요도를 칼집에 꽂아 허리춤에 찬 그는 장경과 함께 문을 나섰다.
자정을 한참 넘긴 시각이었다. 서리가 땅바닥에 하얗게 깔리고 하늘의 별들이 차가운 공기 속에서 반짝이는 까닭에 길을 분별하는 데 어려움은 없었다. 목춘은 혼자서 짐보따리를 모두 짊어진 채 장경은 맨몸으로 걷게 했다.
"몸은 이제 다 회복되었네. 어제는 왜 그리 한순간에 상태가 나빠졌는지 모르겠군!"
장경이 고개를 갸웃거리자 목춘이 말했다.
"그놈들 악당 패거리를 처치해 달라고 귀신이 일부러 그런 모양이죠. 덕분에 우리가 하늘을 대신해 도를 행하게 되었잖소!"
그들은 날이 밝을 때까지 쉬지 않고 걸었다. 객줏집에 들어가 밥을 먹고는 또 걸었다.

며칠 지나지 않아 두 사람은 등운산 아래 도착하였다. 그런데 깃발이 들판에 가득 널려 있고 병장기가 물샐 틈 없이 빽빽한 사이로 거대한 군영이 세 개나 설치되어 있었다.

감히 앞으로 나갈 엄두가 나지 않았다. 그들은 가던 길을 조금 되돌아와 눈에 띄는 주막집으로 들어갔다. 일단 술이라도 마실 요량으로 술 두 되와 안주를 시켰다.

"사실대로 말씀드리자면 관병이 이곳에 주둔하고 있어 술과 고기는 팔 수 없습니다."

종업원의 말을 듣고서 장경이 물었다.

"관병이 주둔하고 있다니 어찌된 겁니까?"

"등운산에 여러 명의 두령이 산채를 마련해 웅거하자 동경 추밀원에서 그들을 토벌하기 위해 온 것입니다. 삼천 군사를 거느린 대장을 파견하고 등주, 청주, 내주 세 고을의 군사까지 동원했답니다. 그들이 여기 주둔한 지 벌써 보름이나 되다 보니까 상인들의 왕래가 완전히 끊기고 말았습니다."

"산채 두목 중에 완소칠과 손립이라는 사람이 있나요?"

목춘의 물음에 종업원이 대답했다.

"손님들은 어디서 오신 분이기에 그들 두령에 대해 물으시는 겁니까?"

장경이 대답했다.

"옛날 양산박에 함께 있다가 조정에 귀순했으니까요."

"아, 그러시군요. 그렇다면 저 안쪽에 있는 정자로 자리를 옮기시지요."

제17회 세 마리 쌍봉 호랑이를 처단하다

자리를 옮기자 종업원은 술과 안주를 내왔다.

"이곳은 고대수라는 분이 운영하는 가게인데 정탐하기 위해 영업하고 있습니다. 산채 두령들을 만나고 싶으면 날이 어두워진 다음에 샛길로 올라가면 됩니다."

밤이 깊어지기를 기다렸다가 두 사람은 종업원의 안내로 산채 뒷문에 이르렀다. 부하들이 기별을 넣었기 때문에 그들은 바로 취의청으로 갔다. 상견례를 하고 나서 완소칠이 말했다.

"자네들 두 형제가 마침 때맞추어 와주었구만. 우리를 도와주어야겠네."

손립이 말을 받았다.

"지난번에 우리가 등주를 쳐서 양태수를 제거한 나음 난정옥 형님을 산채의 주인으로 모셨거든. 이건 모두 호삼랑의 오라버니 호성의 계략에 의한 것이었다네. 양전은 자신의 동생을 죽였다고 우리한테 이를 갈고 있는 참이야. 채경 또한 화가 머리끝까지 났겠지. 안선생을 잡지 못한 분풀이로 소양과 김대견 두 분을 사문도로 유배보낸 것을 우리가 도중에 빼돌렸으니까. 안선생도 자초지종을 알고 나서 이곳에 합류했지.

놈들은 조정에 품의해 어영대장 오경에게 삼천 병마를 내주었다네. 그리고 등주, 청주, 내주 세 고을의 도통제들과 함께 우리를 치도록 했지. 두 번 그들과 맞붙었는데 아직 승패를 가리지 못하고 있네. 어쨌든 우리가 수적 열세에 있기 때문이지. 보름 정도 그들과 대치중인데 격퇴할 마땅한 방책이 없단 말일세. 자네들 두 사람은 우리가 여기 있는 줄 어떻게 알았는가?"

"건강부에서 대원장을 만나 여러 형제들이 이곳에 모인 줄 알았소이다. 곧장 이리로 오려 했으나 뜻하지 않게 강주에서 도둑놈들에게 가진 돈을 빼앗기고 목숨마저 잃을 뻔했지 뭐요. 두 번이나 위험한 고비가 있었으나 목춘 아우 덕분에 간신히 살아났소. 천신만고 끝에 이렇게 형제들을 만나게 된 것이오."

장경의 대답이 끝나기를 기다렸다가 호성이 말했다.

"손립 형님, 이 두 분 다 깊이 믿고 의지하는 사이겠지요?"

"여부가 있나! 우리 모두 옛 양산박 형제들인걸. 한마음 한뜻으로 물속이고 불속이고 함께하는 사이고말고!"

"그렇다면 한 가지 좋은 계책이 있소."

"어떤 계책인가?"

난정옥이 묻자 호성이 대답했다.

"청주 도통제 황신은 우리와의 옛 정을 생각해 병을 핑계대고 출병하지 않았소이다. 장형이 황신인 척 꾸미고 오백 명의 뛰어난 부하들을 데리고 가는 거요. 청주 깃발을 들고 토벌군 진영에 가담하는 거죠. 거기 가서 태수가 빨리 합류하라고 재촉하는데다 병도 나아 함께 공을 세우러 달려왔다고 말하는 거외다. 오경은 동경에만 있던 사람이고 등주와 내주의 도통제 모두 새로 부임한 자들이라서 얼굴을 알아볼 리는 없을 거요.

며칠 지나서 우리 쪽에서 사자를 보내 항복 의사를 밝히면 저자들은 틀림없이 교만해져서 마음이 해이해질 것이오. 그 틈을 이용해 안팎에서 호응하면 반드시 승리를 거둘 수 있을 것이오."

호성의 계책을 들은 두령들은 크게 기뻐하며 환영 잔치를 베풀었다.

다음날 부하들을 뽑아 청주 깃발을 만드는 등 만반의 준비를 갖추었다. 호성은 소양에게 청주부에서 보내는 문서를 작성하게 한 다음 김대견이 새긴 관인을 찍었다. 그리고 사자한테 문서를 주며 먼저 토벌군 진영에 전하게 했다.

하루가 지난 뒤 장경은 황신으로 분장하고 오백 명의 부하와 함께 산채를 떠났다. 샛길을 따라 하산한 그들은 길을 삥 돌아 청주에서 오는 양 꾸몄다.

본영 앞에 이르자 장경은 청주 도통제가 군사를 이끌고 토벌군에 참가하러 왔노라고 보고하였다. 오경은 전날 이미 문서를 받아 본지라 일말의 의심도 없이 영문을 열고 그들을 맞이하였다.

장경은 곧바로 중군 막사로 갔다. 오경이 상석에 앉아 있고 내주 도통제 유인과 등주 도통제 우원명이 좌우에 착석해 있었다. 장경이 오경을 향해 알현 인사를 올리자 오경은 일어나 답례하였다. 유인, 우원명과도 맞절을 하고 장경은 자리에 앉았다.

"장군이 병을 앓고 있다고 칭하며 바로 오지 않은 것이 설마 저들과 지난날의 우정 때문은 아니겠지요?"

오경의 말에 장경은 공손하면서도 엄정한 태도로 대답하였다.

"제가 지난날 양산박에 있으면서 용서받을 수 없는 큰 죄를 지었으나 다행히 나라의 은사를 받고 작은 공을 세워 현직을 제수받았습니다. 분골쇄신해도 그 은혜를 갚기 어렵습니다. 역도들이 구습을 버리지 못하고 다시 조정에 반기를 들었으니 만 번 죽어도 부족하거늘 어찌 정분 따위가 있겠습니까?

제가 장군 휘하에 바로 들지 못한 것은 다만 심한 감기에 걸렸기 때문입니다. 다행히 병이 다 나은데다 태수께서도 혹여 일이 잘못될까봐 출진을 재촉하는 까닭에 단숨에 달려온 것입니다. 아무쪼록 늦게 합류한 죄를 너그러이 용서해 주십시오."

오경은 장경의 단호한 말투와 당당한 외모를 보고 부드럽게 말했다.

"장군을 '세 산의 도둑떼를 제압할 만한 용력의 소유자'라고 칭한다는 말을 들은 지 오래인데 과연 명불허전이오."

장경은 겸손한 태도로 감사를 표하였다. 그러면서 오경에게 물었다.

"그런데 저놈들과 몇 번 전투를 해보셨을 텐데 그들의 군세가 어떠한지요?"

"저까짓 초적놈들이야 모두 하잘것없는 오합지졸들이지요. 무예를 조금 아는 자는 난정옥 정도뿐인데 그자가 양도독 휘하에 있을 때 동경에서 만난 적이 있지요. 등주 도통제를 제수받아 가더니 뜻밖에도 모반에 가담했지 뭐요. 나머지 놈들은 다 하찮은 것들뿐이오. 두 번 싸워 패주하고는 소굴에 들어가서 나오지를 않는구려. 장군은 이제 곧 내가 큰 공을 세우는 것을 보게 될 것이오."

대화를 나누고 있는데 군관이 달려와 알리는 것이었다.

"등운산에서 항서를 가지고 왔습니다."

"불러들여라!"

오경의 말에 등운산에서 온 사자가 장막 앞으로 나와 머리를 조아리며 항서를 올렸다. 오경이 항서를 읽어보고 말했다.
"초적들이 항복을 청해 왔는데 장군들은 어찌 생각하시오?"
우원명이 나섰다.
"본시 조정은 은혜와 위엄을 함께 사용해야 합니다. 그들이 지금 궁지에 몰리니까 시세를 판단해 보고 꼬리를 내리는 것이겠지요. 이미 항복 의사를 밝혔으니 의당 받아들여야죠. 전에 양산박 무리도 조서를 내려 귀순시키지 않았습니까?"
그러자 장경이 단호히 말했다.
"안될 일입니다!"
이는 마치 다음 시구의 내용과 부합하는 상황이었다.

용맹한 군대가 돌연 계곡을 가득 메우면
뛰어난 장수라도 잠깐 사이에 전장에서 목숨을 잃느니

제18회
황신을 가장한 반간계

 황신으로 가장한 장경이 청주 군사인 양 토벌군에 가세했을 때 등운산의 사자가 항서를 가져왔다. 우원명은 토벌책뿐 아니라 보듬어 안는 정책을 병용해 항복을 받아들여야 한다고 주장했다. 반면에 장경은 오경이 자신에게 의심을 품지 않도록 일부러 이렇게 말했다.
 "안될 일입니다! 양민이 부득이하게 산속에 들어가 무리를 지은 것이라면 용서할 수 있겠지만 저들은 과거에 귀순했다가 다시 배반한 것이므로 용납해서는 안됩니다. 성냥갑만한 작은 산채 하나 무너뜨리는 것이 어찌 어렵겠습니까? 그들의 청을 들어주면 안됩니다."
 유인이 나서며 말했다.
 "황장군의 말씀이 이치에 맞긴 하지만 이곳의 산세가 험준하고 수목이 무성해 저들이 소굴을 지키며 나오지 않으면 오랜 시일이 소요될 것입니다. 지금 조정은 서북 방면에서 군대를 움직이고 있기 때문에 군량과 전비가 부족한데다 우리 군은 무방비로 외부에 노출되어 있습니다. 또한 등주, 청주, 내주의 병사를 송두리째 징발해 온 까닭에 각 고을의 수비가 몹시 허약합니다. 만일 적도들이 기회를 엿보아 성을 공격하기라도 하면 그 화가 작지 않을 것입니다.

일단 적의 항복을 받으시지요. 다만 병법에 이르기를 '항복을 받을 때는 적의 공격을 받듯이 하라'는 말이 있지 않습니까? 모름지기 방심하지 말아야 할 것입니다."

"유장군의 의견이 좋은 계책이 아닌가 싶소!"

오경은 이렇게 결론짓고는 등운산 사자에게 분부했다.

"항복할 의사가 있거든 사흘 내로 모든 무기를 버리고 우리 군영 앞으로 와라. 만약 지연될 때는 산채로 쳐들어가 풀 한 포기 남겨두지 않겠다."

"내일 산채를 불태우고 투항자 명부를 만들어 전원 하산하겠습니다. 장군께서 먼저 면사패를 내려주시면 감사하겠습니다."

사자의 말에 오경은 군정사를 불러 죄를 사면한다는 내용의 면사패를 만들어 건네주었다.

'줄지어 내려와 귀순하는 자는 이름을 확인한 후 모두 사면한다.'

영내의 병사들은 적이 투항한다는 소식을 듣고 서로 죽임을 당하지 않아도 되므로 모두 기뻐했다.

사자는 감사의 예를 올리고 산채로 돌아갔다. 두령들은 오경이 투항을 허락한 사실과 장경을 비롯한 장군들이 나눈 이야기를 전해 들었다.

난정옥은 손립에게 관병의 동쪽 군영을 치고 완소칠에게는 서쪽 군영을 치게 하였다. 손신과 고대수는 등주 가는 길에 매복하고 추윤과 목춘은 내주 가는 길에 매복하였다. 난정옥 자신과 호성은 중군 군영을 칠 계획이었다. 각자의 역할이 정해지자 그날 밤 자정 무렵 말방울을 떼고 조용히 산을 내려왔다. 관군 군영의 코앞에 이르렀지만 안에서는 아무런 기척도 들리지 않았다.

난정옥과 호성은 영문 울타리를 걷어내고 함성을 지르며 중군 군영으로 돌진했다. 오경은 본시 전쟁에 익숙한 장수인지라 갑옷을 벗지 않고 있었다. 벌떡 일어나 내다보니 한편에서 불길이 일며 온 영내가 붉게 물들었다. 병사들 모두 잠을 자고 있었기 때문에 말에 안장을 얹지도 갑옷을 입지도 못한 채 우왕좌왕하고 있었다.

오경은 대도를 들고 적을 막아섰다. 긴 창을 꼬나쥔 난정옥이 오경을 상대하려는데 갑자기 부하들을 거느린 장경이 달려들었다. 안에서 내응하는 자들이 있음을 알게 된 오경은 몹시 심란하고 어지러웠다. 갈팡질팡하던 오경이 난정옥의 창에 찔려 쓰러지자 호성이 재빨리 그의 목을 베어 버렸다. 병졸들은 모두 제각기 도망치기 바빴다.

우원명은 중군 군영에서 나는 소란스러운 소리를 듣고 잠에서 깼다. 겨우 자리에서 일어나는 참에 완소칠이 벌써 막사 안으로 뛰어들며 단칼에 찍어 쓰러뜨렸다.

유인은 두 군영이 이미 무너진 것을 알고 재빨리 말에 올라타 뒷길로 달아나기 시작하였다. 손립이 바짝 그의 뒤를 쫓았다. 돌연 포소리가 울리더니 추윤과 목춘이 길을 가로막았다. 유인은 어쩔 줄 몰라 하다가 손립이 휘두른 철편에 맞아 머리통이 깨지며 말에서 굴러떨어져 죽었다.

날이 밝을 때까지 사방에서 들이치자 세 군영의 병사들은 모조리 궤멸되었다. 영내에 있던 말, 갑옷, 무기, 식량 등은 산채로 운반하였다.

채찍으로 금빛 말등자를 두드리고
개선가를 부르며 돌아오도다

등운산 두령들은 승리의 기쁨에 젖어 부하들에게 큰 상을 내리고 연회를 베풀었다. 그들은 환호성을 지르며 취하도록 술을 마셨다.

"우리가 중과부적이라서 오래도록 방어에 어려움을 겪지 않았는가? 만약 장경 아우가 청주 군사로 위장해 영내에서 공격해 주지 않았더라면 이 산채도 위험할 뻔했네."

난정옥의 말을 손립이 받았다.

"장경 아우는 원래 과거시험에 응시했던 사람이라서 문무를 겸비한 셈이죠. 황신으로 가장했는데도 전혀 들통나지 않은데다 오경이 의심조차 품지 않은 것을 보아도 재주를 알 수 있지요. 다만 황신한테는 못할 짓을 하고 말았구먼. 얼른 황신한테 알려 산으로 오게 해야 화를 당하지 않을 텐데 그가 순순히 응할지 모르겠군."

그러자 소양이 말했다.

"황신은 무예가 뛰어나고 매우 의로운 사람입니다. 그의 이름을 빌린 것은 삼로의 대군을 물리치기 위한 일시적인 편법이었습니다만, 청주 병사들을 토벌군에 합류시키려 했을 때 병을 핑계삼아 참여하지 않은 것을 보아도 그가 옛 정의를 중시함을 알 수 있지요. 그를 위험에 빠뜨려 놓고 가만히 앉아서 구하지 않는 것은 도리가 아닙니다. 내가 세 치 혀로 그를 설득해 산채로 불러 오리다. 고집을 부리며 끝내 따라 나서지 않으면 어쩔 수 없지만요."

"소선생 말씀이 옳소. 빨리 서둘러야지 등주와 내주의 패잔병들이 돌아가 청주 도통제가 내응했다고 이야기하면 해명하기 어려울 것이오. 수고스럽겠지만 내일 당장 떠나는 게 좋겠소."

난정옥이 말을 받았다. 이렇게 그날 밤 잔치는 마무리되었다.

다음날 아침 소양은 평범한 선비로 꾸미고 얼마간의 은자를 챙겼다. 일행과 작별한 그는 산을 내려갔다.

등주와 내주에서 쫓겨 돌아간 패잔병들은 상부에 이렇게 보고했다.

"청주 도통제 황신이 오백 명의 군사를 이끌고 와서는 적도와 결탁하였습니다. 한밤중에 적이 쳐들어왔을 때 그가 영내에서 호응하는 바람에 세 장수와 오천 병마가 몰살되었습니다."

두 주의 태수는 상신서를 작성해 추밀원에 보고하는 한편 황신을 잡아 가두라고 청주부에 통지하였다.

청주 태수의 성은 장씨로 과거를 통해 등용된 사람이었다. 청렴 정직하고 때가 묻지 않아 황신과도 서로 잘 알고 지냈다. 장태수는 두 고을에서 날아온 문서를 보고 놀라움을 금할 수 없었다. 얼른 황신을 불러들여 그 사실을 알려주었다.

"오이밭에서 신발을 고쳐 신지 말라는 말도 있어서 저는 매사에 무척 조심했습니다. 게다가 병이 나서 토벌군에 합류하지 못했고 성을 나간 적도 없습니다. 태수께서도 잘 알고 계시지 않습니까? 이것 참 기가 막힌 일이군요."

황신이 어이없어 하자 태수가 말했다.

"통제의 충절은 제가 잘 알고 있지요. 아마도 도적놈들의 반간계가 아닐까요? 장군을 가장해 군사를 이끌고 가서 적도와 함께 관병을 공격한 것 같습니다. 제가 증인이 되어드리겠습니다. 우선 등주와 내주 두 고을에 장군이 성을 나간 적이 없다고 답서를 보내고 추밀원에도 상신해 최대한 해명하겠습니다. 있는 힘껏 보증할 터이니 너무 걱정하지 마십시오."

황신은 간곡히 감사의 뜻을 전하고 통제부로 돌아왔다. 하지만 마음이 놓이지 않고 답답하기만 했다.

그로부터 이삼 일이 지났다. 정문을 지키는 문지기가 와서 보고했다.

"동경에서 소선비라는 분이 찾아오셨습니다."

황신은 고개를 갸우뚱했다. 동경에 사는 소선비라니 누군지 감이 잡히지 않았다. 그는 문지기에게 분부했다.

"안으로 모셔라."

그를 찾아온 사람은 다름아닌 소양이었다. 인사를 나누고 나서 황신이 말했다.

"소선생, 동경 조정에서 봉공하고 있는 사람이 이곳에 나타나다니 뜻밖이로군."

"친구 사건에 연루되어 몸이 위태로워졌기에 피신하는 수밖에 없었지요. 형님께서는 재주가 많은 분으로 다시금 청주 고을에 부임했으니 만족스러운 나날을 보내고 있지요?"

소양의 물음에 황신이 대답했다.

"나는 지난날 화지채 사건을 수습하려다가 송공명의 권유로 양산박에 들게 되었지. 조정의 초안을 받은 다음 이곳저곳의 반란 진압이며 전쟁터를 누비다가 다행이 살아남았는데 성은을 입어 다시 이곳에서 벼슬살이를 하게 되었다네. 신임 장태수는 나와 뜻이 잘 맞아 평온한 나날을 보낼 수 있었지.

손립과 완소칠 등이 다시금 등운산에 웅거했다는 소식이 돌연 들리더군. 무슨 영문인지 모르겠네. 추밀원에서 장수를 파견해 삼천 군사를 이끌고 이들을 토벌하게 한 거야. 또 등주, 청주, 내주 세 고을의 도통제도 토벌군에 가담하게 하였는데 내게도 분부가 하달되었지. 그쪽에 여러 형제들이 있다 보니 이러지도 저러지도 못할 형편이라서 나는 병을 핑계삼아 가지 않았네.

그런데 누군가 나로 가장해 청주 깃발을 내걸고 관군 영내로 들어가 내응했다는 거야. 그 바람에 삼로의 군사들이 모조리 궤멸되고 말았다네. 등주와 내주에서는 이 같은 사실을 추밀원에 상신하는 한편 나를 체포하라는 문서를 보내온 거야.

태수가 극력 변명해 주고는 있지만 예상치 못한 일 일어날까봐 노심초사하고 있는 중이네. 마침 때맞추어 잘 왔네. 무슨 좋은 계책이 없을까?"

"모든 원인은 조정이 혼미한데다 간신배들이 전횡을 휘두르기 때문 아니겠소? 조정은 우리 옛 형제들을 진심으로 받아들인 적이 없어요. 송공명이 평생 충의를 다해 조정의 초안을 기다렸을 뿐 아니라요. 다년간의 힘든 전투에서 큰 공을 세웠어도 상을 주기는커녕 독주를 먹여 죽여 버리지 않았소! 나는 세상 밖을 떠도는 사람이지만…"

소양은 자기 이마에 새겨져 있는 금인 자국을 가리키며 말을 이었다.

"안도전은 고려국에 사신으로 다녀온 뒤 노사월이란 자의 참소를 당했는데 분노한 채경이 성상께 상주하는 바람에 대리시의 심문을 받게 되었시요. 안도전이 이를 미리 알고 잠적하자 개봉부는 나와 김대견을 붙잡아 자백을 강요하더이다. 다행히 숙태위가 도와주어 중형에 처해지지 않고 사문도로 유배를 가게 되었는데 유배길에 등운산을 지나다가 형제들에게 구출되어 산에 오르게 되었지요.

그후 오경이 이끄는 연합군이 토벌하러 들이닥친 것이오. 중과부적으로 도저히 대항할 수가 없었지요. 그때 마침 장경이 산으로 들어왔는데 호성의 계책에 따라 장경을 황형으로 분장시킨 다음 삼로의 군사를 격파했던 것이오.

형님은 참군하지 않았다지만 이미 세간에서는 청주 도통제가 내응한 것으로 설왕설래하고 있는 중이오. 게다가 옛 동료이기도 한데 어찌 변명이 통하겠소? 태수가 증인을 선다고는 하나 고구와 동관 같은 간사한 무리가 그 말을 들어줄 리가 없지요. 한시라도 빨리 나와 함께 이곳을 떠납시다. 화가 미친 다음에는 후회해도 소용없는 일이오."

황신은 한동안 곰곰이 생각하다가 입을 열었다.

"며칠만 여기 머물러 주게. 태수의 상신서가 받아들여지면 이곳에 머물 것이고 변고가 생길 눈치면 함께 떠나겠네."

소양은 황신이 망설이는 것을 보고 너무 무리하게 재촉하기가 어려웠다. 하는 수 없이 며칠 머물며 상황을 지켜보기로 했다.

다음날 날이 밝았다. 돌연 정교한 솜씨의 값나가는 갑옷을 입고 요도를 두른 군관이 한 무리의 부하들을 이끌고 통제부로 들이닥쳤다. 백 명이나 되는 그의 부하들은 서북 지방 출신의 덩치가 큰 사내들로 활이며 칼이며 무기를 들고 있는 품이 금방이라도 요절을 낼 듯한 기세였다.

황신이 놀라서 무슨 용건이냐고 묻자 군관은 부하들에게 황신을 포박하라고 소리쳤다. 부하들이 황신을 붙들어 죄인을 호송하는 수레에 태웠다.

그 군관은 오경의 사위로 성이 우가인데 제주부의 군대를 통솔하는 도감 자리에 있었다. 장인이 황신의 내응 때문에 살해되었다는 말을 전해 듣자마자 너무도 분한 마음에 추밀원의 지시를 기다리지 못하고 달려와 황신을 붙잡아버린 것이었다. 소식을 듣고 급히 달려온 태수가 오해라며 만류했지만 우가는 듣지 않고 황신에게 욕설을 퍼부었다.

진삼산 황신(왼쪽)과 신기군사 주무.

"이 도둑놈이 아직도 모반의 마음을 고치지 못했구나! 조정에서 네놈에게 도통제 벼슬을 내렸는데도 불구하고 몸을 바쳐 나라에 보답하기는커녕 다시 옛 패거리들과 결탁해 삼로의 장병들을 사지로 몰아넣었다는 말이냐!"

"황통제는 병이 나서 내내 이곳에 있었고 성밖으로 한 발짝도 나간 적이 없소. 청주 군사로 가장한 것은 적도들의 계략이었단 말이오. 그건 내가 보증하거니와 이미 추밀원에도 상신해 두었으니 이러지 마시오!"

태수가 거듭 만류하자 우가는 태수를 향해 엄포를 놓았다.

"이놈이 병을 핑계대고는 몰래 빠져나가 도적들과 내통해 관군 진영을 공격했단 말이오. 삼군의 장졸들이 두 눈으로 똑똑히 보았다지 않소! 문서로 그 같은 사실을 통지받고도 이러면 태수도 공모자가 되는 것이오!"

그는 부하늘에게 명헤 황신음 가둔 수레를 몰고 나가버렸다. 태수는 한숨만 내쉴 뿐이었다.

소양은 황신이 붙잡힌 것을 보고는 부리나케 산채로 돌아가 소식을 전했다. 난정옥은 급히 오백 명의 부하를 불러모았다. 그리고 손립, 호성, 완소칠과 함께 청주에서 오는 길에 매복하였다.

다음날이 되었다. 의기양양하게 말에 올라탄 우도감이 자신의 군사들과 함께 죄수 수레를 호송하며 오고 있었다. 숲속에서 징소리가 울려 퍼졌다. 동시에 네 명의 기마 무사와 오백 명의 부하들이 튀어나와 길을 막았다. 완소칠이 앞으로 나서며 말했다.

"이 길로 지나가려거든 통행세를 내놓거라!"

우도감이 크게 노하며 소리쳤다.

"나는 제주부의 상사관이다. 어찌 너희 같은 좀도둑들에게 통행세를 낸단 말이냐! 네놈들이 아주 간덩이가 부은 게로구나!"

"너 따위 미련한 놈은 말할 것도 없거니와 설령 황제라 해도 이곳을 지나려면 면류관을 벗고 돈을 바쳐야 한다."

완소칠이 다시 화를 북돋우자 우도감은 아무런 대꾸 없이 완소칠을 향해 바람을 가르며 칼을 내리쳤다. 난정옥이 재빨리 창을 뻗어 칼을 막아내고 손립 또한 철편을 휘두르며 우도감의 측면을 공격했다. 우도감은 도저히 당할 수 없다고 판단했는지 그대로 도주해 버렸다.

완소칠과 호성은 죄수 수레를 열고 황신을 구해 냈다. 난정옥은 우도감이 도주하는 것을 쫓지 않고 내버려두었다.

황신은 한 부하가 내준 말을 타고 산채로 왔다. 산채 식구들과 인사를 나누고 나서 황신이 물었다.

"호걸께서는 뉘신지요? 제 목숨을 구하셨습니다."

"축가장의 무예 사범으로 있던 난정옥 형님이시네. 나와 동문수학하며 무예를 배웠고 등주 도통제를 지냈지. 우리가 산채의 제일 어른으로 모시고 있다네."

손립은 난정옥을 소개한 뒤 이어서 호성을 가리키며 말했다.

"이쪽은 호삼랑의 오라버니인 호성이네. 이번 묘책을 세운 사람일세."

황신이 장경을 돌아보며 말했다.

"자네가 내 흉내를 그렇게 잘 냈다며?"

"그렇게 하지 않았으면 형님처럼 위풍당당한 청주의 고관이 산채로 왔겠소?"

장경의 말에 모두가 웃음을 터뜨렸다.

"내가 그리 간곡히 권하지 않았소? 형님이 주저하니 조금 지켜볼 요량이었지 나도 이렇게 빨리 화가 닥칠 줄은 생각지도 못했소."

소양의 말에 황신은 다시금 감사를 표했다.

"여러 형제들이 나를 구해 주었으니 앞으로 죽는 날까지 사력을 다하겠소. 다만 장태수가 호의를 베풀어주었는데 그게 마음에 걸리는군요."

곧 황신의 입산을 축하하는 성대한 잔치가 열렸다. 한편 그날 밤으로 사람을 보내 황신의 가족을 산으로 맞이하였다.

취기가 거나하게 오르자 안도전이 입을 열었다.

"소양과 김대견 두 사람은 나 때문에 억울한 고생을 했소. 다행히 형세들의 도움으로 사지에서 빠져나와 산에 오르기는 했으나 두 사람의 가족이 걱정이오. 문환장의 보호를 받고 있다고는 해도 소식이 끊긴 지 오래이니 서로들 애를 태우고 있을 것이오. 요즘 계속해서 산채에 큰일이 생기는 바람에 말을 꺼내지 못했소이다.

이제 산채도 평온해졌으니 가서 데려오면 좋겠소. 그런데 부탁할 만한 마땅한 사람이 없구려. 내가 갔다가는 자칫 발각되어 사단이 날 수도 있겠고…. 혹시 목춘 아우가 좀 다녀올 수 있겠는가? 이곳에 막 도착한 몸이라서 크게 문제될 일도 없을 테니 한 번 수고를 해주면 좋겠네."

"우리 모두의 일인데요 뭘. 내일 아침에 바로 떠나겠소."

목춘이 시원스레 대답하자 안도전은 더할 나위 없이 기뻤다. 그날 밤 연회가 끝나고 안도전은 문환장에게 보내는 편지를 썼다. 그리고 은자 백 냥을 준비해 문환장에게 사례하도록 했다. 소양과 김대견 또한 자신의 가족에게 전할 편지를 작성했다. 목춘이 산을 내려가려 하자 안도전이 길을 일러주었다.

"문환장의 집은 동창에서 십 리쯤 더 간 안락촌이라는 마을에 있네. 큰길가에 자리하고 있는데 집 옆으로 시냇물이 흐르고 그 위에 놓인 작은 돌다리가 보일 걸세. 다리 위에는 매화나무 고목 한 그루가 가로지르듯 누워 있고."

"그렇게 세세히 설명하지 않아도 되오. 물어서 찾으면 될 것을 입은 뒀다 어디에 쓰겠소?"

요도를 허리에 찬 목춘은 한 손에 박도를 들고 보따리를 짊어졌다. 작별 인사를 하고 그는 산을 내려갔다.

길을 떠난 지 며칠 지나지 않아 목춘은 안락촌 문환장의 집에 도착하였다. 문을 두드리니 안에서 심부름하는 아이가 나왔다.

"뉘시온지요? 무슨 일로 그리십니까?"

"문선생을 찾아왔네. 안도전 선생의 편지와 소양, 김대견 선생이 가족에게 전하는 편지를 가져왔네."

소양의 부인과 김대견의 부인은 오랫동안 남편의 소식이 없어 크게 걱정하고 있었다. 남편의 편지를 가져왔다는 소리에 두 부인은 밖으로 뛰어나왔다. 목춘의 인사를 받으며 두 부인이 물었다.

"손님은 존함이 어떻게 되십니까? 저희 남편의 편지를 가져오셨다니 직접 만나셨는지요?"
 "저는 양산박에 있던 소차란 목춘입니다. 두 분 형님은 지금 등운산 산채에 있습니다. 형수님들께서 걱정하고 계실 거라며 저한테 모셔오라고 했습니다."
 이렇게 대답하며 목춘은 편지를 건넸다.
 "아, 목춘 삼촌이시군요. 양산박에서 여러 해 살았다고는 해도 얼굴을 익힐 기회가 없었기 때문에 몰라 뵈었습니다. 여기까지 오시느라 고생 많았습니다. 문선생님은 우리 때문에 골치 아픈 일이 좀 있어서 동창부에 가셨습니다. 아마 저녁 무렵이나 돼야 돌아오실 겁니다. 요 며칠 마치 바늘방석에 앉아 있는 것 같았는데 소식을 전해 주시니 얼마나 기쁜지 모르겠습니다. 어서 들어오세요."
 부인들은 내당으로 들어가 점심을 준비하였다. 조금 있으니 심부름하는 아이가 와서 식사하라고 전해 주었다.
 해거름녘이 되어서야 문환장은 집으로 돌아왔다. 인사를 나누고 나서 목춘이 말했다.
 "저는 등운산에서 왔습니다. 이건 안도전 선생의 편지입니다."
 목춘은 보따리 속에서 은자와 함께 편지를 꺼내 내밀었다. 문환장은 편지에 적힌 내용을 살펴보고 말했다.
 "목형의 존함은 들은 지 오래입니다. 한번 뵙고 싶었습니다. 그건 그렇고 안선생이 보낸 은자는 받을 수 없습니다."
 "단지 조그마한 성의라고 전해 달라 했습니다."
 목춘의 말에 문환장은 하는 수 없이 은자를 거두고는 술상을 내왔다. 술을 마시면서 문환장은 자신이 처한 사정을 들려주었다.
"저는 타고난 성격이 고지식해서 잘못된 것을 보면 지나치지를 못하는지라 이런저런 화를 자초하곤 했지요. 안선생의 부탁으로 소양과 김대견 두 분의 가족이 저희 집에서 지내게 되었는데 소양 선생의 따님과 제 딸이 어찌나 사이가 좋은지 마치 친자매나 다름없더군요. 종일토록 같이 바느질을 한다든지 시도 읊고 글씨도 쓰며 떨어지지를 않습니다. 두 부인도 현숙한 분들이어서 성은 다르지만 한가족이나 매한가지지요.

제게는 중자하라는 친한 친구가 있는데 고상하고 기품이 있는 선비지요. 아들이 여섯 살이 되었을 때 그만 부인이 병에 걸려 세상을 뜨는 바람에 집안일을 봐줄 사람도 아이를 키울 사람도 없어 호씨 성을 가진 여자를 다시 부인으로 맞아들였답니다. 과부로 있다가 재가했는데 성질이 사납고 못된 여자이지요. 반면에 전 부인은 총명하고 현숙한데다 학식도 있고 세상의 도리에 밝아 부부가 서로 공경하기를 마치 손님을 대하듯 했습니다. 자하는 당시에 그것이 세상의 일반적인 모습인 줄 알고 별 생각 없이 지냈던 것이지요.

그런데 다시 호씨를 맞아들이고 보니 너무도 포악해서 부부 사이가 좋을 리 있겠습니까? 중매를 선 사람의 잘못이지만 다시 돌이킬 수가 없었지요. 집에서는 하루도 머물기 어렵던 차에 마침 사천 채방사로 승진한 친구가 자신을 서사직으로 초빙하자 어린 아들을 제게 보내 글을 배우게 했습니다.

자하가 집을 떠나간 뒤 호씨는 전 남편과의 사이에서 낳은 초면귀라는 아들을 데려다 함께 살았지요. 초면귀도 제 어미를 닮아서 성질이 표독하고 잔인했는데 제 어미를 들쑤셔서 자하의 아들을 못살게 괴롭히더니 끝내 죽여 버리고 말았답니다. 그런 다음 두 모자는 자하의 집과 재산을 차지한 채 즐거운 나날을 보내고 있지요.

억울하게 죽은 그 아이가 불쌍해서 제가 몇 마디 귀에 거슬리는 말을 했지요. 그런데 호씨가 얼마나 음험한 여자인지 화를 내기는커녕 오히려 제 딸아이의 사주를 가르쳐달라며 며느리로 맞겠다고 나오는 것입니다. 그러면서 듣자니 사람들에게 이렇게 말했다더군요.

'만약 내 청을 거절하면 도적의 가족을 숨겨주었다는 비밀을 동경에 고발할 테야. 그러면 한밤중에라도 딸을 우리집으로 직접 데려올 수밖에 없을걸.'

그 말을 전해 듣자마자 정신이 아찔해지더군요. 딸한테 평생을 믿고 의지할 좋은 사윗감을 찾아주고 싶어 제법 많은 명문세속들이 혼담을 청해도 모두 사절했거늘 어찌 초면귀 같은 자와 짝을 맺겠습니까! 그들이 용렬하고 비루한 소인배들임은 말할 것도 없고 그 호씨라는 여자는 천하제일의 악독한 여자인데 어찌 그들의 손아귀 속으로 딸을 보내 인생을 망가지게 한단 말입니까!

일언지하에 거절했지요. 그랬더니 초면귀라는 놈이 개봉부로 달려가 제가 역적의 가족을 숨겨주고 국사범을 놓아주는 대역죄를 지었다고 고발한 겁니다. 저를 잡아들이라는 공문을 동창부로 보냈다는군요. 하는 수 없이 개봉부에 올라가 숙태위께 도움을 청해 볼 요량입니다.

저야 별일 없을 것으로 생각하지만 안선생의 간곡한 부탁을 받은 처지에서 어떻게 두 분 부인을 출두시킨단 말입니까! 그야말로 '남을 위해 일을 꾀하면서 진심을 다하지 않는' 상황이 되고 마는 것이지요. 이처럼 어려운 상황에 처해 있을 때 목형께서 모시러 와주었으니 얼마나 마음이 놓이는지 모르겠습니다. 정말 다행입니다!"

목춘이 노기 띤 얼굴로 말했다.

"그 악독한 계집과 초면귀란 놈이 사는 집이 어디오? 내가 오늘 밤 그자들을 죽여 버려야겠소! 그리고 저와 같이 등운산으로 갑시다. 그들이 염라대왕에게 소청한 것도 아닌데 두려워할 게 뭐요?"

"그러면 안됩니다. 저는 세상을 초연해 사는 사람이라서 오해가 풀리면 아무 일도 없을 것이오. 두 분 부인께서 무사히 이곳을 떠나시면 증거가 없어지기 때문에 두려워할 필요도 없지요. 목형, 지금은 참아야 할 때입니다. 오늘 동창에 가서 알아봤더니 고발한 것은 사실이지만 공문은 아직 도착하지 않았더군요. 며칠 내로 당도하겠지만."

문환장의 말을 듣고 나서 목춘이 말했다.

"그렇다면 내일 아침 일찍 수레 두 대를 빌려서 산채로 모시도록 조치하겠습니다. 안선생이 소식을 들으면 걱정할 테니까 저는 동경에 가서 문선생을 돕겠소."

"제가 동경에 가면 지켜줄 사람이 있으니 번거롭게 할 것은 없습니다만, 한 가지 걱정거리가 있소이다. 아내가 세상을 떠난 뒤 딸이 외롭게 자랐는데 제가 동경에 가면 돌보아줄 사람이 아무도 없습니다. 거기다가 저 음흉한 자들이 무슨 난폭한 짓을 저지를 지 모른단 말이오.

동경으로 데려가자 해도 요즘 금나라가 맹약을 깨고 남침해 온 다는 소식이 들리는 판국이라 동경에 있는 관리들조차 대부분 가족을 고향으로 돌려보낸다지 않습니까? 혹시라도 변고가 생기 면 이러지도 저러지도 못할 상황이지요. 어디 맡기자니 믿고 부탁 할 만한 가까운 친척이나 친한 친구도 없군요. 잠시만 한눈팔아 도 남을 등쳐먹는 세상이라서 이래저래 아직 마음을 정하지 못하 고 있소이다.

게다가 소소저와 한사코 헤어지기 싫다며 둘 다 눈물 바람을 하는군요. 몹시 난처한 상황입니다."

문환장이 한숨을 내쉬자 목춘이 말했다.

"제게 좋은 생각이 하나 떠올랐습니다. 안선생과 문선생은 깊은 교분을 나눈 사이이고 소양과 김대견 두 사람도 선생께 받은 큰 후의를 결코 잊지 못할 것입니다. 지금 우리 산채는 삼로의 대군 을 무찌른 직후라서 혼비백산한 관군이 다시 공격해 오기는 어려 울 것이므로 상당히 평온한 상태이지요.

우리가 비록 거친 사람들입니다만 그래도 하늘을 우러러 큰 뜻 을 세운 의로운 호한들입니다. 따님을 산채로 데려갔다가 모든 일 이 잘 정리된 다음에 선생께 보내드리면 어떻겠습니까?"

"두 부인도 그렇게 말씀하시더군요. 지금 목형께서 다시 진심을 다해 말씀해 주시니 그리 결정하는 것으로 하겠습니다. 이웃에 마침 아는 마부가 있습니다. 제가 가서 수레를 빌릴 테니 내일 새벽에 일찍 떠나시지요."

문환장은 내당으로 들어가 자신의 딸에게 말했다.

"내가 동경에 가도 염려할 일은 생기지 않겠지만 너를 놔두고 갈 수 없어 걱정이었다. 목선생께서 너를 돌봐주기로 했으니 내일 아침에 두 분 아주머니와 함께 떠나거라. 안선생께서 거기 계시니까 아무 걱정 없이 편안히 지낼 수 있을 게다. 아무쪼록 매사에 신중해야 한다. 일이 해결되고 나서 집으로 데려오마."

문소저는 소소저와 함께 간다는 말에 그렇게 하기로 승낙했다.

그날 밤 온 가족이 잠도 못 자고 짐을 꾸렸다. 새벽이 되어 아침밥을 먹고 나니 수레가 문 앞에 당도하였다. 먼저 옷가지 같은 간단한 짐을 실은 다음 소양과 김대견의 부인이 따로따로 수레에 올랐다. 소소저와 문소저는 두 부인이 탄 수레에 나누어 탔다. 문환장은 다시 한 번 딸에게 말했다.

"네가 떠난 다음 나도 곧바로 동경으로 갈 것이다. 소환당하기 전에 서둘러야지."

소양과 김대견의 부인은 문환장에게 감사인사를 올리고 수레에 올랐다. 문환장은 안도전한테 보내는 회답 편지에 자신의 딸을 잘 부탁한다는 말을 덧붙였다. 모두들 눈물을 흘리며 이별을 고했다.

목춘은 박도를 들고 큰 걸음으로 수레를 앞장서 걸었다. 일행은 저녁때까지 백 리 길을 갔다. 저녁이 되었으므로 숙소를 찾아 들었다. 깨끗한 방을 골라 여자들을 묵게 한 다음 목춘은 방문 앞에서 쉬고 있었다.

그곳은 하북, 산동, 하남으로 갈라지는 삼거리에 자리한 객줏집으로 투숙객이 꽤 많았다. 홀 쪽을 바라보니 주근깨투성이 얼굴에 두 눈이 깊게 패인 흉측한 모습의 사내가 눈에 띄었다. 사내는 쇠고기 한 접시를 탁자 위에 놓고 다른 사내와 둘이서 술을 마시고 있었다.

"어디서 오는 길이오?"

한 사내가 묻자 주근깨 얼굴의 사내가 대답했다.

"나는 동경 개봉부에 가서 모반사건을 고변하고 오는 길이오. 고변이 받아들여져 동창부에 범인을 잡아들이라는 공문이 하달되는 것을 보고 집으로 돌아오는 길이오."

"무엇 때문에 그런 쓸데없는 일을 하고 다니시오? 원한이라도 있소?"

사내가 다시 묻자 그는 이렇게 대답하는 것이었다.

"원한이 있다면 있는 셈이지요. 없는 일이라도 만들어내지 않으면 이 초면귀가 향내 물씬 나는 이쁜 마누라를 손에 넣을 수는 없을 테니까."

"내일 새벽에 서둘러 길을 떠나야 해서 이만 실례하겠소."

초면귀와 같이 있던 사내는 이렇게 말하며 자리에서 일어섰다. 목춘은 자리에 앉아 있는 사내의 얼굴을 똑똑히 기억해 두었다. 그가 스스로 말한 별명을 듣고 사내가 초면귀라는 것을 알 수 있었기 때문이다.

닭이 우는 시간에 맞추어 모두들 잠자리에서 일어났다. 목춘은 소양, 김대건의 부인과 문소저 등이 수레에 오르는 것을 보고 마부에게 말했다.

"먼저 출발해 십리정에서 기다리고 있게. 곧 뒤따라가겠네."

마부는 일행과 함께 먼저 떠났다. 원래 이 삼거리에서 등주는 동쪽으로 가야 하고 동창은 북쪽으로 가야 했다.

목춘은 큰길에서 초면귀가 나오기를 기다렸다. 무명 봇짐을 메고 혼자 문밖으로 나오는 초면귀가 자신을 지나치게 한 다음 그의 뒤를 따라갔다.

오 리쯤 걸었지만 날은 여전히 어두웠다. 길가에 오래된 사당이 하나 보였다. 주위를 둘러보았다. 행인이 아무도 눈에 뜨이지 않았다.

"초면귀, 같이 가자!"

목춘이 소리치자 초면귀는 어젯밤에 같이 술을 마신 사람이라고 생각하고 걸음을 멈추었다. 목춘은 그의 곁에 가까이 다가간 다음 발길로 불의의 일격을 가했다. 다시 주먹으로 가슴을 가격하니 초면귀는 풀석하고 고꾸라졌다.

"이놈아, 향내 나는 마누라를 원한다면 먼저 내 칼 맛부터 봐야 할 것이다!"

목춘이 이렇게 소리치며 요도를 뽑아 머리를 베어 버리자 초면귀는 땅바닥에 길게 누운 채 움직이지 않았다. 사당 앞에 마른 우물 하나가 눈에 띄었다. 목춘은 초면귀의 허리를 안아올려 어두운 우물 속에 던져 넣었다. 초면귀는 우물 속에서 하늘을 바라보는 몸이 되었다.

초면귀의 무명 봇짐 안에는 가죽으로 된 작은 문서집과 글씨가 쓰인 종이 쪼가리 몇 장 그리고 은자 몇 냥이 들어 있었다. 목춘은 그것들을 꺼내 자신의 전대 속에 넣었다. 박도를 집어든 목춘은 오던 길을 거슬러 동쪽으로 향했다.

오던 길을 되돌아 이십 리쯤 가니 정자에서 쉬고 있는 수레가 보였다. 마부는 쪼그리고 앉아 졸고 있었다.

"문소저, 내가 문선생의 원수를 갚았으니 동경에 가시면 무탈할 것이오!"

목춘이 문소저를 향해 말했다. 문소저는 무슨 말인지 이해하기 어려웠으나 차마 묻지는 못했다. 목춘은 마부를 깨워 다시 길을 가기 시작했다.

셋째 날 그들은 동오산에 도착했다. 안도전에게 먼저 통지해 문환장한테 다녀온 이야기를 전했다. 소양과 김대견이 가족을 맞으러 나왔고 고대수와 완소칠의 모친 역시 따라 나왔다. 안도전은 문환장의 답장 편지를 읽고 나서 문소저가 함께 왔다는 소식에 몹시 기뻐하였다.

"또 한 가지 통쾌한 소식이 있소이다!"

목춘은 전대 속에서 종이 쪼가리를 꺼냈다. 그것은 초면귀가 개봉부에 제출한 소장의 원본이었다.

"이놈이 객점에서 술을 마시면서 이러쿵저러쿵 하는 소리를 우연히 듣게 되었지 뭐요. 내가 쫓아가 놈을 죽여 버린 다음에 마른 우물 속에 던져 넣었소."

목춘의 무용담을 듣고 난 난정옥이 여러 두령들과 함께 칭찬하며 말했다.

"아우, 자네는 정말 호걸 중의 호걸이네. 매사를 정말 똑부러지게 처리하는구려!"

그들은 연회를 열어 목춘의 노고를 위로하고 더불어 가족을 맞은 소양과 김대견을 축하하였다. 여인네들이 모인 자리에서는 문소저 그리고 소양과 김대견의 부인을 따로 환대하였다.

모이고 흩어짐은 부평초처럼 정착지가 정해지지 않아서이니
새가 둥지로 돌아오듯 즐거움이 크고 깊도다

제19회
호연옥과 서성의 스승 문환장

　문환장은 초면귀가 원한을 품고 개봉부에 고변하는 바람에 동경에 올라가 해명할 생각이었으나 딸이 마음에 걸려 주저하고 있었다. 그러던 차에 목춘이 방문하였다. 소양과 김대견 두 사람의 부인을 산채로 데려가기 위해 안도전이 보낸 것이었다. 그 편에 딸을 동행하도록 조치하였다. 마침내 굴레를 벗은 몸이 되었다.
　새벽 일찍 수레를 떠나보내고 나니 문득 외로움이 밀려왔다. 한편 혹시라도 동창부에서 자신을 잡으러 들이닥칠지 몰라 걱정되었다. 그는 집에 자물쇠를 걸고 이웃집에 관리를 부탁했다.
　그 길로 곧장 동경으로 간 문환장은 숙태위를 방문하였다. 그는 초면귀가 원한을 품고 개봉부에 자신을 고변한 일이며 소양과 김대견의 가족을 안도전이 사람을 보냈기에 등운산으로 보낸 사실 등을 설명하며 숙태위의 도움을 간청했다.
　"별일 없을 거요. 내가 부윤한테 사람을 보내 고변한 놈을 무고죄로 다스리라고 하겠소."

숙태위가 안심시키자 문환장은 인사를 하고 물러나왔다. 그는 동경의 대표적인 큰 절인 대상국사에 가서 묵을 숙소를 마련했다. 거기 머물면서 돌아가는 상황을 지켜볼 생각이었다.

대상국사에 주석하던 지청선사는 이미 입적하였고 지금은 법호를 진공이라고 하는 노승이 머물고 있었다. 진공은 덕이 높은 고명한 선사로 문환장과 익히 잘 아는 사이였다. 덕분에 송월헌에 있는 방을 하나 얻을 수 있었다. 저녁 무렵에 진공은 동자승을 불러 차를 끓이게 하고 문환장과 담소를 나누었다.

"문선생은 참된 군자로 속세를 떠나 은거하고 계신 걸로 아는데 오늘 어쩐 일로 이런 곳엘 다 오신 게요?"

"제가 좀 우직해서 한 소인배의 원한을 샀지 뭡니까? 그자가 개봉부에 고변을 했다더군요. 아침에 숙태위를 뵙고 자초자종을 설명드렸는데 아무래도 동경에 며칠 머물러야 할 것 같습니다. 스님께 누를 끼치게 되었습니다."

문환장의 말에 진공이 웃음을 터뜨렸다.

"제대로 대접도 못해 드리는데 무슨 말씀입니까? 소승이 비록 세상을 등진 몸이긴 해도 눈이 있으니 세상 돌아가는 것을 모를 수야 없지요. 도성을 떠나 어디 외진 곳으로 숨어들고 싶은 심정입니다. 조정의 일이야 간신배들이 모두 농단하며 망쳐놨으니 말할 필요조차 없지만 기기묘묘한 변고가 도처에서 일어난다는군요. 그런 이야기를 들은 적 있으시오?"

"시골 벽촌에 사는 몸이라서 전혀 모르고 있습니다."

문환장이 고개를 저으니 스님이 이야기를 계속했다.

"밤이 깊어 사람들이 모두 잠들었으니 이런 한담을 나누어도 방해가 되지는 않을 거요. 조병창에 용 한 마리가 걸려 있는 것을 병사들이 잡아다가 삶아 먹었는데 그로 인해 이레 동안 큰비가 내려 동경의 하천 수위가 십여 장이나 높아졌지요. 한 장 길이쯤 되는 검은 괴물이 궁중에 나타나 독기를 사방에 뿌리는 바람에 피비린내가 진동한 일도 있었답니다. 온몸이 시커먼 사내가 개처럼 쭈그리고 앉아 있다가 밤이면 기어나와 어린아이를 잡아먹는다든지 황제의 용상에 올라앉은 여우가 발견되기도 했고요.

동문 밖 야채장수는 선덕문 앞에서 별안간 미치광이 모습으로 두 팔을 벌리고는 '태조 황제, 신종 황제가 나를 보냈으니 빨리 개과천선해라!' 하며 외치고 한 과일장수 사내는 임신해서 아이를 낳았다지 뭐요. 주씨 성을 가진 술집 여자는 갑자기 수염이 자라기 시작하더니 길이가 예닐곱 자나 되어 마치 남자처럼 보였다더군요. 그러자 소정에서 특별히 여도사로 삼았다는 겁니다. 유성이 떨어지는 소리가 천둥소리처럼 나는가 하면 자미원에서 나온 기다란 혜성이 북쪽 제좌성帝座星을 범하고 문창성文昌星을 쓸어버리는 등 갖가지 괴이한 일을 다 나열하기도 어렵습니다.

한마디로 '나라가 망할 때가 되면 반드시 이변이 일어난다'는 말이 있는데 천하가 크게 어지러워질 것 같습니다. 이것은 노승의 장광설일 뿐이니 혹시라도 어디 가서 함부로 얘기하지 마시오."

이렇게 깊은 밤중까지 이야기를 나누다가 문환장은 객실로 가서 홀로 잠을 청했다.

며칠 후 문환장은 다시 숙태위를 찾아가 부탁한 일이 어떻게 되고 있는지 확인했다.

"요사이 군사 문제와 관련된 일에 총력을 기울이느라 이런 사소한 일은 취급할 겨를이 없어요. 걱정하지 마시오. 그리고 내가 이미 개봉부에 얘기해 두었으니."

문환장은 숙태위에게 감사를 표하고 대상국사로 돌아갔다.

이에 앞서 금나라는 송나라와 화의를 맺은 뒤 연운 지방을 송나라에 넘기기는 했으나 그 땅의 모든 재물을 차지하는 한편 좌기궁을 비롯한 요나라의 신하들과 많은 백성들을 동쪽으로 끌고 갔다. 집을 떠나 낯선 곳으로 향하는 백성들에게 그것은 고난의 길이었다. 자식을 버리고 아내를 떠나보내고 온갖 모욕과 핍박을 견뎌야 하는 간난신고의 연속이었다.

평주에 도달한 한 무리의 백성들은 그곳 장수 장곡에게 한목소리로 호소했다.

"승상 좌기궁 등은 금나라에 투항해 많은 백성이 동쪽으로 쫓겨나게 만들었습니다. 가업을 잃고 아내와 자식은 포로로 끌려가 차라리 죽는 편이 나을 정도입니다. 부디 저희가 고향으로 돌아갈 수 있도록 장군께서 도와주십시오. 은혜는 죽어도 잊지 않겠습니다."

장곡은 장수들을 불러모아 의논했다.

"나는 요나라의 대장으로 평주 땅을 지키고 있는데 우리 군대는 장수며 병사 모두가 강하고 용맹하다. 송나라에 귀순해 요나라가 다시 일어설 수 있는 발판을 마련해야겠다. 백성을 편히 살게 함으로써 이름을 청사에 남기려 하거니와 더는 망설이지 않겠다."

그는 즉시 승상 좌기궁을 불러들여 꾸짖었다.

"그대는 요나라의 대신이다. 모든 힘을 기울여 나라에 충성하고 사직을 지켜야 마땅하거늘 어찌 금나라 군대에 넙죽 투항해 요나라를 멸망시킨 것인가? 더욱이 백성들이 동쪽으로 쫓겨나 온갖 간난신고에 시달리고 있으니 이는 모두 그대의 죄다."

좌기궁은 대답할 말이 없었다. 장곡은 군사들에게 명해 좌기궁을 목 매달아 죽이고 시체를 들판에 버렸다. 장곡은 부장 이필을 동관 진영에 보내 투항하였다. 동관은 평주 군대가 투항한 사실을 밀서로 작성해 황제에게 상주하였다.

'평주는 군사적 요충지이며 장곡은 재주가 출중한 장수입니다. 금나라 사람들의 침입을 방어함으로써 연운 땅의 국경을 편안히 해줄 것입니다'

그러자 좌사랑중 주소가 간언하였다.

"불가합니다. 얼마 전 금나라와 연합해 요나라를 친 것은 형제의 나라를 버리고 호랑이 같은 이웃을 가까이 한 것으로 이미 실책임이 판명되었습니다. 새로이 금나라와 맹약을 맺은 지금 그들의 투항을 받아들이면 분쟁의 발단을 만드는 것으로 반드시 후회하게 될 것입니다."

이 말을 듣고 크게 노한 승상 왕보는 주소의 관직을 박탈해 평민 신분으로 만들어 버렸다. 황제는 왕보의 조치를 받아들이는 수밖에 없었다. 왕보는 장곡을 진동장군에 임명하고 황금과 채단을 하사하였다. 송나라 조정의 조서를 받은 장곡은 새로 송나라 깃발을 내걸고 병사를 조련하며 성을 지켰다.

금나라왕은 장곡이 송나라에 투항했다는 소식을 듣고 격분하였다.

"송나라가 요나라를 꺾은 것은 우리가 병력을 빌려주었기 때문이고 연운 땅을 내준 것은 순전히 나의 호의였다. 그런데도 욕심에 겨워 맹약을 저버리다니 송나라를 벌하지 않을 수 없다."

그는 즉시 대원수 알리불에게 이만 명의 군사를 내주며 평주를 공격하게 했다. 금나라 군대가 사흘 동안 계속 공격을 퍼붓자 장곡은 더는 버티지 못하고 평주를 포기한 채 두 아들과 함께 동관 진영으로 도망쳤다. 평주를 손아귀에 넣은 알리불은 불같이 빠른 속도로 쫓아와 맹약을 저버렸다며 동관을 꾸짖었다.

"모반한 장곡을 빨리 내놓거라. 그러면 용서할 것이고 만일 우리한테 넘기지 않으면 동경으로 쳐들어가 무도한 너희 임금을 붙잡아 오겠다."

당황한 동관은 하는 수 없이 장곡 부자에게 술을 먹인 뒤 교살하였다. 그리고 그들의 수급을 나무상자에 담아 금나라 진영으로 보냈다. 그러나 알리불은 군사를 되돌리지 않은 채 동관이 직접 와서 사죄하라고 요구하였다. 해를 당할까봐 겁이 덜컥 난 동관은 밤새 동경으로 도망쳐 버렸다.

그 무렵 곽약사는 삼십만 명의 군사를 거느릴 정도로 큰 병권을 쥐고 있었는데 어느 쪽에 붙을지 마음을 정하지 못하고 있었다. 그러던 중 비참하게 살해된 장곡의 수급이 금나라 진영으로 보내졌다는 말을 듣고는 분개하였다.

'금나라가 장곡을 원한다고 즉시 죽여서 그들에게 수급을 내주었다고! 그들이 나를 원한다면 나도 그렇게 되겠구나!'

이렇게 생각한 곽약사는 곧 자신 휘하의 군대를 이끌고 금나라에 항복하였다. 뿐만 아니라 송나라의 허실을 잘 알기 때문에 금나라군의 선봉이 되어 송나라 땅 깊숙이 침입하였다. 금나라는 또한 대장 점몰갈로 하여금 십만 병사를 이끌고 태원을 공격하게 하였다. 변경의 사태가 매우 급박해 오가는 전령이 끊임없이 길 위를 내달렸다.

근심에 사로잡힌 도군 황제는 문무백관을 소집해 병화를 피하기 위한 방책을 상의하고 천하에 황실을 구원하라는 조서를 내렸다. 아울러 황태자에게 개봉을 지키게 한 뒤 자신은 박주로 피신하였다.

이때 태성소경 이강이 자신의 팔뚝을 찔러 뽑은 피로 혈서 상소문을 올렸다.

'황태자에게 보위를 물려 종묘사직을 보전케 하시고 장졸들의 마음을 수습해 죽음으로써 적에 맞서면 천하를 지킬 수 있습니다.'

황제는 마침내 그 뜻을 정하고 다음날 황태자에게 자리를 물려주었다. 태자가 즉위하고 황제는 태상황제가 되었다. 물러난 황제는 거처를 용덕궁으로 옮겼다. 흠종이 즉위하면서 정강이라는 새로운 연호를 사용하게 되었다.

흠종은 이강을 병부시랑에 임명하고 어영 병마지휘사 열 명을 파견해 각각 이천 명의 군사를 이끌게 하였다. 그들은 여양으로 가서 금나라군이 황하를 넘지 못하도록 막았다. 이는 조정의 대사이니 잠시 보류해 두자.

초면귀의 어머니 호씨는 집에서 아들이 돌아오기를 기다리고 있었다. 오래도록 소식이 없자 마음속에 온갖 걱정이 일었다. 그러던 차에 동창에서 돌아온 이웃사람 하나가 소식을 전했다. 삼거리 사당 앞의 우물 속에서 사람들이 시체 하나를 끌어 올렸는데 아무래도 초면귀 같다는 이야기였다. 그 말을 들은 호씨는 넋이 나간 모습으로 그 이웃사람을 앞장세워 그곳으로 달려갔다.

시체는 땅바닥에 내동댕이쳐져 있었다. 얼굴은 다행히도 거무튀튀한 모습 그대로인데 개가 뜯어 먹기라도 했는지 한쪽 다리는 떨어져나가고 없었다. 호씨는 대성통곡하며 수중에 지니고 있던 약간의 은자로 관을 사서 시체를 수습하였다. 집에 돌아와서도 밤이고 낮이고 울며 슬퍼하였다.

'필시 문환장 놈이 죽인 게 분명해!'

호씨는 동창부청에 가서 고소하려고 생각했다. 하지만 호씨가 워낙 음흉 교활한 여자인지라 그녀의 평소 소행을 좋지 않게 생각하고 있던 이웃에서는 누구 하나 도우러 나서는 사람이 없었다. 괴로워하던 호씨는 그만 병에 걸려 불과 며칠 만에 죽고 말았다. 이 같은 상황에 대해 예로부터 전해 오는 적절한 표현이 있다.

'살모사 입, 말벌 침, 둘 다 독이라고는 해도 제일 독한 것은 여자의 마음이라!'

남편을 여읜 호씨는 절개를 지켜야 했음에도 불구하고 과거의 은의를 잊은 채 중자하와 재혼했으며, 결혼했으면 집안일을 돌보고 자녀를 양육하는 것이 당연함에도 전 남편과의 사이에서 낳은 아들을 도에 지나치게 편애해 가련한 의붓아들을 죽이고 말았다. 또한 뭇 사람들의 바른말을 책망하고 아들에게 현량한 자를 모함하도록 가르쳤다. 하늘에 눈이 있으매 두 모자 모두 죽게 되었고 그러니 아쉬워할 필요는 없다.

쓸데없는 이야기는 그만하고 다시 문환장 이야기로 돌아가자.
문환장은 대상국사에서 제법 오래 머물렀다. 그런데도 초면귀가 동경에 다시 올라와 심문을 재촉하는 기색이 전혀 없었다. 숙태위가 부탁했기 때문인지 개봉부에서 잡으러 오지도 않았다. 하루종일 한가하게 노닐다가 진공선사와 불법 이야기를 나누며 지냈다.

하루는 본당에 참배한 뒤 절간 앞의 장터를 구경하러 나서는 참이었다. 인파 속에 말을 타고 오는 군관 한 명이 눈에 띄었다. 군관은 하인 두 명을 거느리고 있었다. 말에서 내린 그는 누구를 찾아왔는지 하인에게 명함을 건네며 안에 전하라고 말했다. 그는 문득 문환장을 보더니 손을 번쩍 올리며 말했다.

"오랜만이구려. 어쩐 일로 여기에 계십니까?"

자세히 보니 그는 쌍편 호연작이었다. 문환장은 급히 예를 갖추며 인사했다.

"장군, 오랜만에 뵙습니다. 무탈하시지요? 소생은 용무가 있어서 이곳에 머물고 있는 중입니다. 들어가서 차라도 한잔 하시지요."

"제 친구도 여기 묵고 있다고 해서 만나러 왔습니다."

호연작의 말이 채 끝나기도 전에 하인이 돌아와 소식을 전했다.

"그 손님께선 이미 떠나셨다는군요."

문환장은 호연작을 송월헌으로 안내했다. 그리고 자리를 잡고 앉은 다음 차를 내왔다. 호연작이 다시 물었다.

"선생께서는 무슨 일로 여기에 계신 것이오?"

문환장은 안도전이 우연히 자신의 집을 찾아와 머물다 딸의 병을 고쳐준 일부터 시작해 소양, 김대견의 유배와 그들 가족을 맡아 돌보아준 일, 초면귀가 자신을 고변한 일까지 들려주었다.

"그런 사소한 일은 흔적도 찾기 어려우니 걱정할 것 없소이다. 그건 그렇고 우리 옛 형제들이 이런저런 일로 동분서주하다 초안을 받아 조정을 위해 공을 세우고 관작까지 받았으면 본분을 지켜야 마땅하거늘 왜 여기저기서 소란을 일으키고 다시 도당을 짓는지 모르겠군요. 송공명이 평생 지키려 했던 충의를 해치는 일일 뿐만 아니라 우리 얼굴에 먹칠을 하는 것이죠. 그러니 걸핏하면 양산박 잔당이라는 소리를 듣는 것입니다."

호연작의 말을 듣고 있던 문환장이 조용히 말했다.

"아마도 관의 핍박을 받아서 그런 것 아니겠습니까? 다른 도리가 없었겠지요. 저처럼 관계없는 사람도 휘말릴 정도이니까요."

"그런 점도 있지요. 그런데 제게 아들이 하나 있습니다. 호연옥이라고 하는데 이젠 제법 장성해 완력도 뛰어나고 무예도 익혔지만 글을 익히지 못했습니다. 문선생께서 맡아 가르쳐주실 수 없을까요? 형편이 어떠신지 모르겠습니다."

호연작의 청을 받은 문환장은 한참 동안 생각에 잠겼다. 딸은 이제 안전한 곳에 가 있고 집에 돌아가도 특별히 할 일은 없었다. 게다가 동경에서는 글선생을 월 단위로 초빙하니까 크게 얽매일 것은 없었다.

"제가 재능과 학식이 부족해 아드님의 스승이 될 수 있을지 걱정됩니다."

"지나친 겸손의 말씀이십니다. 저희 집은 여기서 멀지 않으니 조금 후에 모시러 사람을 보내겠습니다."

호연작은 손을 들어 인사하며 문을 나섰다.

과연 오후가 되자 하인이 말 한 필을 끌고 왔다. 하인이 명함을 내밀며 모시겠다고 하자 문환장은 진공선사에게 감사의 인사를 드리고 말에 올랐다. 호연작의 집 문 앞에 이르니 두 부자가 그를 안으로 맞아들였다.

호연옥은 체구가 웅장하고 준수한 얼굴에 영특한 기상이 흐르는 것이 장군 집안의 자제다웠다. 중당으로 들어서자 호연작은 하인에게 방석을 깔게 한 다음 문환장을 상석으로 모셨다. 호연옥이 몸을 굽혀 네 번 절을 올리는 것을 문환장이 만류하였다. 저녁이 되자 두 부자는 연회를 베풀어 문환장을 환대하였다.

다음날부터 서재에서 문환장은 호연옥에게 〈육도삼략〉을 가르쳤다. 정성을 다해 가르치니 호연옥 또한 총명해서 쉽게 이치를 터득했다.

하루는 호연작이 영내에서 군사를 조련하고 돌아오는 길이었다. 용덕패라는 곳에 이르렀을 때 한쪽 골목길에서 붉은 양가죽 상자를 든 사람 하나가 급히 달려나왔다. 그 뒤로는 나이가 열댓 살도 안되어 보이는 소년이 나는 듯이 쫓아오고 있었다. 빼어난 용모의 하얀 얼굴에 붉은 입술을 지닌 소년이 큰 소리로 외쳤다.
"이 겁대가리 없는 도둑놈아! 남의 물건을 훔쳐서 어디로 도망가느냐!"
그러자 길가에 서 있던 건달 세 명이 소년을 붙잡는 것이었다.
"야! 왜 사람을 쫓고 그래?"
소년은 다급한 표정으로 말했다.
"너희도 한패냐?"
소년이 뿌리치려 했지만 그들은 잡은 손을 놓지 않았다. 크게 화가 난 소년이 앞에 있는 남자를 손바닥으로 한 대 갈기자 그는 비틀거리며 한쪽으로 쓰러졌다. 소년은 다시 오른발을 날려 다른 남자의 사타구니를 걷어찼다. 급소를 맞은 남자는 웅크리며 주저앉았다. 나머지 한 사람은 감히 덤벼들지를 못했다.
소년은 날개라도 돋친 듯 달려가 상자를 안은 놈의 등을 가격했다. 잽싸게 상자를 빼앗은 소년이 큰 소리로 호통을 쳤다.
"이 죽여도 시원찮을 도둑놈들! 당장 관아로 가자!"
어느 사이에 길을 가득 메운 구경꾼들이 이구동성으로 말했다.
"네 명의 덩치 큰 장정이 저 어린 소년 하나를 당하지 못하다니! 정말 대단한 기력의 소년이로군! 나중에 크면 대단한 인물이 되겠는걸!"
말을 세우고 이 과정을 지켜보던 호연작이 소년을 불렀다.

"자네는 어느 댁 자제인가? 상자 속에 들어 있는 물건은 무엇이고?"

소년은 호연작을 잠시 바라보았다. 신분이 높은 관원임을 알아본 소년은 당황하지 않은 채 천천히 상자를 내려놓고 두 손을 모으며 대답했다.

"저는 성이 서가입니다. 상자 안에 든 것은 증조할아버지 때부터 전해 내려오는 기러기 날개 모양의 금장식 갑옷 '새당예'賽唐猊입니다. 선친께서 살아 계실 때 왕태위가 십만 관에 사겠다고 했어도 팔지 않았습니다.

선친께서 방랍을 정벌하다가 도중에 병으로 돌아가시고 어머니마저 세상을 떠나 저는 유모와 함께 생활해야 했습니다. 비록 가세가 빈곤하다 해도 유훈을 받들어 잘 간직하는 중으로 함부로 남한테 구경조차 시킨 일이 없습니다.

그런데 사흘 전에 이 두 건달이 찾아와 노충 경략상공이 한번 보고 싶다며 빌려오라고 했다는 것입니다. 집에 없다며 거절했는데 오늘 제가 집에 없는 틈에 이렇게 다시 찾아왔군요. 유모가 여인네이다 보니 집 안으로 밀고 들어가 상자를 훔쳐 달아난 것입니다. 마침 제가 귀가하다가 발견해 되찾게 되었습니다."

호연작은 그가 서녕의 아들임을 알 수 있었다. 용력이 뛰어난 데다 기개가 넘치는 것을 보고 소년에게 말했다.

"자네 이야기를 들어보니 부친께서는 금창수 서녕이시군. 나는 쌍편 호연작이네. 부친과는 의형제를 맺은 사이지. 조카, 자네 부모님께서 모두 타계하셨으니 우리집에 와서 내 아들과 함께 학문을 배우면 어떻겠는가? 지금 문선생님이라는 분을 가정교사로 초빙해 두었는데 대대로 교분을 나눈 사이라서 아무것도 거리낄 게 없네."

소년은 그 관원이 호연작이라고 자신을 소개하는 말을 듣고 보니 어린 시절 산채에 있을 때 어렴풋이 본 기억이 났다. 그래서 말 앞으로 나아가 절을 올리며 말했다.

"이 조카는 의지가지없는 몸인데 백부께서 이렇게 은혜를 베풀어주시니 감사할 따름입니다."

호연작은 하인에게 상자를 받아들게 하고 소년과 함께 자신의 집으로 갔다. 그는 자신의 부인에게 오늘 일의 경위를 설명하고 나서 이렇게 덧붙였다.

"아주 뛰어난 재목이야. 나중에 반드시 큰 그릇이 될 것이오."

부인도 기뻐하며 즉시 새 옷 한 벌을 꺼내 갈아입게 하고는 물었다.

"올해 몇 살이지?"

"열여섯 살입니다. 이름은 서성이라고 합니다."

곁에서 지켜보던 호연작이 말했다.

"우리 아들보다 한 살 어리구나. 둘이서 결의형제를 맺으면 좋겠다."

서성은 곧바로 호연작을 아버지로, 호연작의 부인을 어머니로, 호연옥을 형으로 삼는다는 예를 올렸다. 부인은 집안에서 일보는 모든 사람들에게 서성을 작은도련님이라고 부르게 했다.

호연작은 서재로 가서 문환장에게 다시 상황을 설명하고 제자로 받아줄 것을 부탁하였다. 서성은 문환장에게 제자로서의 예를 올렸다.

이때부터 서성은 호연옥과 함께 병서를 배웠다. 타고난 자질이 총명하고 재주가 비상한데다 사람됨이 겸손하고 침착해 상하 모두가 그를 좋아하였다.

서성은 사람을 시켜 유모를 데려오고 가재도구도 모두 옮겼다. 그리고 시간 나는 대로 틈틈이 호연옥과 힘을 겨루고 말타기며 검술 시합도 벌였다. 호연옥은 주무기로 쌍편을 사용했다. 서성에게는 부친이 남긴 금창金槍 한 자루가 있었는데 호연작이 시간을 내어 다루는 법을 가르쳤다. 얼마 지나지 않아 두 사람 모두 뛰어난 솜씨를 자랑하게 되었다.

"두 아이 모두 나중에 틀림없이 조정의 훌륭한 인재가 될 것이오."

호연작의 칭찬에 부인 역시 크게 기뻤다. 그들 부부에게는 옥영이라는 이름의 열다섯 살 난 딸이 있었다. 고운 용모를 타고 났는데 부인은 서성을 사위로 삼을 마음이 있었다.

그로부터 한 달도 지나지 않은 어느 날 병영에서 돌아온 호연작이 두 소년에게 말했다.

"큰일났다. 폐하께서 왕보와 동관을 지나치게 믿고 평주 장수 장곡의 투항을 받아들이는 바람에 금나라가 맹약을 깼다며 군사를 나누어 남쪽으로 쳐들어오고 있다는구나. 놈들은 하북 지방의 여러 고을을 이미 손에 넣고 황하를 도하하려는 중이다. 위급함을 피하기 위해 성상께서는 박주로 몽진했으며 이강의 상소를 받아들여 태자에게 보위를 물려주셨다. 연호도 정강 원년으로 개원했단다.

황하를 지키기 위해 군사들이 곧 출병할 예정이다. 그래서 내시 양방평이 총감이 되어 천하의 뛰어난 무장을 모집하기 위한 무술시험을 내일 연무장에서 개최한다는 게야. 적을 맞아 싸워야 하니 일대 혈전이 벌어질 것이다."

"인재를 모으는 무술시험이라면 저희도 나가봐야죠."

호연옥과 서성이 무술시험에 응시하겠다는 의사를 밝히자 호연작이 말했다.

"그것도 괜찮겠지. 그럴 요량이면 새벽 일찍 일어나야 한다."

다음날 아침 호연옥과 서성은 둘 다 옷매무시를 가다듬은 다음 무기를 들고 호연작과 함께 연무장으로 갔다. 아주 많은 병사와 군마가 연무장에 늘어서 있는 모습이 매우 엄숙했다. 갑옷을 갖춰 입은 장수들 또한 질서정연히 시험이 시작되기를 기다리고 있었다.

오전 여덟 시가 되자 황금색 망포에 옥대를 찬 양방평이 백여 명에 달하는 호위병에 둘러싸여 입장하였다. 세 발의 대포소리가 울려 퍼지며 양방평이 장대 위에 올라가 앉았다. 그의 좌우에는 칼을 치켜든 도부수들이 시립하고 최고 지휘관을 상징하는 장수기가 나부꼈다. 중군관이 큰 소리로 외쳤다.

"체력이 남보다 뛰어나고, 〈육도삼략〉을 속속들이 외우고, 활쏘기와 말타기를 잘하는 등 무예가 출중한 사람은 현재 관직에 있든 아니든 관계없이 시험에 응시할 수 있다. 재주가 뛰어난 사람은 크게 중용할 것이다."

북이 세 번 울리자 각 영과 각 부대에서 겨루기가 시작되었다. 실력의 우열이 쉬 드러날 수밖에 없는데 중군관이 다시 외쳤다.

"무릇 군민 간에 응시하는 자는 세 가지를 시험할 것이다. 첫째는 힘이 얼마나 장사인지를 본다. 장대 아래 두 개의 무쇠덩이가 놓여 있다. 이것을 들고 장대를 세 바퀴 도는 것이다. 둘째는 활쏘기다. 이백 걸음 앞에 세운 과녁 한복판에 붉은 원이 그려져 있고 그 안에 금화 한 개가 붙어 있다. 말을 달리며 세 번 화살을 쏘아 금화를 맞히면 특등이다. 셋째는 무예 시험이다."

전령이 하달되자 응시자들이 잇달아 앞으로 나와 자신의 힘을 시험하였다. 무쇠덩이의 무게는 오백 근쯤 되었다. 무쇠덩이를 들어올리는 자도 몇 되지 않았다. 가까스로 들어올렸다 해도 숨이 차는 통에 몇 걸음 가지 못해 땅바닥에 내려놓곤 했다. 그리고 마상에서 활을 쏘아 붉은 원을 맞힌 사람은 있어도 금화를 맞힌 사람은 아무도 없었다. 무예 시험은 그나마 순조롭게 진행되었다.

호연옥과 서성은 반나절 동안 지켜보았지만 뛰어난 재주를 지닌 사람은 발견하지 못했다. 두 사람은 대담하게 장대 앞으로 나갔다. 둘 다 몸에 딱 맞는 비단옷을 입고 용모가 단정한 어린 소년들이라서 모두가 주목하였다.

두 사람은 무쇠덩이를 하나씩 번쩍 든 다음 장대를 세 바퀴 돌고 원위치에 내려놓았다. 그럼에도 얼굴색 하나 변하지 않았다. 모든 군사들이 일제히 갈채를 보냈다.

두 사람은 하인이 끌고 온 두 마리 말에 각각 손을 짚더니 몸을 날려 올라탔다. 말은 히힝 소리를 지르며 앞으로 달리기 시작하였다. 화살을 장전한 두 사람은 과녁을 향해 손을 놓았다. 번개같이 날아간 화살 두 발은 과녁 중심의 금화 구멍에 정확히 꽂혔다. 북소리가 크게 울렸다. 이를 지켜본 양방평은 크게 기뻐하였다. 나머지 네 개의 화살 역시 붉은 원의 중심에 명중해 금화 주위를 둘러쌌다. 활쏘기를 마친 두 사람은 말에서 내렸다.

이어서 호연옥은 철편을 쥐고 서성은 금창을 들고 대련하였다. 빙빙 돌며 공격하고 방어하는데 모든 기량을 다 쏟는데도 조금의 흐트러짐도 보이지 않았다. 훌륭한 솜씨에 손에 땀을 쥐며 지켜보던 수많은 노장들도 갈채를 아끼지 않았다.

양방평은 기쁨에 겨워 두 사람을 장대 위로 불러 올렸다. 그리고 이름을 물었다. 왼쪽 줄에 서 있던 호연작이 앞으로 나서며 공손히 말했다.

"두 사람 모두 제 아이들입니다. 이 아이는 호연옥이고 저 아이는 의붓아들 서성입니다."

"오늘 이 사람이 성지를 받들어 용맹한 무사를 모집하려는 것은 황하 도하점인 여양 일대를 방어하러 출병하는 장수들을 지원하기 위해서였소. 응시한 자들이 모두 평범한 자들뿐이더니 오직 장군의 두 자제만이 타고난 호걸이요 국가의 동량이 될 재목이외다. 황제 폐하의 칙허에 따라 우선 효기교위로 임명해 출정시킨 다음 금나라군 격퇴에 공을 세우면 더 높은 벼슬을 내리겠소."

호연작은 호연옥, 서성과 함께 감사인사를 올리고 자신의 자리로 돌아갔다.

양방평은 군정사에 명해 근위군 명장 열 명을 차출했다. 장수들은 각기 이천 명의 군사를 거느리고 요소요소의 수비를 맡게 되었다. 다음날 아침 즉시 출병할 계획이었다. 양방평은 소집시간에 늦는 자는 목을 베겠다고 엄명했다.

그들 열 명의 장수는 누구인가? 왕진, 유광세, 왕표, 악비, 양기중, 한세충, 호연작, 장준, 마걸, 호정국이 그들이었다. 이들 열 명의 장수 중에는 뛰어난 맹장이 여럿 포함되었다. 하지만 일부는 보잘것없는 위인에 지나지 않았다.

출전 지시를 내린 양방평은 조정에 입조해 다음날 아침 출병한다는 사실을 성상께 아뢰었다. 각 장수와 병사들은 모두 돌아가 출정 준비를 서둘렀다.

호연작은 두 아이와 함께 집으로 돌아와 문선생에게 말했다.

"오늘 양태감이 황하를 지키라는 성지를 받들기 위해 연무장으로 군병을 불러모아 출병할 인재를 모집했는데 눈에 띄는 자가 하나도 없더군요. 오직 우리집 두 아이만이 용력과 무예가 뛰어나 효기교위를 제수받았답니다. 그래서 저를 따라 출정하게 되었지요.

지금 금나라는 알리불이 하북을, 점몰갈이 하동을 공격하고 있는데 둘이 각각 십만 명의 용맹한 병사를 거느리고 있답니다. 양태감은 열 명의 장수를 선발해 각기 이천 명의 군사를 내어주며 중요한 거점을 방어하게 하였지요. 열 명의 장수 중에 출중한 명장이 여럿 있긴 하지만 중과부적으로 방어선이 무너질지도 모를 일입니다. 금나라군이 일단 황하를 건너게 되면 동경은 누란의 위기에 빠져 보전하기 어려울 것입니다.

저야 두 아이와 함께 가니까 괜찮지만 가족을 남겨두는 것이 걱정입니다. 조정 관원들 대부분은 자신의 가족을 향리로 돌려보내고 있답니다. 저 역시 아내와 딸을 고향 여녕으로 돌려보내고 싶소이다. 번거로우시겠지만 문선생께서 저희 집 하인들과 함께 그 일을 도와주시면 감사하겠습니다. 향리에 약간의 재산이 있기 때문에 가족들이 살아가는 데는 지장이 없습니다. 그저 선생께 수고를 끼치는 게 송구할 따름인데 승낙해 주실 수 있는지요?"

"그동안 장군께서 따뜻한 후의를 베풀어 주셨는데 어찌 거절하겠습니까? 동경에 있어도 특별한 볼일이 없기 때문에 저 역시 남쪽으로 옮겨갈 생각이었습니다. 댁의 가족을 여녕까지 모셔다 드리겠습니다. 그러고 나서 제 딸아이가 있는 곳으로 가봐야겠습니다. 겸사겸사 서로 잘된 일이지요."

문환장의 대답에 호연작은 크게 기뻐하였다. 그는 내당으로 들어가 부인에게 값나가는 물건과 옷가지 등을 챙기라고 이르며 말했다.

"문선생께 우리 가족을 여녕 집으로 데려다 달라고 부탁했소. 내일 아침에 나는 두 아이와 함께 양태감을 따라 떠날 것이오. 금나라군을 막으러 황하로 가야 하오. 우물쭈물할 시간이 없으니 서두르시오."

부인은 호연작의 분부에 따르는 한편 전별연 술자리를 마련했다. 그날 밤 그들은 한숨도 자지 못했다. 새벽같이 도착한 수레에 부인과 딸을 태우고 문환장은 말을 탔다. 네 명의 하인이 그들을 따라나섰다. 대문에서 작별인사를 나누며 그들 모두 흐르는 눈물을 감추지 못했다.

문환장은 수레를 탄 호연작의 가족과 함께 동경을 빠져나왔다. 사흘째 되는 날 처자를 데리고 도망치는 백성의 무리와 마주치게 되었다. 하남, 산동 일대인 여주, 영주, 광주, 황주 땅에서 비적 왕선이 난을 일으키는 바람에 피난온 사람들이었다. 오십만이나 되는 군사를 모은 왕선은 양민의 자녀와 재물을 빼앗고 살인 방화를 저지르며 사방을 온통 쑥대밭으로 만들고 있었다. 그 기세가 하도 대단해 관병들이 대적하지 못하고 모두 도망쳐버렸다고 한다.

그런 말을 들은 문환장은 몹시 놀라고 걱정되었다. 말에서 내린 문환장은 수레 옆으로 다가가 호부인에게 말했다.

"비적 왕선이라는 자가 반란을 일으키는 바람에 광주, 황주, 여주, 영주 지방이 모두 파괴되었다고 합니다. 인민이 모두 도망치고 있으니 여녕으로는 갈 수가 없겠습니다. 동경으로 다시 돌아가는 것도 불가능하고 길 위에서 진퇴양난이로군요. 어찌하면 좋을지 모르겠습니다.

소생의 딸이 등주에서 의로운 친구들의 보호를 받고 있는데 그들은 장군의 오랜 친구이기도 합니다. 잠시 거기 가 있다가 장군께서 승리하고 돌아오면 다시 방법을 찾아보는 게 어떻겠습니까?"

"제가 아녀자로서 무얼 알겠습니까? 등주에 안전하게 몸을 의탁할 곳이 있다면 선생님의 의견에 따르겠습니다."

부인이 동의하자 문환장은 마부에게 등주로 방향을 잡으라고 말했다. 대엿새 만에 그들은 등운산 자락에 도착하였다. 산채의 부하에게 안으로 기별하게 하였다. 곧 안도전, 소양, 김대견, 목춘 등이 마중을 나왔다.

문환장은 취의청에 가서 산채 식구들과 인사를 나누었다. 안도전 등은 그동안의 노고에 치사를 하고 나서 문환장에게 물었다.

"동경의 사정은 어떠한가요?"

"저와 관련된 송사는 소소한 일이어서 이미 일단락되었습니다. 화근거리는 지금 금나라가 맹약을 깨고 하북과 하동을 공략해 온 것입니다. 성상께서 보위를 태자에게 물려주는 바람에 정강 원년으로 개원되었습니다.

새 황제께서 내시 양방평에게 명해 열 명의 장수와 함께 황하의 도하지점을 방어하게 했는데 호연작도 열 장수 중의 한 사람으로 지금 그곳에 가 있습니다. 동경에 남겨진 자신의 가족이 잘못될까봐 제게 부탁하기에 여녕으로 가던 길이었는데 뜻밖에 비적 왕선이 난을 일으켜 그곳으로 갈 수 없었습니다. 그래서 호부인과 따님을 이곳으로 모신 것입니다."

문환장이 저간의 사정과 산채에 오게 된 경위를 설명하자 두령들은 한목소리로 말했다.

"참 잘하셨습니다."

고대수는 호부인과 딸을 뒤채로 안내했다. 그들은 소양과 김대견의 부인, 문소저 등과 인사를 나누었다. 호부인은 가지고 온 물건을 안으로 들인 후 마부를 돌려보냈다. 문환장 부녀가 다시 상봉하였으니 그 기쁨은 말로 설명하기 어렵다. 그들은 큰 잔치를 열어 새로 온 사람들을 환대하였다.

목춘은 문환장한테 객줏집에서 초면귀가 떠벌이는 소리를 우연히 듣고 다음날 아침 사당 가에서 그를 죽여 우물 속에 처넣은 이야기를 들려주었다.

"그런 통쾌한 일은 목형이니까 가능할 것입니다. 그자가 나타나지 않아 괴이쩍다 생각했었지요."

그날 밤은 큰 즐거움 속에서 지나갔다.

조정은 변란 속에 어지러운데
즐겁게 만난 벗들 흉금을 트고 이야기하누나

제20회
황하 수비에 실패해 쫓기는 호연작 부자

 가족을 여녕으로 떠나보낸 호연작은 말과 안장 그리고 무기를 서둘러 챙겨 산조문 밖으로 갔다. 다른 장군들도 잇따라 그곳으로 모여들었다. 대오를 정비한 그들은 총감 양방평이 도착하기를 기다렸다.
 얼마 지나지 않아 의장대를 앞세운 양태감이 수많은 내관과 본진 소속의 장수들을 거느리고 기세를 올리며 당도하였다. 먼저 도착해 있던 장군들은 양태감 앞으로 나아가 자신을 소개하며 인사를 올렸다.
 양태감은 출정을 알리는 호포를 쏘게 하였다. 깃발이 펄럭이고 북소리가 울리는 가운데 전장으로 향하는 군대의 행렬이 끝없이 이어졌다. 이때 말을 탄 전령이 달려와 고했다.
 "금나라 군대가 황하를 도하하려고 합니다!"
 양태감은 행군을 재촉했다. 이윽고 여양에 도착해 군영을 설치하였다. 당상에 오른 양태감이 명을 내렸다.

"지금 매우 급박한 상황이오. 적이 건너올 만한 요충지가 다섯 곳이니 마땅히 밤을 새워 지켜야 할 것이오. 열 명의 장군을 다섯 개 영채로 나누겠소. 두 장군이 사천 군사를 거느리고 한 곳씩 맡아서 동심협력해 방비하시오. 공을 세우는 자에게는 상을 내리고 과오가 있는 자에게는 죄를 물을 것이오!"

호연작은 양류촌을 맡게 되었다. 도하 위험성이 가장 높은 요충지 중의 요충지였다. 그와 함께 양류촌 수비를 맡은 장군은 왕표였다.

명을 받은 호연작은 왕표와 함께 군사를 이끌고 양류촌으로 갔다. 양류촌은 황하 기슭 어귀에 자리한 마을이었다. 주민이 모조리 달아나 마을은 스산하기 이를 데 없었다. 호연작은 맞춤한 장소를 골라 채책을 세우고 호연옥과 서성으로 하여금 양쪽 제방을 지키게 하였다. 그들은 밤새 한숨도 자지 못했다.

왕표는 원래 건달 출신의 근본이 없는 자였다. 채경의 문하에 투신해 어영지휘사가 되었지만 심술이 좋지 못했다. 그는 금나라 군이 매우 강대한 것을 보고는 투항할 생각을 가졌다. 알리불에게 몰래 사람을 보내 선을 대었는데 양류촌을 내어줌으로써 입신의 발판으로 삼을 생각이었다.

하지만 호연작과 공동으로 영채의 책임을 맡고 있기 때문에 그에게 제동이 걸리지나 않을까 염려되었다. 왕표는 호연작에게 술을 대접하며 은근슬쩍 자신의 의중을 내비쳤다.

"조정이 혼미하니 대세가 이미 기울어진 듯하오이다. 나무 한 그루 지탱하지 못할까 걱정이오. 나와 장군이 피땀 흘리며 싸워도 누가 알아준답디까? 승리하면 윗사람들이 공을 가로챌 것이요, 실수라도 하게 되면 우리가 죄를 뒤집어쓸 테지요. '새도 나무를 보아가며 보금자리를 짓는다'는 말이 있지 않습니까? 상황을 보아가며 대처해야 하지 않겠소?"

호연작은 왕표의 말을 듣고 의연하게 대답했다.

"그건 왕장군의 생각이 틀렸습니다. 우리는 나라의 깊은 은혜를 받고 있는 몸이잖습니까? 죽음으로써 은혜에 보답할 뿐 돌아오는 공의 여부를 따질 필요는 없지요. 금나라 군대가 비록 강하다지만 우리가 이곳 길목을 단단히 지키면 황하라는 천연의 참호를 설마 날아서 건너겠습니까? 게다가 노충 경략상공이 근왕병 삼십만을 거느리고 곧 도착한다지 않습니까?

승패는 아직 결정되지 않았소. 대송의 역대 황제들이 보위를 이어오며 그 은혜가 백성들의 마음에 사무쳤으니 황하 이북 땅에서도 반드시 우리에게 호응하는 호걸이 나올 것이오. 금나라군이 깊이 쳐들어와 고립되고 있으므로 이 역시 우리에게 유리합니다. 스스로 사기를 꺾어 군심을 어지럽히면 안될 일이지요."

호연작이 꿈쩍하지 않는 것을 본 왕표는 냉소를 지으며 말했다.

"장군의 말씀은 물론 지당합니다. 잠시 농담한 것이니 마음에 담아두지 마시오. 당연히 한마음 한뜻으로 최선을 다해 공을 세워야지요."

왕표가 술을 권했지만 호연작은 사양하며 마시지 않았다. 자신의 진영으로 돌아온 호연작은 호연옥, 서성과 의논하였다.

"아까 왕표가 내게 상황을 보아가며 대처해야 하지 않겠느냐고 하더구나. 배반할 의사가 있는 것이 분명하다. 어떻게 하면 좋겠느냐?"

"두 군영의 군사가 힘을 합쳐 방어해도 지탱하기 어려운 정세 아닙니까? 그가 딴마음을 먹고 몰래 나라를 팔아버린다면 그야말로 큰일입니다. 아버님께서 내일 양태감에게 가서 비밀리에 사실을 고하는 것이 좋겠습니다. 그래야 나중에라도 연루되는 일이 없을 것입니다."

아들의 말을 듣고 난 호연작이 말했다.

"왕표는 내가 단호히 말하는 것을 보고는 금세 말을 고쳐 버렸다. 게다가 증거도 없거늘 경솔하게 밀고하기는 어렵지 않겠느냐?"

"그자가 이미 변심한데다 아버님께서 따르지 않겠다고 했으니 저한테 화가 미칠지 몰라 가만히 있지 않을 것입니다. 저와 형님이 군사 오백 명을 나누어 전방 언덕 위에 별도의 진지를 세우고 서로 호응하는 형태를 갖추면 어떨까요? 혹시 변고가 일어나더라도 구원하기에 좋을 것입니다."

서성의 제안에 호연작이 동의하며 말했다.

"네 말이 일리가 있다."

호연옥과 서성은 곧 군사 오백을 이끌고 강가의 작은 언덕 위로 가 그곳에 진지를 구축하였다.

"마주보는 진영의 형태는 갖추었지만 아버님께서는 이쪽에 홀로 고립되어 있습니다. 곁에서 호위하는 사람이 없으면 안심이 안되니 저와 동생이 교대로 아버님 곁을 지키겠습니다."

호연옥의 새로운 제안을 호연작이 받아들였다.
"그렇게 하거라."
그들은 진영을 둘로 나누었을 뿐 아니라 긴밀한 연락 체계를 갖추었다. 왕표는 호연작이 강가 언덕에 작은 진지를 세운 것을 보고 그들이 자신을 의심하고 있음을 알았다.
비밀이 누설될 것을 걱정한 왕표는 부리나케 금나라 쪽에 사람을 보내 내응 기일을 약정하였다. 며칠이 지나도록 왕표는 아무런 움직임을 보이지 않았다. 황하 건너편 기슭에도 금나라 병사는 물론 말 한 마리 찾아볼 수 없었다.
그런 어느 날 밤 갑자기 하늘이 칠흑으로 변하며 폭풍우가 몰아쳤다. 호연작이 말했다.
"이처럼 폭풍우가 심하게 이는 날에는 더욱 방비를 튼튼히 해야 한다!"
호연작은 서성과 함께 한 무리의 군사를 이끌고 강변을 순찰하고 있었다. 그때 돌연 자신의 진영에서 불꽃이 하늘로 솟구치면서 함성이 진동하였다. 왕표가 금나라 첩자를 자기 진영으로 몰래 끌어들여 두었다가 폭풍 속의 어둠을 틈타 거사를 벌였기 때문이다.
호연작과 서성이 황망히 달려가니 벌써 수백 명의 금나라 병사들이 그곳에서 살인 방화를 저지르고 있었다. 지휘하는 왕표의 모습이 불빛 속에 어른거렸다. 호연작이 대로해 소리쳤다.
"이 더러운 배신자야! 어찌 첩자를 끌어들여 나라를 배반한단 말이냐!"

쌍편 호연작(왼쪽)과 대도 관승.

호연작이 쌍편을 머리 위로 날려보내자 왕표가 창을 들어 막았다. 서성이 달려와 가세하자 겁을 먹은 왕표는 말의 옆구리를 차며 달아났다. 호연작과 서성은 온 힘을 다해 쫓아갔다.

그러는 사이에 큰 뗏목을 타고 황하를 건너온 금나라군이 산과 들을 가득 메운 채 밀려왔다. 두 사람은 급히 몸을 돌려 강가에 세운 진지로 달려갔다. 호연옥은 아버지와 서성을 돕기 위해 언덕 아래로 내려오다가 강을 건너온 알리불과 마주쳤다. 호연옥이 쌍편을 휘두르며 알리불과 대적하는 참에 호연작과 서성이 급히 달려왔다. 그러자 금나라군의 또 다른 장수가 뛰어나와 접전이 벌어졌다.

한밤중까지 싸웠지만 금나라군의 수효가 워낙 많아 그들을 대적하기 어려웠다. 금나라군은 호연작 세 부자를 포위하듯 몰아붙였다. 하는 수 없이 언덕 위의 진지로 밀려났는데 그 사이에 이천 명의 병사가 백여 명으로 줄어 있었다. 금나라군이 진지를 단단히 에워싼 까닭에 무엇을 어찌 해볼 수도 없었다.

알리불은 왕표가 헌납한 양류촌 도하로를 따라 아무런 방해도 받지 않은 채 십만 명의 대병이 쉽없이 황하를 건너게 했다. 그러자 황하를 방어하던 다른 송나라 영채 모두 지탱하기 어려워지면서 송나라군은 뿔뿔이 흩어졌다. 송나라군이 패배하는 것을 본 양태감은 여양을 버리고 동경으로 도망갔다.

호연작 부자 세 사람은 적의 포위 속에서 하루를 버텨냈다. 하지만 양식이 바닥나고 말았다. 서성이 말했다.

"밤이 깊어지기를 기다렸다가 무슨 수를 쓰든 산을 내려가야 합니다. 여기서 죽을 수는 없지 않습니까?"

때는 구월 중순이었다. 연일 내리던 비가 그치며 모처럼 하늘이 맑았다. 밤이 깊어지자 찬 서리가 내리는 가운데 별빛은 찬란하고 서풍이 소슬했다. 기러기 한 마리가 애처로이 울며 하늘을 날았다. 금나라군 진영을 바라보니 아직도 화톳불이 타오르고 있었다.

"돌파할 수 있는 건 지금뿐이다. 날이 밝으면 더는 버틸 수 없다!"

호연작은 패잔병들에게 용기를 북돋워주며 앞장섰다. 세 부자가 이끄는 병사들이 산 아래로 돌진하자 금나라군이 일제히 달려들어 그들을 에워쌌다. 이때 말을 탄 장수 하나가 창을 겨누며 다가오는데 왕표였다. 왕표를 본 호연작은 크게 노하여 소리쳤다.

"나라를 팔아먹은 역적놈아! 감히 우리를 막아!"

호연작이 철편을 들고 맞서려는 사이에 호연옥과 서성이 철편을 휘두르고 창을 찌르며 한 줄기 빠져나갈 길을 뚫었다. 호연작 또한 싸움을 계속하면서 달아나는데 왕표가 그들을 놓치지 않으려고 말을 타고 바짝 쫓아왔다. 호연작이 호통을 치며 두 개의 철편을 동시에 날렸다. 불의의 일격을 당한 왕표는 말에서 굴러떨어졌다. 금나라군은 그에게 달려들어 구조할 뿐 더 이상 감히 쫓아오지 못했다.

금나라군의 포위망에서 벗어나 돌아보니 뒤따르는 병사는 한 사람도 없었다. 남은 것은 오직 그들 세 부자뿐이었다.

천지를 분간할 수 없는 어둠 속에서 그들은 길을 따라 말을 달렸다. 날이 밝을 무렵 양류촌에서 제법 멀리 떨어진 곳에 이르러서야 비로소 숨을 돌릴 수 있었다.

"천행으로 목숨을 건졌구나! 그런데 이제 어디로 간단 말이냐? 왕표 때문에 일을 그르쳐 방어하던 곳을 잃어버렸으니 동경으로는 절대 갈 수 없다. 여녕으로 가보았자 저 간당놈들이 군기를 그르친 죄를 내게 뒤집어씌울 것이 분명하다. 아, 그렇구나! 미염공 주동이 보정부 도통제로 있지. 그곳으로 가서 잠시 몸을 의탁하며 동경 소식을 지켜보자꾸나."

호연작의 말에 따라 그들은 보정으로 길을 잡았다. 점심때가 되니 배가 고팠다. 마침 지나는 마을에 술집이 있는 것을 본 그들은 말에서 내려 안으로 들어갔다.

"술 좀 주시오. 안주는 뭐가 있소?"

술을 주문하자 종업원이 대답했다..

"금나라군이 밀어닥쳐 소를 잡지 못하는 바람에 안주랄 게 없습니다. 백주는 몇 병 있습니다."

"어쩔 수 없군. 술을 가져오고 닷 되쯤 넉넉히 밥을 지어주시오."

종업원이 술 두 병과 커다란 술사발 세 개 그리고 나물 한 접시를 내왔다. 그때 문 앞에서 모래흙 속의 벌레를 뒤지고 있던 수탉 한 마리가 눈에 띄었다. 호연옥이 닭을 가리키며 말했다.

"저 닭도 삶아주시오. 값은 같이 계산하겠소."

호연작은 술 몇 잔을 연거푸 들이켰다. 한숨을 내쉬며 그는 서성에게 말했다..

"내가 전에 양산박 토벌을 나갔을 때 네 아버지가 말이다. 갈고

리창을 사용해 내가 창안한 연환마連環馬 진법을 깨뜨려버렸지 뭐냐. 패전한 나는 청주에 거서 병력을 빌려 복수하려고 마음먹었지. 도중에 주점에 들어갔는데 몸에 돈이 한푼도 없는 거야. 하는 수 없이 금장식 허리띠를 풀어주고 양다리 하나를 삶아 먹은 적이 있다.

그로부터 몇 년이나 지났을꼬? 이렇게 또 역적한테 당해 돌아갈 집도 의지할 나라도 없는 처지가 되고 말았구나. 오늘은 그래도 너희 둘이 곁에 있어 주어 고맙구나. 아, 참! 깜빡했는데 너희들 돈은 가지고 있느냐?"

"제게 돈이 좀 있습니다."

호연옥이 대답하자 호연작이 웃으며 말했다.

"다행이구나. 하마터면 또 허리띠를 풀 뻔했지."

종업원이 삶은 닭과 밥을 가져왔다. 배불리 먹고 나서 셈을 치렀다. 그들은 투구와 갑옷을 몸에 걸친 뒤 말에 올라 길을 떠났다.

저녁이 되어 그들은 보정성 아래 이르렀다. 성문 위에 각종 깃발이 걸려 있건만 문은 굳게 닫혀 있었다. 성밖의 주민은 뿔뿔이 흩어진 상태였다. 호연작은 성벽 위를 올려다보며 성을 수비하는 군사에게 물었다.

"주동 도통제는 어디 계신가?"

"금나라군이 쳐들어와 도통제께서는 지금 여기 없습니다. 삼십리 떨어진 비호욕을 수비하고 계십니다."

호연작은 말을 세운 채 한동안 궁리에 잠겼다. 별안간 요란한 북소리가 울리며 수백 개의 검은 독수리 깃발이 몰려왔다. 호연작은 금나라군임을 알아채고 두 아들과 함께 황급히 말머리를 돌려 샛길로 달아났다. 등뒤에서 화살이 비오듯 날아왔다. 그들은 정신없이 말을 채찍질하며 나는 듯이 달린 끝에 겨우 사정거리에서 벗어났다. 말 위에서 그는 생각했다.

'이제 어디로 가지? 주동은 만나지도 못하고 금나라군이 도처에서 길을 막으니 어디로 가면 좋을까?'

그런데다가 그들은 길을 잘못 들었다. 아무리 둘러봐도 깊은 산속의 작은 오솔길뿐이었다. 순식간에 해는 지고 수풀 속에서 지저귀는 이름 모를 산새들의 울음소리만 어지러웠다. 산비탈 길을 돌아 오르자 키큰 소나무가 좁은 길 양편으로 죽 늘어서 있었다. 그 너머 울창한 참대숲 속에 큰 설 하나가 눈에 띄었다. 높이 솟은 전각 사이로 종소리가 멀리까지 울려 퍼졌다.

"됐다! 절에서 하룻밤 묵고 나서 내일 일을 생각해 보자꾸나!"

호연작의 말에 따라 그들은 절로 갔다. 절 앞에 이르러 말에서 내리려는데 갑자기 딱따기 소리가 울리며 절 안에서 사오십 명의 중들이 몰려나왔다. 손에 창이며 곤봉을 든 중들이 소리쳤다.

"이 음마천 강도놈들아, 어딜 엿보러 들어오는 것이냐!"

"우리 세 부자는 보정부로 주통제를 찾아갔다가 만나지 못하고 날이 저무는 바람에 절에서 하룻밤 묵을 수 있을까 하고 온 것인데 강도라니요!"

호연작의 말이 끝나자마자 한 중이 더욱 큰 소리로 외쳤다.

"우리 만경사는 북제北齊 때 창건된 절로 지금은 금나라에 귀순했으니 첩자를 신고하라는 포고령을 따라야겠다. 갑옷 차림에 말을 타고 있는 것을 보니 송나라 패장이로구나! 너희들을 붙잡아 상금을 타야겠다."

중들이 창과 곤봉을 마구 휘두르며 달려들었다. 크게 노한 호연작 부자가 철편을 내려치자 순식간에 몇 명의 중이 상처를 입고 쓰러졌다. 나머지 중들은 그대로 달아나 버렸다. 호연작 부자도 말을 달려 그곳을 떠났다.

다시 얼마쯤 길을 가니까 큰 고목나무 밑에 산신묘 하나가 자리하고 있었다. 너무 피곤해서 쉬어가려고 말에서 내렸다. 문을 열고 들여다보니 사람의 그림자라곤 보이지 않았다. 달빛 가득한 빈 땅엔 낙엽이 가득 쌓여 있었다. 귀뚜라미 우는 소리만 처량한데 불현듯 배고픔과 한기가 밀려왔다.

문지방에 잠시 앉아 있던 서성이 벌떡 몸을 일으켰다. 그는 돌멩이 두 개를 집어다가 부시를 쳐서 불을 피웠다. 낙엽에 불을 옮긴 다음 부서진 대나무 문을 태워 몸을 녹이자 곧 온몸이 따뜻해졌다.

불이 꺼지지 않도록 태울 만한 물건을 여기저기 찾아보는데 마땅한 것이 하나도 없었다. 마른 나뭇가지를 주워 모닥불에 얹을 생각으로 문밖으로 나간 그는 급히 안으로 뛰어들어와 금창을 들고 나갔다.

"동생, 창을 들고 어디로 가는 건가?"

호연옥이 묻자 서성은 따라오라고 조용히 손짓하였다. 호연옥도 철편을 들고 따라나섰다. 물가에 이른 서성이 손가락을 가리키면서 말했다.

"형님, 저기 노루 한 마리가 물을 마시고 있는 게 보이지요? 저 놈을 잡으면 멋진 저녁식사가 될 거예요."

서성은 살금살금 다가가더니 번개처럼 창을 찔렀다. 옆구리가 찔린 노루는 아직 숨을 헐떡이고 있었다. 호연옥이 요도를 뽑아 노루의 머리를 베었다. 두 사람은 개울가에서 노루 몸통을 깨끗이 씻어 산신묘 안으로 가져갔다.

"자네가 노루를 잡았으니 바로 요리해 먹세."

다시 밖으로 나간 두 사람은 빈 술독을 하나 찾아냈다. 술독을 깨끗이 행구어 토막토막 자른 노루를 그 안에 넣고 물을 부었다. 헌 문짝 몇 개를 부수어 불을 지피며 그 위에 술독을 얹었다. 한동안 부채질해 주었더니 이윽고 고기가 다 익었다.

"소금이 없는데 어떻게 먹지?"

서성의 말을 호연작이 받았다.

"전쟁터에서는 으레 싱겁게 먹는 법이다. 어디서 소금을 구하겠니? 노루를 잡은 게 얼마나 다행이냐? 안 그랬으면 주린 배를 움켜쥐고 밤을 새워야 했을 텐데."

막 고기를 꺼내 먹으려고 하는 참이었다. 어디선가 희미하게 사람 울음소리가 들려왔다. 귀를 기울여 듣고 있던 호연옥이 말했다.

"이상한데. 이 깊은 밤중에 산속에서 울음소리가 나다니. 나쁜 놈이라도 있는 건 아니겠지!"

호연옥과 서성은 문밖으로 나가 봤지만 사람의 그림자도 보이지 않았다. 주위를 살피니 고목 옆으로 오솔길이 하나 나 있었다.

두 사람은 밝게 비치는 달빛을 받으며 오솔길을 따라 조금 걸었다. 그러자 대나무 숲 사이로 새어나오는 희미한 등불이 보였다. 가까이 다가가니 그것은 작은 암자였다.

안에서 새어나오는 소리에 조용히 귀기울였다. 아무래도 여자의 울음소리 같았다. 서성은 대나무 문을 열고 들어가 창문 틈으로 안을 엿보았다. 중 하나가 여자를 끌어안고 있는데 여자는 몸을 웅크린 채 목청껏 울부짖고 있었다. 다른 중 하나는 여자의 아랫도리를 벗기려 하고 있었다.

서성의 뒤를 따라 들어와 안을 들여다본 호연옥이 벌컥 화를 내며 격자창을 힘주어 잡아당겼다. 문이 열림과 동시에 두 사람은 방안으로 뛰어들었다. 그러자 두 중은 옆문을 박차고 번개같이 달아났다. 서성이 외쳤다.

"이 중놈들아, 어디로 달아나느냐?"

산신묘에 남아 있던 호연작은 호연옥과 서성이 돌아오지 않자 문밖으로 나와 주위를 둘러보고 있었다. 서성의 고함소리가 들리는가 싶더니 중 두 놈이 부리나케 달려오는 것이었다. 달려오던 그들은 호연작의 가슴에 턱하고 부딪혔다. 호연작은 손을 뻗어 냉큼 한 놈을 붙잡았다. 다른 한 놈은 그대로 도망쳐 버렸다. 뒤쫓아온 서성은 요도를 뽑아 붙잡힌 중의 팔을 칼등으로 내려쳤다. 서성은 오른팔이 부러져 덜렁덜렁 매달려 있는 놈을 다시 암자로 끌고 갔다.

여자는 아직도 바닥에 앉아서 울고 있었다. 비록 두메산골에 사는 아낙네지만 자색이 제법 아름다웠다. 여자는 머리가 흐트러지고 옷매무시도 풀린 채였다.

"부인은 어디 사람인데 중들한테 붙잡힌 것입니까?"

호연옥이 묻자 여자는 눈물을 훔치며 대답했다.

"저는 이 근처에 사는 아낙인데 이가 성을 가진 사람의 아내입니다. 금나라군이 곳곳에서 노략질을 일삼자 남편은 시어머니와 저를 데리고 산속으로 피신했습니다. 그런데 금나라군이 산속에까지 들이닥치면서 시어머니와 남편의 행방을 알 수 없게 되었습니다.

한밤중인데다 길이 험해 집으로 돌아갈 수도 없는 노릇이었습니다. 어쩔 줄 몰라 하며 요 앞 숲속에 앉아 있었지요. 그곳에 있다가 두 스님한테 들켜 이곳으로 끌려온 것입니다. 죽어도 몸을 더럽히지 않을 결심으로 큰 소리로 고함을 지르다가 다행히 구출된 것입니다."

호연작이 중에게 물었다.

"너는 어느 절에 있는 중이냐? 왜 부처님의 가르침을 어기고 양가집 여자를 강간하려 했느냐?"

"소승은 본시 만경사 소속으로 참선 수양을 위해 사부님과 함께 이곳에 암자를 짓고 살았습니다. 절에 담화라는 주지가 새로 왔는데 숭산 소림사 출신으로 권법과 봉술에 뛰어납니다. 담화 스님은 금나라에 귀순하고 나서 절 내의 모든 승려에게 본사로 와 점고를 받도록 했습니다. 그것은 그의 동생인 필풍이 이전에 용각산을 점령했다가 음마천 도적들에게 패했기 때문입니다. 담화 스님은 금나라 원수 알리불한테 병력을 빌려 함께 음마천을

칠 생각입니다.

저와 사부님은 점고를 마치고 숲속을 지나다가 저 여자를 발견하게 되었습니다. 사부님께서 돌연 흑심을 일으켜 여자를 암자로 데려온 것입니다. 모두 제 사부님의 소행이지 소승은 상관없는 일입니다."

중이 발뺌을 하자 호연옥이 꾸짖었다.

"이 죽일 놈의 자식이 어디서 변명을 하는 것이냐! 그 중은 껴안고 네놈은 속곳을 벗기고 있었는데 네놈은 상관이 없다고!"

서성은 그자를 냇가로 데려가 단칼에 베어버리고 암자로 돌아왔다.

"부인을 위해서 우리가 저 중놈을 죽여 버렸으니 날이 밝거든 남편과 시어머니를 찾으러 떠나시오."

호연작의 말에 여자는 감사의 인사를 올렸다.

"나리들께서 제 목숨을 구해 주셨습니다. 만약 그들에게 몸을 더럽혔다면 저는 죽어 버렸을 것입니다."

"훌륭합니다. 절개가 아주 굳으시군요."

호연작이 여자를 칭찬하자 서성이 말을 돌렸다.

"배고프지 않습니까? 한창 배가 고픈 판에 또 이런 일을 당해 시간이 얼마나 흘렀는지 모릅니다. 한 놈이 도망쳐 몹시 유감입니다만."

서성은 웃으며 말을 이었다.

"그건 그렇고 노루 고기가 잘 익었을 거요. 형님이 가서 좀 가져오시오. 여기 어딘가 틀림없이 소금이 있을 테니 내가 찾아 놓겠소."

서성은 등불을 들고 부엌으로 들어갔다. 된장, 식초, 쌀, 국수, 야채 등이 두루 눈에 띄었다. 게다가 마루 밑에서 작 익은 술독까지 하나 찾아냈다. 서성은 매우 기뻐하여 즉시 술을 데우기 시작했다.

그 사이에 호연옥이 노루 고기를 가져왔다. 그들은 노루 고기에 된장과 식초를 발라 커다란 고깃덩이째 그대로 들고 먹었다. 그리고 큰 사발에 술을 가득 따라 마셨다. 쌀밥까지 해서 세 사람은 배불리 먹고 알맞게 취했다. 곁에 있던 부인에게도 음식을 나눠주었다.

날이 밝자 호연작이 의견을 냈다.

"여기까지 온 마당에 앞으로 나아갈 수도 뒤로 물러설 수도 없다. 음마천에 가서 몸을 맡기는 게 좋겠다."

호연작은 부인에게 물었다.

"여기서 음마천까지 얼마나 걸리는지 아시오?"

"남서쪽으로 이십 리가량 됩니다. 그 산에 있는 대왕님이 매우 의로운 분이어서 부정한 방법으로 모은 나쁜 놈들의 재물만 빼앗지 양민에게는 결코 해를 끼치지 않는다고 들었습니다. 저 만경사의 흉악한 날강도 같은 중들하고는 다릅니다."

이윽고 말에 오른 호연작 세 부자는 부인에게 돌아가라고 일렀다. 그리고 남서쪽으로 말을 몰았다.

십 리쯤 갔을 때 완만한 언덕길을 사람을 태운 말 한 마리가 나는 듯이 달려오는 게 보였다. 독수리 깃발을 단 금나라군 한 무리가 함성을 지르며 말을 탄 장수의 뒤를 쫓고 있었다. 호연작이 눈을 크게 뜨고 바라보니 그 사람은 다름아닌 미염공 주동이었다.

가까이 다가온 독수리 깃발의 무리가 주동을 향해 칼을 내리칠 기세라서 말을 붙일 사이도 없었다. 서성이 뛰어나가며 앞장선 금나라 병사를 창으로 찔렀다. 창에 찔린 병사는 말에서 떨어졌다. 호연옥이 휘두른 철편에 다른 또 한 명의 병사가 나가떨어졌다. 금나라군은 휘파람 소리와 함께 말을 돌려 물러갔다.

주동은 말에서 내려 호연작을 유심히 바라보았다. 그리고 정색하며 말했다.

"아니, 형님 아니십니까? 형님을 만나지 못했더라면 내 목숨도 끝장이었을 겁니다. 그런데 어디서 오는 길이시오? 이 두 소년은 누구길래 그리 용감하답니까?"

호연작이 막 대답하려는 순간 홀연 징소리가 크게 울리며 옆길에서 사오십 명의 도적패가 나타났다. 말을 탄 두령 앞에는 손이 꽁꽁 묶인 중 하나가 끌려오고 있었다. 두령은 호연작과 주동을 보더니 구르듯이 말에서 내려왔다. 그는 금표자 양림이었다.

다들 기뻐하며 인사를 나누었다. 큰 소나무 밑에 둘러앉은 그들은 잠시 지나온 이야기를 주고받았다. 호연작이 말을 꺼냈다.

"나는 동경에서 어영 병마지휘사로 있었다네. 금나라가 맹약을 깨고 하북과 하동을 침범하자 성상께서는 태자에게 보위를 물려주셨지. 새 황제는 내시 양방평에게 명해 열 명의 명장으로 하여금 황하 기슭을 나누어 금나라군을 막으라고 했네. 나는 왕표와 연합해 양류촌에 주둔하고 있었는데 왕표가 금나라와 내통해 적병을 끌어들였지 뭔가. 그래서 전쟁에서 패했는데 다행히 아들 호연옥과 양아들 서성이 분전해 겨우 살아났네. 서성은 본래 금창

수 서녕의 아들이라네.

주동 아우한테 의탁하려고 보정성 아래 도착하니 그곳에서 다시 한 떼의 금나라군이 달려드는 것 아니겠나. 하는 수 없이 샛길로 달아났는데 밤늦은 시간에 산속에서 만경사를 발견하고 하룻밤 묵으려 했지. 그런데 그곳 중들이 음마천의 첩자로 알고 창과 곤봉을 들고 공격하는 거야. 아이들과 함께 몇 놈을 때려눕히고 십여 리를 더 가니 산신묘 하나가 나오더군.

산신묘에서 잠시 쉬고 있자니 홀연 여인네 울음소리가 들려오는 거야. 글쎄 근처 암자에서 두 중놈이 한 여인을 끌어안고 강간하려 하지 않겠나. 한 놈을 잡아 죽이고 그 여인을 구해 주었지.

진퇴양난에 빠진 우리 세 부자는 음마천을 찾아가는 길이었네. 그러던 중 뜻밖에 연이어 자네들을 만나게 되었네."

호연작의 말을 듣고 있던 주동이 말을 받았다.

"금나라군이 침입해 오자 태수는 내게 비호욕을 지키라고 했는데 그들의 세력이 어찌나 센지 지탱하기가 어렵다군요. 병졸은 모두 흩어져버리고 혼자서 말을 타고 도주하고 있었지요. 다행히 형님 부자를 만나 위험에서 벗어날 수 있게 되었소."

"여기서 음마천까지는 얼마 되지 않소. 다 함께 갑시다."

양림의 제안에 그들은 모두 말에 올라탔다. 호연옥이 옆에 묶여 있는 중을 보더니 말했다.

"어젯밤 여자를 강간하려다 도망친 자로군요. 어디서 잡으셨습니까?"

"만경사와 우리 산채 사이에 그동안 여러 번 충돌이 있었고 부하들이 여럿 잡혀가기도 했다네. 저 중놈이 허겁지겁 도망치는 것을 보고 붙잡았지. 산채로 끌고 간 다음 저놈의 간을 꺼내 해장국이라도 끓이려고 했는데 부녀자를 강간하려 했다니 도저히 용서할 수 없구만.”

이야기를 나누는 사이에 어느덧 음마천에 이르렀다. 양림이 먼저 가서 알리자 이응을 비롯한 두령들이 마중을 나왔다. 취의청에 가서 인사를 나누고 나서 이응이 말했다.

“만경사의 담화라는 주지가 금나라군을 청해 우리 산채를 공격할 모양인데 두 분 형제께서 오셨으니 얼마나 기쁜지 모르겠소이다. 이제 그놈들을 걱정할 필요가 없겠소.”

“나하고 호연장군은 이미 한물 간 사람이지요. 이 두 소년 말입니다. 호연장군의 아들 호연옥과 금창수 서녕의 아들 서성인데 이들이 진짜 뛰어난 영재들이오. 조금 전에 내가 금나라군에 쫓기고 있을 때 난 한 번의 철편과 창으로 두 사람을 해치워 버리더군요. 그래서 금나라군을 물리칠 수 있었지요.”

주동이 두 소년을 칭찬하자 이응이 말했다.

“몇 년 못 보는 사이에 이렇게 장성했군! 설명해 주지 않으면 몰라볼 뻔했는걸. 반갑고도 경하스러운 일이오. 그런데 공손승 선생과 주무 군사도 이곳에 와 있다오. 청정한 곳을 좋아해 백운파에 작은 암자를 짓고 지내니 사람을 보내 모셔오리다.”

“중놈 하나를 잡아왔소이다. 알고 보니 어젯밤 암자에서 부녀자를 강간하려던 자랍니다. 한 놈은 호연작 형님 부자에게 살해당하고 이놈은 용케 도망쳤답니다.”

양림의 보고를 받고 이응이 말했다.
"일단 감옥에 가두어 두세. 담화가 쳐들어오거든 죽여서 출정식 제사를 올리세."
한창 이야기가 무르익을 무렵 공손승과 주무가 도착하였다. 저마다 반가워하며 옛 정을 나누었다. 그후 연석을 마련해 환대했음은 물론이다.

사실 전날 밤 암자 안에는 중이 한 사람 더 있었다. 호연옥과 서성이 거칠게 뛰어들자 그는 뒷문으로 달아났다. 다음날 살해된 중을 냇가에서 발견한 그는 만경사에 가서 담화에게 알렸다. 두 중은 담화를 따르던 제자였기에 그들이 당했다는 말을 듣고 담화는 크게 화를 냈다.
"이 음마천 도둑놈들, 정말 괘씸하구나! 그동안 소란을 피운 게 도대체 몇 번이냐. 도저히 그냥 놔둘 수 없다. 동생 필풍이 돌아오면 함께 토벌하려 했지만 더 이상은 참을 수 없다! 내가 직접 알리불 원수를 찾아가 군사를 빌려서 그들을 소탕해야겠다. 그래야 울분이 풀리겠다."
후한 선물을 준비한 담화는 즉시 시봉승을 데리고 금나라 진영으로 갔다. 알리불을 만난 그는 합장하며 아뢰었다.
"만경사는 본시 북제 시대에 호태후께서 창건한 절로 역대 왕조에서 모두 공양한 호국 사찰입니다. 대국의 군사가 도착하자마자 우리가 가장 먼저 귀순한 사실을 잘 아실 것입니다. 음마천에 둥지를 틀고 있는 초적 이응의 무리는 원래 송강의 부하로 양산박 잔당입니다. 그들은 산채를 세워 백성의 재물을 약탈하는 등 무소불위의 작태를 벌이고 있을 뿐 아니라 송조를 부흥하겠다며 귀국에 맞서는 중입니다.

어젯밤에는 암자에 침입해 두 불제자를 죽이는 행패를 저질렀습니다. 이 가증스러운 놈들을 없애지 않으면 안됩니다. 원수님께서 군사를 보내 도와주시면 저희 승려들이 앞장서 산적의 무리를 소탕하겠습니다. 그러면 대국 황제 폐하의 덕이 만천하에 퍼지고 불법이 흥성하게 될 것입니다."

담화는 산호 염주와 금불상 하나를 알리불에게 바쳤다. 알리불은 성질이 잔인했지만 불법을 존중하고 삼보를 받드는 자였다.

"우리 대군이 이르는 곳에서는 머리 숙여 귀순하지 않는 자가 없거늘 그 초적놈들이 감히 우리에게 맞선다는 거요? 오백 명의 우리 군사를 스님에게 딸려 보내겠소. 승리 소식을 기다리겠소."

담화는 알리불의 조치에 감사의 인사를 올렸다. 그리고 금나라 군사를 인솔해 만경사로 돌아왔다. 담화는 금나라 군사를 극신히 대접하였다. 금나라 군사에 더해 승병 삼백 명을 모으니 웅장한 형세가 갖추어졌다.

그들은 십리송 일대에 군영을 마련하였다. 군영을 세운 다음날 새벽 토벌전을 벌일 계획이 수립되었다.

이응이 여러 두령들과 이야기를 나누고 있는데 정탐에 나섰던 부하가 만경사 담화가 승군과 금나라군을 이끌고 십리송에 주둔했으며 산채를 공격하려 한다고 보고했다.

"그 중놈은 간음하고 흉악하기가 이를 데 없소. 그자를 없애려고 벼르고 있었는데 제 발로 죽을 자리를 찾아왔구려!"

이응의 말을 주무가 받았다.

"중들은 문제가 되지 않지만 금나라군은 몹시 민첩하고 용맹하니 지금 나가 싸우면 안될 것이오. 일단 산채를 지키면서 이틀쯤 버틴 뒤 놈들의 기세가 꺾이기를 기다렸다가 출전합시다."

이응은 번서, 두흥, 양림, 채경에게 세 곳의 관문을 지키게 했다. 도처의 샛길은 통나무와 바윗돌로 장벽을 쌓아 완벽히 차단했다. 그리고 돌대포, 불화살, 통나무, 잿병 따위를 요소요소에 충분히 배치해 두었다. 그런 다음 산채 문을 굳게 닫은 채 그들이 오기를 기다렸다.

담화는 새벽 일찍 밥을 지어 군사들에게 먹였다. 이어 깃발을 휘날리며 공격을 개시하였다. 산기슭에 이르렀지만 죽은 듯이 고요했다. 사람의 그림자 하나 보이지 않고 길이란 길은 모두 막혀 있었다.

담화는 승병들에게 산을 기어오르도록 명령했다. 그러자 돌덩이와 잿병이 빗발처럼 쏟아져 내렸다. 승병들은 조롱박처럼 데굴데굴 굴러떨어졌다. 도저히 산을 오를 수 없었다.

날이 저물자 그들은 어쩔 수 없이 십리송으로 물러났다.

속세를 벗어나 여전히 악랄한 계책으로 남을 속이니
속된 세상에서 어찌 웅장한 뜻이 일어나랴

제21회

억울하게 옥에 갇힌 소선풍 시진

아집에 빠져 독기가 더욱 살아난 담화는 음마천으로 금나라 군사를 끌어들였다. 그는 곧장 산채를 쓸어버림으로써 평소의 울분을 토해 내려고 했다. 그런데 산채에서는 문을 굳게 닫아걸고 길이란 길은 다 막아놓은 채 전혀 싸우려 하지 않았다.

초조함 속에서 허루를 보낸 그들은 다음날 아침 다시 산채 근처로 올라가 기세를 올리며 싸움을 걸었다. 하지만 여전히 아무도 싸우러 나오지 않았다. 금나라 군사들은 대부분 마을로 몰려가 재물을 훔치고 부녀자를 겁탈하는 데 여념이 없었다. 담화는 이를 막을 방도가 없었다.

한낮이 지나자 사기가 꺾인 담화는 십리송 진영으로 돌아가려 했다. 막 군사를 돌리려는데 갑자기 포성이 울렸다. 동시에 말을 탄 이응, 호연작, 양림, 번서가 사오백 명의 부하들을 이끌고 공격해 왔다. 체구가 장대한 담화는 백마에 올라탄 채 오른손에 육십여 근이나 나가는 혼철선장을 들고 있었다. 마치 노지심이 다시 살아 돌아온 듯한 모습의 담화가 욕설을 퍼부었다.

"이 죽일 놈의 양산박 도둑놈들아! 감히 우리 청정한 불도량을 어지럽히다니! 금나라 대군이 왔으니 어서 말에서 내려 포박을 받아라!"

그러자 이응이 맞받아 꾸짖었다.

"이 맨대가리 중놈아! 네놈이 죽을 곳을 찾아왔구나!"

이응이 창을 들고 찌르니 담화는 선장을 휘두르며 맞섰다. 삼십여 합을 겨루었으나 승부가 나지 않았다. 호연작이 참지 못하고 쌍편을 휘두르며 가세했지만 담화는 조금도 기죽지 않고 두 사람을 상대로 한참을 싸웠다.

이때 금나라군이 풀피리를 불며 우르르 몰려왔다. 양림과 번서가 부하들을 거느리고 이를 막느라 일대 혼전이 벌어졌다. 양쪽 모두 적지않은 사상자가 나왔다. 날이 벌써 저물었기 때문에 각자 징을 울려 군대를 수습하였다. 담화는 십리송으로 물러갔다.

"중놈이 대단한데. 나하고 호연장군 둘이서 겨우 막아냈지 뭐요."

이응이 혀를 내두르자 주무가 말했다.

"담화의 무예가 그렇게 강하면 힘으로는 안되겠군요. 머리를 씁시다. 내일 하루 더 산채에 틀어박힌 채 나가 싸우지 않는 겁니다. 산에서 깃발을 흔들고 함성을 지르며 놈들을 붙잡아놓고 별동대를 산 뒷길로 내려보내 만경사를 들이칩시다. 절은 틀림없이 텅 비어 있을 테니 먼저 놈들의 근거지를 깨뜨리고 나서 길 옆에 매복한 채 기다리는 겁니다. 담화가 소식을 들으면 반드시 돌아가 구원에 나설 테니 우리가 뒤쫓아 공격하면 승리는 따논 당상일 겁니다."

두령들이 모두 묘책이라며 찬동하였다. 이응은 호연작, 서성, 호연옥, 양림을 보내 만경사를 들이치게 하고 배선, 채경, 번서, 두흥에게는 양쪽 길에 나누어 매복하게 하였다. 이응 자신과 주동은 산채에서 대적하다가 추격하기로 했다. 이렇게 모든 임무가 정해졌다.

자정이 지난 시각에 호연작과 배선 등은 각각 부하들과 함께 산을 내려갔다. 양림이 길 안내를 맡았다. 배선을 비롯한 네 명의 두령은 절 가까운 솔숲에 부하들을 매복시키고 호연작 등은 삼백여 명의 부하들과 함께 절문 앞에 이르렀다.

본당에서 새벽 독경소리가 들려왔다. 절문을 열고 일제히 안으로 뛰어들어갔다. 절에 남아 있는 사람은 이십여 명의 노약자뿐이었다. 허울뿐인 계율을 가장해 정진하는 체하는 나이든 중들과 절 안의 잡다한 일을 맡아 처리하는 불목하니들이었다.

닥치는 대로 베어 죽이니 순식간에 시체가 즐비하게 널브러졌다. 양림이 불을 지르려는 것을 호연작이 말렸다.

"잠깐만 기다리게. 절 안에 쓸 만한 게 많이 있을 걸세. 산채로 가져가면 요긴하게 쓸 수 있을 거야."

삼백여 명이 창고뿐 아니라 주지의 처소와 승방 등을 샅샅이 뒤졌다. 담근 지 오래된 좋은 술, 훈제 육류, 건어물, 과일, 채소, 기름, 소금 등은 물론 금은, 비단, 의복, 면포, 놋그릇, 곡물 등이 헤아릴 수 없을 정도였다.

절 안쪽으로 돌아 들어가니 구불구불하고 길쭉한 골목이 하나

나왔다. 등불을 켜 들고 어둠 속을 비추니까 커다란 돌문이 눈에 띄었다. 돌문 안에는 꽃과 대나무로 장식되고 사향 냄새 자욱한 두 개의 밀실이 마련되어 있었다.

밀실 안에는 십여 명의 젊은 비구니와 아름다운 여인 이십여 명이 갇혀 있었다. 그들은 사람이 뛰어들어오는 것을 보고 잠결에 일어나느라 제대로 옷을 갖춰 입을 겨를이 없었다. 적삼을 걸친 비구니가 있는가 하면 승려 신발을 신은 여자도 있었다. 여러 사람이 한꺼번에 시끌벅적한 소리를 내며 나타나자 그들은 일제히 무릎을 꿇고 애원했다.

"우리는 모두 양가집 여자로 스님들에게 유괴되어 이곳에 왔습니다. 밤낮 가리지 않고 그들의 노리개가 되어 도망가고 싶어도 도망칠 수가 없습니다. 제발 저희들을 구해 주십시오!"

호연작은 여인들을 밖으로 불러내 빈방에 가두어두라고 했다. 비단 휘장과 누비이불, 노리개 같은 물건은 남김없이 가지고 나오게 했다. 그 사이에 부하들이 밥을 짓고 고기를 삶았기 때문에 배불리 먹고 술통을 열어 마음껏 마셨다. 그들은 절간 마루에 누워 중들이 돌아오기를 기다렸다.

한편 담화는 다시 금나라군을 끌고 산채 가까이 다가갔다. 나와 대적하는 사람은 하나도 없었다. 산꼭대기에서 깃발을 흔들며 북을 치고 함성을 지를 뿐이었다. 저도 모르게 가슴에 분노가 일었다. 하지만 어쩌는 수가 없었다.

그때 먼지투성이 얼굴의 만경사 중 몇이서 등줄기에 땀을 흠뻑 흘리며 뛰어오는 것이 보였다. 가까이 다가온 그들은 절규하듯 외쳤다.

"주지스님, 큰일났습니다. 강도놈들 한 무리가 절을 부수고 들어와 식구들을 전부 죽였습니다. 지금 절에 머물면서 재물을 챙기는 중입니다. 강도 두목은 주지스님 처소를 차지하고 있고요. 저희는 절 밖에서 순찰을 돈 덕분에 목숨을 건질 수 있었습니다. 그래서 이렇게 급히 알리러 왔습니다."

이 말을 들은 담화는 혼비백산하였다. 그는 황급히 군대를 돌리라고 명령했다. 산 위에서 지켜보고 있던 이응과 주동은 담화가 진영을 물리는 것을 보고 만경사가 이미 파괴된 것을 눈치챘다. 그래서 군사를 이끌고 뒤쫓으며 소리쳤다.

"이놈 까까중아, 게 섰거라!"

이응의 부대가 바짝 따라붙자 전의를 상실한 그들은 길이 갈리는 삼거리까지 쫓기게 되었다. 그곳에서 금나라군은 중들의 안위를 아랑곳하지 않고 동쪽으로 달아났다. 고립무원의 신세가 된 담화는 무작정 달아나는 수밖에 없었다.

절 가까이 이르자 한 발의 포성이 울렸다. 동시에 솔숲에서 배선, 번서, 두흥, 채경이 뛰어나와 일자로 늘어서며 호통쳤다.

"잠깐, 네놈의 목을 내놓고 가거라!"

담화는 아무 대답 없이 선장을 들고 덤벼들었다. 이때 뒤쫓아 온 이응과 주동이 등뒤에 나타났다. 잠시 당황하던 담화는 선장을 거두어들이며 달아났다. 배선 등은 일부러 그를 보내주었지만 승병들을 오이 베듯 베어버렸다.

담화가 절문 앞에 이르자 호연옥과 서성이 말을 타고 뛰어나와

앞을 막아섰다. 앞뒤로 적을 맞이해 대적하기 어려운 상황에 처한 담화는 서성의 창에 오른쪽 옆구리를 찔려 말에서 떨어졌다. 음마천 군사들이 뛰어나와 그를 묶었다.

이응이 본당에 와서 두령들과 함께 자리에 앉으니 호연작이 보고했다.

"밀실에 비구니와 여자들을 숨겨놓았더군요. 또 고기와 술 같은 것도 찾아냈소."

묶인 담화를 끌어낸 다음 이응이 그를 심문했다.

"너는 출가한 몸 아니냐? 마땅히 자비를 베풀고 청정한 마음을 지녀야 하는데 어찌하여 음욕을 탐하고 살생을 일삼는 것이냐? 그리고 우리를 적대하는 이유는 무엇인가? 이 만경사는 호태후가 창건한 사찰로 역대 왕조의 공양을 받아왔다. 이곳은 송나라 땅이요, 백성들도 송나라 사람 아니냐! 그런데 너희는 금나라군이 쳐들어오자 승패가 나기도 전에 앞장서 그들에게 투항했을 뿐 아니라 금나라군을 끌어들여 우리 산채를 공격했다. 이 무슨 경우인가?

또한 부녀자를 몰래 숨겨 음행을 저지르고 술과 고기를 즐기는 등 불제자로서의 도리를 저버렸다. 우리가 너를 용서할 수 없음은 물론이거니와 보살이나 부처라도 그러할 것이다."

"잔소리 그만하고 빨리 죽여라!"

담화가 악다구니를 쓰자 양림이 벌떡 일어나 칼로 베려 하였다. 그러자 이응이 말렸다.

"불가의 제자 아닌가? 칼을 쓰면 안되지. 그자를 서방정토로 보내는 좋은 방법이 있네."

이응은 부하들에게 절에 있는 쓸 만한 물건을 산채로 옮기라고 지시했다. 비구니와 여자들은 풀어주어 각자 집으로 돌아가게 했다. 모든 일처리가 끝나자 담화를 기둥에 묶고 절에 불을 질렀다. 불길이 그에게 다가가는 것을 보며 번서가 말했다.

"오늘이 네놈 입적하는 날이로구나. 네놈을 봉안할 부도가 없는 것이 유감이다만 그래도 우리가 다비식을 거행해 주는 걸 다행으로 알아라."

그런 다음 게송을 읊었다.

담화여, 담화여! 선은 닦지 못하고 온갖 악행만 일삼았구나.
아침부터 술과 고기를 탐하며 연꽃대좌에 높이 오르고
밤에는 부녀자를 끌어안고 극락행을 즐겼지.
살인, 방화를 밥 먹듯이 하고 권세가에 빌붙어 보낸 추한 삶.
삼매경에 든 부처의 신불로 불결한 육신을 쓸어 버리노라!

또 한 현인은 이렇게 시를 지어 한탄했다.

세상에서 가장 미움을 받는 것은 무엇인가
나라를 망치고 백성을 해함이 어찌 중보다 더할까
양나라 무제는 백성을 절에 바치는 불사로 나라를 망하게 했고
한나라 명제는 불교를 도입해 화를 일으켰도다
눈썹을 낮게 드리운 보살의 자비는 줄어들고

눈을 부라린 금강역사의 분노만 높아지누나
무릇 온갖 악행을 감내한다 해도
음험 악독한 간음죄는 견디기 어렵네

음마천 두령들이 산문 밖에 말을 세우고 바라보니 순식간에 여기저기서 검붉은 불기둥이 지붕을 뚫고 솟아올랐다. 때마침 부는 바람을 타고 번지는 불길의 위세는 마치 금으로 만든 뱀이 꿈틀거리는 듯했다. 그렇게 담화의 다비식은 종료되었다.

이응 일행은 말을 달려 산채로 돌아왔다. 그동안의 수고를 위로하고 승리를 축하하는 큰 잔치가 벌어졌다. 한창 분위기가 무르익을 때 한 부하가 들어와 보고했다.
"대원장님께서 오셨습니다."
이응이 급히 산채 안으로 모시라고 일렀다. 대종이 달려오는 것을 두령들이 계단 아래로 내려가 맞았다. 상견례를 마치고 대종을 상좌에 앉히니 대종이 그간의 이야기를 풀어놓았다.
"나는 동악묘에서 출가해 속세에 대한 생각은 깨끗이 잊고 지냈답니다. 그런데 추밀원에서 황제에게 상주해 옛날 직책을 다시 제수하며 하산하라고 강권하는 바람에 군문에 들어가 문서 전달하는 일로 고생을 좀 했지요. 이윽고 동경으로 돌아와 사직하고 산으로 돌아가려는데 동관이 극구 만류하며 악묘의 책임자 자리를 제수하기로 되어 있으니 칙허가 내릴 때까지 기다리라는 것이었소.

그런데 왕보가 국경 분쟁과 관련해 평주 장수 장곡의 투항을 받아들이자 금나라가 맹약을 저버렸다며 쳐들왔단 말입니다. 금나라군은 곽약사의 향도를 받아 두 갈래로 남침해 왔는데 곧장 황하를 건너 동경을 포위해 버렸지요. 화의를 주장하기도 하고 싸움을 주장하기도 하며 조신들의 의견이 분분한 가운데 다행히 병부시랑 이강이 모든 힘을 다해 방어에 임해야 한다고 극력 주장해 하북, 하동, 감숙, 섬서에 격문을 띄워 근왕의 군사를 모았답니다.

노충 경략상공과 요고, 경남중의 군대는 이미 도성 밖에 주둔하고 있었는데 나더러 각처에 황제의 명을 전해 군대의 출병을 독촉하라지 않겠소. 그래서 먼저 대명부로 갔지요. 대명부 태수는 유예라는 자인데 그자가 반역의 마음을 품고 금나라에 귀순할 속셈이었지 뭐요. 점몰갈이 그를 중국의 임금으로 세우겠다고 했던가 봐요. 거기에 속아 넘어간 유예는 진심을 다해 금나라에 대한 충의를 보이려고 했지요. 군대를 보내기는커녕 내가 소지하고 있던 조서까지 불태워버리더군요. 보아하니 나를 내쫓는 것으로 그치지 않고 금나라 진영으로 잡아 넘길 눈치입디다.

재빨리 도망쳤지요. 조서를 잃어버렸으니 동경으로 돌아갈 수도 없어 창주로 가서 시대관인(소선풍 시진)에게 의지할 생각이었지요. 그런데 얼마 전에 이방언이라는 한심한 재상이 금나라와의 화의를 주장하며 점몰갈과 강화를 맺었다는 거요. 삼진(태원, 하간, 중산) 지방을 떼어주기로 했는데 거기에 더해 금나라는 군병 위로금으로 금 일백만 냥, 은 오백만 냥을 요구했다는군요. 우선 동경에 사는 부호들의 재화를 거두었는데 필요한 양의 십분의 일 밖에 모이지 않았답니다. 그래서 각 주현에 사자를 보내 돈을 걷게 하고 만일 은닉한 채 헌상하지 않는 자는 온 집안을 도륙한다지 뭐요.

이런 지시가 창주에도 전해졌지요. 창주 태수 고원이란 놈은 고렴의 동생인데 옛날에 송공명이 고당주를 들이쳐 시진을 구출할 때 일가족 전체가 살해되었기 때문에 시진은 원수를 맞닥뜨린 셈이지요. 고원은 형 고렴의 복수를 위해 성지라는 대의명분을 내세워 시진에게 금 삼천 냥과 은 만 냥을 요구했다는군요. 하지만 그런 큰돈이 마련될 리가 없지요. 더구나 이런 난세에 태조 황제가 시진의 조상에게 후손을 해치지 않겠다고 서약했다는 문서가 무슨 소용이 있겠소.

시대관인은 부청에 잡혀가 사흘에 한 번꼴로 문초를 당하고 있으며 가족도 모두 감옥에 수감되었더군요. 내가 감옥으로 찾아갔더니 우리 형제들이 부디 자신들을 구해 달라고 거듭 부탁하더이다. 그래서 이곳에 찾아온 것이오."

대종의 설명을 들은 이응이 말했다.

"시대관인은 누구보다 의리를 중히 여기는 사람 아닙니까? 방랍 정벌에서 돌아온 다음 만나지는 못했지만 서신은 오랫동안 주고받았지요. 어려움을 당했다는데 어찌 구하지 않을 수 있겠소! 형제들, 아무리 고생스럽더라도 당장 창주로 달려가세!"

이응은 천 명의 군사를 거느리고 호연작, 양림, 호연옥, 대종, 서성과 함께 출발하기로 하였다. 주동과 번서에게는 산채를 지키게 했다.

"만약 금나라군이 담화의 복수를 한답시고 몰려와도 굳게 지키기만 하고 나가 싸우면 안되오. 급한 일이 생기면 대원장이 오가며 연락하도록 하겠소."

이응의 당부를 듣고 있던 대종이 말했다.

"전에 고렴이 요술을 부린다고 송공명이 내게 공손 선생을 불러오라고 시킨 적이 있었소. 그때 발품 깨나 팔며 고생했는데 지금은 고원이 놈이 요술을 쓴다 해도 공손 선생께서 여기 계시니 다행히 그런 수고를 안해도 되겠구려."

"대원장은 신행법으로 먼저 창주에 가서 시대관인한테 마음 편히 조금만 기다려달라고 전해 주시오. 우리 군사가 출발했으니 며칠이면 도착한다고요."

대종은 승낙하고서 신행법을 사용해 먼저 떠났다.

창주 태수 고원은 몹시 교활한 자였다. 나쁜 재주를 잘 부리고 하는 짓이 악랄했다. 음마천 호걸들이 시진의 옛 친구임을 알고 있었기 때문에 그들이 혹시 공격해 올지 몰라 성곽을 수축하고 목책도 튼튼히 다시 세웠다. 자경단 같은 조직인 보갑법을 실시해 성 안팎의 주민들로 하여금 첩자를 색출하게 하는가 하면 성문을 출입할 때는 패찰을 대조하는 등 매우 엄중한 경계 태세를 갖추었다.

아니나 다를까 이내 음마천의 군사가 오고 있다는 소식이 들려왔다. 고원은 해자 위에 걸쳐놓은 다리를 전부 들어올리고 성문을 닫아걸었다. 그리고 도통제와 단련사 등 군관들에게 명해 군사를 거느리고 요소요소를 지키게 했다. 또 민병을 징발해 성벽 위에 돌덩이와 잿병 따위를 수북이 쌓아두는 등 밤낮으로 방비에 만전을 기했다.

이응의 군대가 성 아래 도착하자 대종이 쫓아와 알렸다.

"물샐틈없이 삼엄한 경계를 펼치고 있어 성내 출입이 불가능하오. 이래서는 도저히 공격할 수가 없소."

성을 한 바퀴 둘러본 이응이 말했다.

"성이 작지만 견고해서 쉽사리 공격하기 어렵겠소. 일단 멀리 물러서서 다른 방법을 찾아봅시다."

한편 고원은 갑옷을 단단히 차려입고 직접 순찰하며 관병들에게 지시했다.

"절대로 나가 싸우지 말라! 다만 성을 굳건히 지킬 것이다. 적도들의 군량이 떨어져 기운이 빠지거든 그때 추격전을 감행한다!"

이응의 군대는 속수무책으로 사흘을 흘려보냈다. 고원은 주관아에 나와서 감옥을 담당하는 군관과 옥리를 불러 분부했다.

"시진이란 놈이 산적들과 수시로 내통해 반역을 꾀했다. 전에도 흑선풍 이규에게 은천석을 때려죽이게 해 내 형님이 그놈을 감옥에 가둔 일이 있었다. 그런데 처치하는 것이 늦는 바람에 그놈이 오히려 양산박 적도를 끌어들여 고당주를 치고 형님 일가를 몰살해 버렸다. 나는 지금 성지를 받들어 놈의 금은을 징발하려는 것이지 공권력을 사용해 사적인 원한을 풀려는 것이 아니다. 그런데도 놈이 이번에도 음마천 무리를 끌어들여 침범하게 했으니 이는 조정에 반역한 것이고 도저히 그 죄를 용서할 수 없다.

 내가 보기에 저 도적들은 옛 의리 때문에 구원하러 온 것에 불과하다. 너희는 오늘밤 시진을 죽여서 내일 아침에 시체를 성밖으로 내던지거라. 놈들은 시진이 죽은 것을 알게 되면 도리가 없다 생각하고 자연히 돌아갈 것이다. 설마 생사를 같이할 만큼 우정이 있을 리는 없다. 그런 다음에 도적놈들을 때려잡을 계책을 세울 것이다. 속히 놈을 처단하란 말이다. 지체해서는 안된다. 날이 밝거든 바로 달려와 보고하거라!"

 군관과 옥리는 분부를 듣고 물러나왔다.

 길부라는 그 군관은 착하고 배려심이 풍부한 사람이었다. 공직에 있기는 하지만 꽤 융통성이 있는 편인지라 곰곰이 생각해 보았다.

 '시대관인은 원래 황족 출신 아닌가. 게다가 자신의 재물을 내어 의로움을 베풀 줄 아는 진정한 상남자란 말이야. 태수가 성지를 들먹이지만 사실은 사적인 원한을 풀려는 것에 지나지 않지. 오늘밤 시대관인을 살해하라는데 어쩌면 좋단 말인가. 지금 세상이 온통 난리 속이니 저런 태수쯤이야 빙산이 무너지듯 언제 거꾸러질지 모르잖은가. 어떻게든 구해 줘야 해. 이것도 하나의 큰 음덕이 될 게야!'

 그는 자문자답 끝에 마음을 정하고서 옥졸들에게 갔다.

 "태수께서 시진을 바로 죽이라고 했지만 그럴 필요야 있겠는가. 저 사람은 수중에 지닌 돈이 많으니까 내가 잘 구슬러 보겠네. 돈을 토해 내게 해서 자녀들한테 용돈을 마련해 줌세. 그런 다음 새벽녘에 집행하는 것으로 하세."

이 말을 들은 옥졸들은 모두 기뻐했다. 길부는 감옥으로 가서 시진에게 말했다.

"대관인, 귀가 솔깃한 소식이 있는데 아십니까?"

"감옥에 갇혀 있는 몸이 무슨 좋은 소식이 있는지 어찌 알겠소."

"대관인의 음마천 친구들이 군사를 데리고 와서 사흘째 공격하는 중입니다."

이 말을 들은 시진은 얼굴에 희색이 돌며 바로 물었다.

"그래 승부는 어떻게 되어가고 있소?"

"태수께서 무슨 생각에서인지 방비를 단단히 한 채 굳건히 지키기만 할 뿐 나가 싸우지를 않습니다."

"그렇다면 공격해도 소용없는 일 아니오?"

시진의 말에 대답하지 않고 길부는 다른 이야기를 꺼냈다.

"한 가지 더 좋은 소식이 있는데 말씀드리기가 좀 그렇군요."

"어째서 말하기 어렵다는 거요?"

시진이 다그쳐 묻자 길부가 대답했다.

"태수께서 말씀하기를 오래전에 고당주에서 대관인을 빨리 죽이지 않고 목숨을 살려두는 바람에 양산박 사람들에게 성이 함락되고 형님네 가족이 모조리 죽었다는 것입니다. 그래서 오늘밤 대관인을 죽여 시체를 성밖에 버리라고 분부했습니다. 그러면 음마천 군사도 자연히 돌아갈 것이라면서요."

이 말을 들은 시진은 혼비백산해 한마디 말도 하지 못한 채 샘솟듯 눈물을 쏟았다. 길부가 다시 말했다.

"울어봤자 소용없습니다. 수중에 지니고 있는 돈이나 좀 건네주십시오. 대관인을 위해 유용하게 쓰도록 하겠습니다."

"내게 백 냥이 좀 넘는 돈이 있는데 당신에게 다 주겠소. 내가 죽은 다음에 부디 우리 가족을 좀 잘 돌보아주시오. 그래야 저승에서 눈을 감을 수 있을 것이오."

"칙명에 따라 금은을 징발하는 일이라서 은닉해 둔 채 납부하지 않으면 가족 전부를 처단한다지 않습니까? 가족의 무사함까지 장담할 수는 없지요. 돈을 받으면 저 자신부터 위험해지는데요."

"알겠소. 그러면 그냥 관이나 사서 내 시신을 잘 수습해 주시오." 이렇게 말하면서 시진은 큰 보따리에 든 은자를 건네주었다.

"그건 염려 마십시오."

길부는 은자를 받아 감옥 문을 나섰다. 사무실로 돌아오니 옥졸들이 모두 기다리고 있었다. 그는 스무 냥을 옥졸들에게 나누어 주었다. 그리고 두 냥을 더 주면서 쇠고기, 돼지고기, 양고기와 제사에 쓸 술이며 음식을 사오라고 일렀다.

"감옥신에게 제사부터 올리세. 제삿술을 마시고 나서 처형하자고!"

은자를 손에 쥔 옥졸들은 모두 기쁜 얼굴이 되어 각자 일을 나누어 맡았다.

자정쯤 되었을 때 제수품과 향초, 지전 등이 모두 갖추어져 감옥신에게 제사를 올렸다. 길부가 시진을 데려오게 한 다음에 말했다.

"나리도 이리 와서 절을 하시오. 감옥신에게 지옥으로 떨어지지 않게 해달라고 빌어 보세요."

"죽음이 코앞인데 절이 무슨 소용이 있겠소!"

시진은 몸을 움직이지 않은 채 길부와 옥졸들이 마음껏 먹고 마시는 모습을 물끄러미 바라보았다. 길부가 음식하고 술 한 병을 가져와 시진에게 권하며 말했다.

"굶어죽은 귀신이 되지 않으려거든 좀 드십시오. 우리가 못본 체하는 것이 아니라 윗사람의 명령이니 어쩔 수가 없습니다. 내게 관을 사다가 시신을 수습해 달라고 했지요? 내일 시신을 성밖으로 내다 버리면 설마 나리의 친구들이 그냥 내버려 두겠습니까? 어련히 잘 거두어 줄 테니 걱정하지 마십시오."

시진은 길부의 말을 듣고 있자니 억울한 마음에 가슴이 찢어질 듯이 고통스러웠다. 음식이 목구멍을 통과할 리도 없고 울려고 해도 눈물도 나오지 않았다. 그저 죽은 듯한 모습으로 곧 다가올 죽음의 시간을 기다릴 뿐이었다.

새벽을 알리는 북소리가 들리고 방울소리와 호령소리를 울리며 감방을 점고하는 옥리의 순시도 지나갔다. 길부는 옥졸에게 처형 준비를 지시했다. 이어 큰 소리로 호령했다.

"옷을 벗기고 단단히 묶어라!"

옥졸 여럿이 달려들어 오랏줄을 챙기고 올가미를 만들고 하며 막 시진의 목에 걸려고 하는데 길부가 제지했다.

"잠깐! 저녁에 태수께서 내리신 분부가 있네. 처형하기 전에 내아에 한 번 들어오라는 것이었어. 무슨 말씀이 있으실지 모르니까 자네들은 죄인을 잘 지키고 있게. 졸면 안되네. 내가 가서 회답을 받아가지고 돌아오겠네."

길부는 등롱을 들고 감방 문을 나섰다. 시진은 이 시점에 이르러서는 더 이상 다른 아무런 생각도 들지 않았다. 다만 죽음의 여정에 대해 차분히 되새길 뿐이었다.

조금 있자니 감옥 문을 열라고 하는 길부의 목소리가 들렸다. 그 말을 들은 시진은 이미 반쯤 혼이 나가서 멍한 상태였다. 길부의 손에는 범인을 긴급 구인하는 화첨이 들려 있었다. 길부가 급한 목소리로 말했다.

"태수께서 정말 쓸데없는 일을 시키는군! 다시 시진을 내아로 데려오라는 거야. 무슨 별도의 처분을 내릴 게 있다고 말일세. 자네들은 옥문을 단단히 지키고 있게. 중죄인들이 많은데 달아나기라도 하면 안되니!"

길부는 시진의 결박을 풀고 옷을 입혔다. 그리고 등롱을 든 채 시진을 앞세워 감옥 문 밖으로 나왔다. 그들은 한쪽으로 난 좁은 골목을 지나 부청 문에 이르렀다. 문지기를 불러 문을 열라고 하며 길부가 말했다.

"이 범인을 다른 곳에 안치하라는 태수의 분부를 수행하는 길이네."

문지기는 상대가 감옥 군관인데다 범인은 그들의 소관이기 때문에 더 이상 묻지 않았다. 부청 문을 나온 길부와 시진은 큰길을 따라 걷다가 작은 골목과 만나는 지점에 이르렀다. 그때 주변을 횃불로 붉게 물들이면서 이삼십 명의 병정이 걸어오는데 모두 군영에서 순찰을 나온 사람들이었다. 그 중에 홀로 말을 탄 장수는 다름아닌 손통제였다. 성내 순찰을 마치고 오던 손통제가 큰 소리로 외쳤다.

"누구냐? 누군데 이 밤중에 돌아다니느냐? 저놈들을 잡아서 군영으로 끌고 가자."

길부는 당황하지 않고 침착하게 허리를 굽히며 아뢰었다.

"저는 부청 감옥에서 일하는 군관으로 길부라고 합니다. 첩자를 한 사람 잡았기에 태수님의 화급한 지시로 사형수 감옥으로 호송하고 있는 중입니다. 여기 태수께서 발행한 화첨이 있습니다."

손통제는 그가 화첨을 소지하고 있는데다 감옥 군관이라고 하니 의심하지 않고 말했다.

"가거라!"

길부와 시진은 일부러 더 천천히 걸었다. 손통제의 모습이 멀어진 것을 보고서야 그들은 비로소 작은 골목길로 급히 몸을 숨겼다. 두 개쯤 길모퉁이를 돌아 어느 인가의 문 앞에 이르렀다.

가볍게 손가락으로 문을 두드리자 누군가 문을 열고 나와 길부와 시진을 안으로 맞아들였다. 대문에 빗장을 걸고 나서 그는 두 사람을 작은 뒷방으로 안내했다. 등불을 밝힌 다음 길부는 시진의 목에 걸린 밧줄 올가미를 풀어주었다.

"대관인, 이제 축하를 드려도 되겠지요."

시진은 영문을 몰라 대답할 수가 없었다. 길부가 다시 말했다.

"저는 일찍이 대관인을 사나이로서 존경했기 때문에 어떻게든 구해 드리고 싶었습니다. 하지만 옥졸들이 방해할까봐 그들을 돈으로 안심시키고서 대관인을 여기로 데려온 것입니다.

"이 사람은 운성현 출신의 당우아입니다. 생강 절임 행상을 하며 생계를 꾸려왔는데 평소 송공명의 도움을 많이 받았다고 합니다. 송공명이 염파석을 죽였을 때 그 여자의 늙은 에미가 관을 사겠다며 송강을 꾀어 현청 문 앞으로 데려가지 않았습니까? 노파가 살인범이라고 외치는 것을 이 당우아가 끼어드는 바람에 송공명이 달아날 수 있었지요. 송공명의 죄를 대신 뒤집어쓰고 창주로 유배왔는데 복역기한이 끝난 뒤에도 노잣돈이 없어서 돌아가지 못하고 있었습니다.
 제가 보니까 의기가 있는 사람이어서 조금 도와주었더니 작게나마 장사를 하며 지내게 되었지요. 제가 대관인을 도와줘도 숨어 있을 만한 마땅한 곳이 없더군요. 그래서 고심하다 이곳을 떠올리게 되었는데 앞서 당우아와 의논했던 까닭에 이렇게 기다리고 있었던 겁니다."

 설명을 듣고 있던 시진은 마치 죽었다가 살아난 것 같아 넙죽 엎드리며 절을 했다.

 "목숨을 살려준 은혜를 무엇으로 보답해야 할지 모르겠습니다."

 길부가 시진을 일으키며 말했다.

 "아직 상의할 게 있습니다. 저야 하고 있는 일도 별게 아니고 처자도 없기 때문에 걱정할 게 없지만 나리께서는 가족이 감옥에 갇혀 있으니 어떻게든 구해 내야 하지 않겠습니까? 음마천 사람들에게 병력을 물리라는 편지를 쓰는 게 좋겠습니다. 편지는 당우아를 시켜 성벽 아래로 던지면 됩니다.
 그러면 땔감 때문에라도 성문을 열지 않을 수 없으니 그 틈을 이용해 음마천 사람들이 백성들 속에 섞여 성내로 들어오는 것입니다. 그런 연후에 군사를 돌려 공격을 감행하고 안에서 호응하면 쳐부술 수 있을 것입니다."

시진은 크게 기뻐하며 말했다.

"은인께서는 어찌 단 한 마디도 미리 귀띔해 주지 않았습니까? 그랬다면 그토록 마음을 졸이지는 않았을 텐데!"

"만약 먼저 말했다면 나리는 그만큼 덜 당황했을 것이고 비감한 표정도 얼굴에 드러나지 않았을 것입니다. 옥졸들은 산전수전 다 겪은 여우 같은 사람들입니다. 그런 허점을 보였다가는 일을 그르칠 수밖에 없지요. 제가 일언반구도 입 밖에 내지 않고 오랏줄로 포박하였기에 그런 위험한 상황에서 빠져나올 수 있었던 것입니다.

큰길에서 부딪힌 사람이 손통제인 것이 얼마나 다행인지 모릅니다. 그렇기에 얼버무릴 수 있었지 만약 태수가 직접 순찰 나왔더라면 우리 두 사람의 목숨은 이미 날아갔을 것입니다."

당우아가 뜨겁게 데운 술 한 병과 삶은 닭 한 마리를 내왔다.

"감옥에서 술을 마시라고 할 때는 목구멍이 꽉 막힌 듯합디다. 하지만 이제는 술 생각이 동하는군요."

시진은 이렇게 말하면서 술을 마셨다. 그런 다음 손을 떨면서 겨우 편지를 써서 당우아에게 건넸다. 밤새 고생했기 때문에 방바닥에 드러눕자마자 깊은 잠에 빠져들었음은 물론이다.

이젠 고원 이야기를 해보자. 그는 날이 밝자마자 곧바로 동헌에 나가 길부를 불렀다. 죽은 시진의 머리를 검시하기 위해서였다. 그랬더니 옥졸이 들어와 아뢰었다.

"어젯밤에 시진을 밧줄로 묶어 처단하려고 하는데 태수님께서 그자를 내아로 데려오라고 하셨다면서 길부가 감방 밖으로 데리고 나갔습니다."

대로한 고원이 문지기를 불러 호통을 쳤다.

"왜 시진이 놈을 밖으로 내보냈느냐?"

문지기가 당황해 하며 대답했다.

"길부가 화첨을 내보이며 태수님께서 범인을 다른 데로 옮기라고 하셨다더군요. 범인을 관장하는 사람인데다 화첨을 소지하고 있어 문을 열어준 것입니다."

"이놈이 모두를 속여서 빼돌린 것이로구나. 하지만 지금 성문이 잠겨 있는데 설마 하늘로 날아가겠느냐!"

고원은 옥졸과 문지기를 엄히 꾸짖고는 담당 아전을 불러 일렀다. 즉시 거리거리의 각 구역 책임자에게 모든 가구를 다 수색하도록 하는 한편 범인을 잡은 자에게는 천 관의 포상금을 지급하고 숨긴 자는 군법에 의해 참수한다는 내용이었다.

삽시간에 그 소식이 퍼져나가 성안이 떠들썩해졌다. 민가는 물론이요 도관과 사원, 기방과 술집, 빈집, 뒷간까지 이 잡듯이 샅샅이 뒤졌다. 하지만 어디에서도 단서를 찾을 수가 없었다.

당우아는 민병 신분으로 성벽에 올라가 수비를 보고 있었다. 그는 옆사람의 눈을 피해 돌맹이에 편지를 싸서 음마천 무리가 있는 성벽 아래로 던졌다. 그들 중의 한 사내가 편지를 주워가는 것을 똑똑히 볼 수 있었다.

교대할 때가 되어 집으로 돌아와 식사를 하게 되었다. 좁쌀죽 사발 위에 절임채 몇 가닥을 얹은 당우아는 대문 문턱에 걸터앉았다. 보란 듯이 죽을 먹으면서 그는 이웃사람들을 상대로 푸념을 늘어놓았다.

"연일 성문이 막혀 있으니 장사가 돼야 말이지. 이젠 지닌 돈도 다 떨어져 버렸네. 남은 좁쌀이 조금 있어서 죽을 쑤어 홀짝거리고 있는데 이마저도 이삼일 후면 다 떨어지니 굶어죽을 수밖에 없겠군. 시진이란 자를 잡으면 천 관의 상금을 받는다는데 도대체 어디에 처박혀 있담."

그러자 이웃사람 하나가 말했다.

"이 양반아, 자네가 보초 서러 나갔을 때 우리 동네 통장이 찾아왔었다구. 골목 안을 샅샅이 뒤지는데 자네 집 문에 자물쇠가 걸려 있기에 우리가 농담으로 말했지.

"열쇠를 채운 걸 보니 범인을 감춰두었나!"

그러자 통장이 웃으며 말하더군.

"이런 작은 집에 범인을 숨긴다고? 게다가 당우아한테 설마 그만한 배포가 있겠는가!"

"여러분들이 미심쩍거든 안으로 들어와 살펴보시오. 그래야 나중에 들통나더라도 연루되지 않을 것 아니오."

당우아가 정색하고 나오자 그 이웃사람이 말했다.

"농담이었네, 이 사람아! 그걸 진심으로 알아듣나?"

이때 다른 이웃 하나가 나섰다.

"아니야, 들어가 보세. 남의 마누라를 보러 가는 것도 아닌데!"

그들은 고개를 내밀고 안을 들여다보았다. 방이랄 것도 없는 어두컴컴한 방 안쪽에는 내려앉은 구들장 위에 대여섯 벌의 누더기가 흩어져 있고 어지러이 쌓여 있는 섶나무만 눈에 띌 뿐이었다. 이웃사람은 픽 웃으며 말했다.

"방안에 섶나무 '시'柴는 감춰뒀지만 '진'進은 없군 그래! 우리집에는 이제 땔감 하나 남은 게 없네. 마누라 잔소리가 장난이 아니야. 정말이지 이삼일만 성문이 더 닫혀 있으면 나무걸상이라도 쪼개서 때야 할 판이라구. 자네는 홀몸인데도 용케 제법 장만해 두었군!"

이렇게 말하고 있는 중에 골목 입구에서 누군가 외치는 소리가 들려왔다.

"적병이 모두 물러갔다! 이제 됐다!"

봉홧불 잠시 멈추고 백성들 편안히 잠드는데
징소리, 북소리 다시 울리니 성안이 피로 가득 차누나

소선풍 시진과 목춘의 형 목홍.

제22회
귀양길에 오른 여섯 명의 간신

 길부는 계책을 써서 시진을 구출한 뒤 당우아에게 성벽 아래로 편지를 던지게 했다. 그것을 주워가지고 간 양림은 다른 두령들에게 편지를 보이며 말했다.
 "시진 형님이 출옥했다고는 해도 가족들이 여전히 감옥에 갇혀 있소. 게다가 형님 역시 지금으로서는 성밖 탈출이 불가능하오. 그러니 형님이 제시한 계책대로 군사를 뒤로 물리는 게 좋겠소. 풍수파에 매복하고 있다가 성안에서 내응할 수 있는 여건이 되면 다시 공격합시다."
 이윽고 회군 명령이 떨어졌다. 진지를 거두고 깃발과 무기를 수습해 음마천 전군이 성에서 물러갔다. 성벽을 수비하고 있던 군사들이 적병이 총퇴각하는 것을 보고 태수에게 보고했다. 보고를 받은 고원이 말했다.
 "시진이 성안에서 잡히지 않은 것을 보면 이놈이 첩자의 도움을 받아 성벽을 타고 내려간 모양이다. 놈의 가족이 감옥에 있으니 모조리 도륙해 버려야겠다. 그렇게라도 분풀이를 해야지."

태수가 보고를 받고 있는 중에 백성들이 와글와글 몰려와 호소했다.

"성문이 오랫동안 열리지 않아 땔감도 양식도 모두 떨어졌습니다. 태수님, 제발 성문을 열라는 군령을 내려주십시오. 땔감이라도 구해야 합니다."

하는 수 없이 태수는 성문을 열 수밖에 없었다. 다만 오전 아홉 시부터 오후 세 시까지 여섯 시간 동안만 문을 열고 출입하는 사람들을 엄중히 사찰하게 했다.

양림과 대종은 관공서의 공문을 수발하는 사람으로 분장하고 호연옥과 서성은 책보따리를 든 젊은 서생으로 분장해 성안으로 들어갔다. 몇 사람의 부하도 땔감 더미 속에 무기와 화약을 숨긴 채 혼란한 틈을 이용해 성안으로 잠입했다. 당우아가 사는 동네는 성문 근처인데다 그의 집 뒤쪽은 바로 성벽 담장이었다. 당우아의 집 왼쪽은 공터이고 오른쪽에 인가가 하나 있지만 문을 잠근 채 가족 모두가 시골로 내려가 있었다. 담을 맞대고 있는 이웃이 전혀 없어 은신처로서 조건이 아주 좋았다. 이 모든 것은 편지 속에 자세히 적혀 있었다.

대종을 비롯한 네 사람은 다른 사람이 눈치채지 못하게 몰래 당우아의 집으로 들어가 어둠 속에서 시진과 길부를 만났다. 부하들은 당우아가 산 땔감을 운반해 온 것으로 위장해 당우아의 집으로 왔다. 그들은 음마천 병력이 다시 진군해 오기를 기다렸다.

한밤중이 되자 갑자기 매서운 포성이 연달아 울렸다. 수비하던 군사들이 주 관아로 날아갈 듯이 달려가 적병이 오고 있음을 알렸다. 고원은 스스로 말을 타고 둘러보는 한편 성벽 수비를 위해 모든 백성들에게 동원령을 내렸다.

 당우아와 그의 이웃들도 모두 성벽을 지키기 위해 집을 나섰다. 대종과 양림은 그들의 뒤를 따라갔다.

 밤이 깊어 이른 새벽녘이 되자 성을 지키던 백성들이 피곤에 지쳐 졸기 시작하였다. 대종이 흰 명주천 깃발을 만들어 성벽에 꽂자 성벽 아래서 그것을 본 음마천 군사들이 대나무 사다리를 타고 꼬리를 물고 올라왔다. 수비병이 소리지르는 것을 양림이 칼을 뽑아 베어 버렸다.

 성문으로 달려간 호연옥과 서성은 수비병을 죽이고 성문을 활짝 연 다음 들어올린 다리를 내렸다. 열린 성문을 통해 이응과 호연작이 군사를 이끌고 들이닥쳐 불을 지르니 사방이 온통 붉게 물들며 성안이 들끓었다.

 고원은 서문이 함락되었다는 소식을 듣고 손통제와 함께 군사를 이끌고 달려왔다. 그들은 이응, 호연작과 마주쳤다.

 이응은 아무 말도 하지 않은 채 단 한 번의 창 놀림으로 고원을 말에서 떨어뜨렸다. 손통제는 말을 달려 달아나려 하다가 호연작이 휘두른 철편에 맞아 죽었다. 이것을 본 관병들은 뿔뿔이 도망쳐 버렸다.

 시진과 길부는 당우아의 집에서 나와 이응, 호연작 등과 따뜻한 인사를 나누었다. 그들은 함께 주 관아로 가서 고원의 식구를 모조리 죽였다. 시진과 길부가 양림을 데리고 감옥으로 가니 옥졸들은 모두 자리를 피한 뒤였다. 길부는 갇혀 있는 죄수를 모두 풀어주었다. 시진은 자신의 가족을 데리고 나오면서 양림에게 말했다.

"만약 이 사람이 없었다면 나는 이미 지옥의 밑바닥을 헤매고 있을 것이네!"

그들이 관아 당상에 앉아 있자니까 호연옥, 서성, 대종 등이 모두 도착하였다. 이응은 불을 끄고 결코 백성들에게 피해를 끼치는 일을 해서는 안된다고 일렀다. 그들은 고원이 거주하던 관사 내의 값나가는 물건과 창고에 비축해 둔 돈과 식량을 모두 싣고 산채로 돌아가려 했다.

이때 당우아가 시진에게 말했다.

"쌀을 조금만 제가 사는 동네 이웃들에게 나누어 주면 좋겠습니다."

당우아의 말대로 했더니 모두가 감사를 표했다. 당우아의 한 이웃이 말했다.

"지난번엔 농담으로 한 말이었는데 진짜로 집 안에 숨겨주었군. 당우아 자넨 진짜 대단한 사람이야!"

날이 완전히 밝았기 때문에 이응 등은 군사를 거두어 성을 빠져나왔다. 풍수파까지 와서 군사를 쉬게 하고 밥을 지어 먹었다. 시진은 산채로 가기 위해 자기 집의 재산을 모두 챙겼다. 길을 가면서 동경이 큰 위기에 빠졌다는 소식을 들은 이응이 말했다.

"우린 모두 대송의 백성들이오. 태조 황제 때부터 지금까지 백육십 년 동안 그 은혜를 누렸소. 그러니 나라님이 곤경에 처했다면 마땅히 그 소식을 알아봐야 할 것이오. 번거롭겠지만 대원장이 한 번 더 걸음을 해주시오. 그리고 누가 한 사람 동행하면 좋겠네."

"내가 같이 가겠소."

양림의 말에 이응은 몹시 기뻐하여 충분한 은자를 내어주었다. 점심식사를 마친 후 시진은 자신의 가족, 길부, 당우아와 함께 이응 일행의 뒤를 따라 음마천으로 갔다.

대종과 양림은 신행법을 사용해 며칠 후 동경 근처에 도착했다. 동경에서 십 리쯤 떨어진 곳인데 백성들이 모두 달아나 온통 전쟁의 상흔뿐이었다. 날은 이미 저물었는데 객줏집 같은 것은 보이지 않았다. 다행히 큰길가에 청허관이라는 도관이 하나 눈에 띄었다.

"오늘은 성안에 들어갈 수 없으니 이곳에서 하룻밤 묵어 가세. 성안의 소식은 내일 알아보기로 하고."

대종의 말에 따라 두 사람은 다리에 붙인 부적을 떼고 옥황전으로 들어섰다. 사람 하나 보이지 않고 쥐죽은 듯이 고요했다. 향불도 촛불도 꺼진 채였다. 이곳저곳 찾아보다가 부엌으로 가니 절름발이 도인 하나가 청소를 하고 있었다.

"이렇게 큰 도관에 어째 혼자만 있는 것이오?"

양림이 묻자 도인이 고개를 들며 대답했다.

"금나라군이 도성을 포위하고 살인 약탈을 자행하는 바람에 백성들이 모두 달아난 것을 모르시오? 이곳 청허관은 큰길가에 있고 병마가 수시로 왕래하는데 어찌 화가 미치지 않겠소? 이곳에 있던 도사들 모두 다른 곳으로 몸을 피했지요. 나는 몸이 성하지 못한데다 딱히 갈 곳도 없어 부득이 이곳에 머물고 있는 중이오. 죽든 살든 팔자소관이지요."

"우리 둘은 성안으로 친척 소식을 알아보러 가는 중인데 날이 저물어 그러니 하룻밤 묵을 방을 하나 빌려주시오. 내친 김에 쌀이 있거든 밥을 좀 지어주시고요. 내일 아침에 값을 치르겠소."

대종의 말에 도인이 대답했다.

"여기 묵는 것은 상관없소이다. 하지만 한밤중에 어디서 먹을 걸 찾는단 말이오. 쌀도 다 떨어지고 없는데."

"근처에 쌀을 살 데는 있소?"

양림이 묻자 도인이 대답했다.

"돈이 있거든 가까운 마을을 찾아가 보시오. 피난 안간 사람들이 있을지 모르니. 나는 다리가 불편한데다 종기까지 생겨서 걸을 수가 없소. 도관 문을 나가서 동쪽으로 보이는 큰 숲을 지나면 돌다리가 나오고 그 너머에 인가가 있소이다."

"주병이 있으면 하나 빌려 주시오. 술을 좀 사오고 싶어서 그럽니다."

양림의 말에 도인은 절뚝거리며 안쪽으로 들어가더니 큰 주병을 하나 들고 나왔다. 양림은 주병을 들고 도인이 말한 대로 길을 따라갔다.

과연 숲을 빠져나오자 돌다리 하나가 나오고 계곡 아래로 맑은 물이 졸졸 흘렀다. 돌다리 위에서 바라보는 풍경이 맑고 그윽

한데 개울 너머 소나무와 대나무가 무성한 언덕에 기대어 십여 채의 초가가 흩어져 있었다. 문 앞에 서 있는 몇 그루의 수양버들 위에서는 까마귀가 까악까악 울고 저녁노을에 비친 계곡물은 하늘을 닮아 붉은 자줏빛을 띠었다.

다리를 건너 마을로 들어서니 인가마다 자물쇠가 채워져 있고 인적이라곤 보이지 않았다. 마을이 끝나는 곳에 자리한 토담을 두른 집에는 문이 잠겨 있지 않았다.

대나무 사립문을 비집고 들어서자 마당 안에는 온갖 종류의 화죽류가 가득했다. 대나무 발이 드리워진 초당의 자줏빛 흙벽이 눈길을 끌었다. 향탁 위에 놓인 작은 향로에서는 향을 태우는 연기가 하늘하늘 피어오르고 벽 위에는 한 폭의 그림이 걸려 있었다. 그리고 종이를 바른 창문과 나무 침대…. 아주 특별하고 고상한 정취가 풍겼다.

양림은 멈춰서서 기침을 했다. 그러자 머리를 두 개의 뿔처럼 둥글게 맨 소년 하나가 밖으로 나왔다.

"무슨 일이신지요?"

"길 가는 나그네로 청허관에 묵고 있다네. 밥 지을 쌀을 사고 싶은데 쌀을 좀 살 수 있겠는가?"

양림의 말에 소년이 대답했다.

"주인어른이 안 계셔서 제 맘대로 하기 어렵습니다."

양림은 할 수 없이 집밖으로 나왔다. 문가에 멍하니 서서 '어디 가서 쌀을 사야 하나. 오늘밤은 허기진 배를 안고 자야 하나 보군' 하고 생각했다.

몸을 막 돌리는데 서쪽 골목에서 한 사내가 양림이 있는 쪽으로 걸어오고 있었다. 두건을 쓴 머리에서부터 짧은 도포며 명주 신발까지 인상착의가 깔끔해 보였다. 손에는 활을 들고 있었다. 그의 뒤로는 들꽃 한 송이와 산비둘기 한 쌍을 들고 있는 소년이 따르고 있었다. 사내가 양림을 보더니 반갑게 인사를 건넸다.

"이런 반가운 일이 다 있나. 이런 곳까지 찾아주다니!"

사내를 알아본 양림도 몹시 기뻤다. 두 사람은 머리를 숙여 인사를 나누었다.

이 사람은 과연 누구일까? 다름아닌 낭자 연청이었다. 연청이 안으로 들어가자고 하자 양림이 말했다.

"지금 대원장이 청허관에 있네."

"가서 모시고 오게. 기다릴 테니."

양림은 허겁지겁 청허관으로 갔다.

"제법 오래 걸렸군그래. 쌀은 사 왔는가?"

대종의 물음에 양림은 손사래를 쳤다.

"살 필요 없소이다. 우리 형제가 이곳에 있단 말이오. 빨리 갑시다."

양림은 도인에게 주병을 돌려주며 소란스럽게 해 미안하다고 말했다. 보따리를 둘러멘 그들은 함께 도관 밖으로 나왔다. 대종이 그 사람이 누구냐고 물었지만 양림은 웃으며 이렇게 말할 뿐이었다.

"가보면 알 수 있소이다."

두 사람이 초당으로 들어서자 연청은 등불을 켜놓은 채 기다리고 있었다. 연청을 본 대종은 크게 기뻐하였다. 인사를 건네며 오랜만에 만난 소회를 나누었다. 연청이 말했다.

"쌀을 못 구했으니 얼마나 시장하시오? 요기부터 한 다음에 이야기를 계속합시다."

소년이 야채와 사슴 고기 그리고 술을 내왔다. 술을 한 잔 마시고 나서 대종은 자신들이 이곳에 오게 된 사정을 이야기했다.

"음마천 형제들이 우리 두 사람에게 동경 소식을 알아 오라고 해서 길을 나섰던 거네. 청허관에 들르지 않았거나 쌀을 구하러 마을에 오지 않았으면 평생 못볼 뻔했네."

연청은 그동안 자신이 지낸 이야기를 들려주었다.

"방납 정벌에서 돌아온 다음에 주인으로 모시던 노원외께 세상을 버리고 은둔 생활에 들어가는 것이 좋겠다고 충고했지요. '새를 잡고 나면 활을 창고에 넣는다'는 말이 있듯이 이용가치가 없어지면 버림을 받을 게 뻔하기 때문이었소. 그런데 노원외께서는 부귀영화를 동경해서인지 내 말을 귀담아 듣지 않더군요.

어쩔 수 없이 나는 편지를 한 장 써놓고 송공명과 노원외의 곁을 떠났지요. 몸을 감춤으로써 화를 멀리하고 싶었거든요. 노원외의 고종사촌 중에 동경에서 큰 장사를 하는 노이원외라는 사람이 있었답니다.

노이원외한테 가서 몸을 의탁했더니 내가 워낙 조용한 삶을 즐기는 까닭에 이곳 별장에서 지내게 해주더군요. 그후론 새 사냥이나 하고 화초나 키우면서 마음 가는 대로 태평한 세월을 누리고 있지요.

얼마 전에 송공명과 노원외께서 간신들에게 독살당했다는 소식을 들었습니다. 여주에 묻힌 주인을 찾아가 무덤 앞에서 울며 제사를 지내고, 초주 송공명의 무덤에도 가서 명복을 빌었지요. 돌아와서는 문밖을 나서지 않았습니다.

지금 동경 성안의 정세는 아주 좋지 않답니다. 금나라군이 타모강에 진을 치고 있는데도 황제 폐하께서 우유부단해 극력 화의를 주장하는 이방언을 재상에 임명한 겁니다. 병부시랑 이강 같은 문무를 겸비한 진정한 충신의 말은 듣지를 않아요. 삼진 땅을 떼어주고 금나라군 위로금을 모으기 위해 부호들의 금은을 강탈하고 있으니 인민의 고통은 말로 표현할 수 없을 정도지요. 노이원외도 고문을 못 이겨 죽고 말았답니다.

동경 이외의 주군에도 돈을 거두어 바치라는 명령이 하달되어 납부하지 않는 자는 일가를 참수한다더군요. 일전에 시대관인도 이 일 때문에 창주 감옥에 갇혔다는 소문을 들었는데 여러 형제들이 구출해 냈다니 참 다행이올시다.

지금 노충 경략상공과 요평중 등이 이끄는 근왕군이 모두 동경 성밖에 집결해 있지만 저들 나라를 망치는 간신들이 오로지 화의를 주장하며 출전을 막고 있으니 이미 대사를 그르쳐 버렸다 할 수 있지요. 성 안팎으로 물도 통과하지 못할 만큼 경계가 삼엄해 도저히 성안으로 들어갈 수가 없소. 이곳에 머물면서 소식을 파악하는 것이 상책이지요. 만약 동경이 함락되면 여기도 안전하지 못하니 다른 갈 만한 곳을 찾아야 할 상황입니다."

"우리 형제들이 모두 다시 모였는데 자네는 왜 산채로 들어올 생각을 안하는가?"

양림의 말에 연청이 대답했다.

"조금만 더 상황을 지켜보겠네."

그날부터 대종과 양림은 연청의 집에 머물게 되었다.

한편 흠종 황제는 아침 일찍 문무백관을 모아 조회를 열고 있었다. 관등에 맞춰 줄지어 선 문무백관에게 흠종이 물었다.

"금나라군이 도성 성문을 공격하려는 매우 위급한 상황인데 경들은 어떻게 방어하려 하오?"

"십만 대병으로 하북과 하동을 공략해 온 금나라의 기세가 너무 거세 막을 방법이 없습니다. 지금 동경이 사면에서 포위되어 있는데다 우리 삼군의 사기는 바닥에 떨어져 있으니 저들과 싸우는 것은 달걀을 누르는 태산에 맞서는 형국이옵니다. 폐하께서는 잠시 양양으로 행차하시어 저들의 예봉을 피하시옵소서. 그런 연후에 처하의 근왕지사를 규합해 재기를 노림이 순리이옵니다."

재상 이방언이 이렇게 주청하였다. 그러자 도열해 있던 줄에서 주홍색 관복에 상아홀을 든 한 대신이 앞으로 나섰다. 병부시랑 이강이었다. 그는 머리를 조아리며 간언하였다.

"그럴 수는 없습니다. 도군 황제께서 폐하께 사직을 맡기셨는데 어찌 도성에 사는 백만 백성을 버린단 말입니까? 천하의 하고많은 성 가운데 동경만큼 견고한 곳은 없습니다. 이곳에서 군마를 정비하고 민심을 수습하면서 근왕지사를 기다리는 것이 가장 좋은 계책이옵니다. 도성을 빠져나가면 금나라군이 곧바로 추격해 올 터인데 그들을 막을 무슨 방도가 있단 말입니까?"

"그렇다면 지금 누구를 대장으로 삼아야 적을 물리칠 수 있겠소?"

흠종의 질문에 이강이 답했다.

"조정의 고관대작 대신들에게 후한 녹봉을 주며 대우하는 것은 유사시에 필요하기 때문입니다. 충사도, 요고, 종택 등은 모두 군사를 잘 아는 노장들이니 이들을 대장으로 삼아 도성 바깥의 일을 일임하면 좋을 것입니다. 도성 안의 일은 대신들에게 맡겨 민심을 진정시키고 상황에 기민하게 대처하도록 하시지요. 성을 굳건히 지키며 금나라 병사들이 지치고 양식이 떨어지기를 기다렸다가 나가 싸우면 승리할 것입니다. 반드시 종묘사직을 보전할 수 있을 것입니다."

그러자 흠종이 말했다.

"충사도를 대장에 임명해 모든 병권을 부여하겠소. 그리고 도성 방어를 책임지기에 경보다 더 적임자는 없을 것이오. 상서우승 겸 친정행영사, 동경 유수를 제수하니 겸직하도록 하오."

이강은 흠종에게 예를 갖추고 물러나와 성을 지키는 전략을 짜기 시작했다. 하지만 이방언과 백시중 등은 굴하지 않고 나시 황제에게 주청하였다.

"이강 같은 서생의 견해를 따르는 것은 부당하옵니다. 충사도는 나이가 이미 팔순인데 어떻게 대장이 될 수 있겠습니까? 벌써 군심은 뿔뿔이 흩어지고 사기는 주저앉고 있습니다. 만약 도성이 함락이라도 된다면 폐하께서는 고립무원의 상황에 빠지고 말 것입니다. 옛날 주나라 태왕은 기주로 피난해 주나라 왕실 팔백 년의 토대를 닦았습니다. 만전을 기할 수 있는 좋은 계책을 버리고 위험한 길을 택해서는 안됩니다."

이 말을 들은 흠종은 황급히 어가를 대령하라고 분부했다.

"하마터면 이강 때문에 일을 그르칠 뻔했구나! 짐은 더 이상 이곳에 머무를 수 없느니라!"

황제는 금위군 병사들에게 무장을 갖추어 자신이 탄 수레와 육궁 비빈의 수레를 호위하라고 명했다. 이 소식을 듣고 달려온 이강은 대궐문을 빠져나가려는 어가 앞에 엎드려 죽기를 각오하고 통곡하며 아뢰었다.

"폐하께서 신에게 도성을 지키라 분부하시고 지금 이렇게 행차하시는 것은 또 어인 일이옵니까? 군사들의 부모처자가 모두 도성에 있기에 죽기로 지킬 각오이온데 만일 중도에 그 단결이 흐트러진다면 누가 폐하를 호위한단 말입니까? 당나라 현종 황제는 동관이 함락되었다는 소식에 놀라 황급히 사천 땅으로 행차했다가 종묘와 조정이 모두 안록산에게 파괴된 일이 있습니다. 폐하께서 어찌 그 전철을 밟으려 하십니까? 금위군 병사들에게 물어보시오소서. 종묘사직을 지킬 것인지, 아니면 파천하는 길을 따라갈 것인지 말이옵니다."

흠종은 금위군 병사들의 의견을 물어 보라는 분부를 내렸다. 병사들은 모두 죽음으로써 성을 지키겠다고 말했다. 감격한 흠종은 잘못을 깨달으며 행차를 취소하였다. 병사들은 모두 엎드려 만세를 불렀다.

이때 태학생 중에 진동이라는 충직한 선비가 있었다. 학문이 깊고 공자와 맹자의 길을 따르려는 기개가 강해 권문세가라 해도 눈치를 보지 않았다. 흠종이 도성을 떠난다는 소식에 학생들을 거느리고 달려왔다가 행차를 멈춘 어가 앞에 엎드려 아뢰었다.

"태조 황제께서 하늘의 뜻을 받들어 환란을 평정함으로써 사백여 주군이 발밑에 복속하게 되었습니다. 태종 이하 역대 황제께서 그 뒤를 이어 깊은 인덕으로 백성을 보살피셨으니 하늘은 상서롭고 오곡이 풍족해 백성들은 즐겁게 생업에 종사할 수 있었습니다. 그리하여 백오십여 년의 태평성대를 누렸던 것입니다. 그런데 왕안석이 옛 법을 바꾸어 신법을 시행함으로써 천하가 피폐하게 되었는데 오늘에 이르기까지 분노하지 않는 사람이 없습니다.

또한 태상황제께서 소인들을 등용해 국사를 망치는 바람에 결국 이처럼 나라의 토대가 무너지는 상황에 이르렀습니다. 채경 부자는 재상직에 이십여 년이나 있으면서 자기보다 나은 현자를 시기하고 끝없는 탐욕으로 나라를 그릇된 길로 오도하였으며 상감을 속였나이다. 또 고구와 동관은 한낱 소인배에 불과한데 채경과 한패가 되어 영달을 누리고 붕당을 지어 권력을 농단하고 있습니다. 왕보와 양전은 조정의 기강을 무너뜨리고 제멋대로 변경에 분란을 일으킨 자들입니다. 양사성은 북쪽에서 원수를 만들고 주려는 남쪽에 화근을 만들었사옵니다. 이들 역적 놈들은 모두 악행을 일삼으며 국정을 파멸시킨 같은 패거리들입니다.

폐하께서 새로 보위에 오르셨으니 부디 현량한 관리를 신임하시고 간사한 무리를 물리치소서. 그래야 종묘사직을 위험에서 구해 낼 수 있사옵니다. 바라건대 속히 성지를 내리시어 이들 역도들을 엄벌에 처하소서. 만백성의 울분을 달래고 군사들로 하여금 쾌재를 부르게 하시면 결국 금나라도 싸움을 멈추고 물러갈 것입니다."

"짐은 동궁으로 있을 때부터 이들 몇몇이 나랏일을 그르치는 것을 잘 알고 있었소. 하지만 그들은 태상황제께서 총애하던 대신들이오. 짐이 즉위하자마자 갑자기 그들을 엄벌에 처하면 태상황제께서 마음을 상하게 될 것이오. 그들을 먼 곳으로 유배보냈다가 금나라군이 물러간 다음에 다시 처결합시다."

황제는 이렇게 말하며 개봉부에 그들을 체포하라는 분부를 내렸다. 진동 일행은 감사의 예를 올리고 물러났다.

개봉 부윤은 섭창이라는 사람이었다. 사람됨이 강직해 평소 그들 간신배들을 증오하고 있었다. 그래서 성지를 받자마자 즉시 사람을 보내 채경, 채유, 고구, 동관, 왕보, 양전, 양사성 등을 체포하였다. 아울러 그들의 가족까지 모두 끌고 와 심문을 시작하였다. 채경 등은 세상이 이미 바뀌어 권력이 그들의 손을 떠난데다 책략을 꾸밀 수도 없게 되자 순순히 죄를 자백했다.

섭창은 죄상을 조목조목 따지고 명백하게 밝혀 그들 모두를 외진 벽지 유배에 처하기로 결정했다. 그들의 가족은 군인으로 징발하고 토지와 재산은 모두 몰수해 군비에 충당하기로 하였다. 처결안이 상주되자 흠종은 이를 재가하였다.

하루도 지체하지 않고 그날 즉시 그들은 도성문을 나와 압송길에 올랐다. 도성 백성 누구도 기뻐하지 않는 사람이 없었다.

상서우승 이강은 태수 섭창을 불러 의논하였다.

"그 여섯 명의 도적이 나라에 끼친 해가 얼마나 막대하오? 진동의 주청을 폐하께서 받아들이신 까닭에 개봉부에서 그 일을 맡아 가족을 군적에 넣고 재산을 몰수하였을 뿐 아니라 당사자들을 오랑캐 땅으로 멀리 유배보내게 되었소. 백성들이 이를 통쾌하게 여기지만 그들이 저지른 죄에는 미치지 못하는 게 사실이오. 성상께서 이제 갓 보위에 오르신지라 태상황제의 마음을 상하게 하고 싶지 않아 죽이지 못하는 것이지요. 물론 우리 송나라에서 일찍이 대신을 참수한 전례가 없기는 하지요.

그들이 개봉부를 나와 호송길에 오르면 이렇게 합시다. 내가 잘 아는 사내가 하나 있는데 왕철장이라고 힘이 천하장사요. 담력도 매우 뛰어난 자이니 그로 하여금 그 여섯 놈을 죽이게 하면 세상의 원한을 풀어주는 것이지요. 만약 성상께서 알게 되더라도 내가 가서 자초지종을 아뢰면 다 잘 풀릴 거외다.

이 간악한 무리들이 얼마나 많은 충신들과 선량한 사람들을 해쳤는지 그 수를 헤아리기조차 어렵지 않소? 바로 그들이 썼던 방법으로 징치하는 것이니 이 얼마나 통쾌한 일이오!"

"대감의 말씀이 제 마음과 똑같습니다. 그렇게 하겠습니다."

섭창의 약속을 받아낸 이강은 왕철장을 불러들였다. 섭창이 왕철장을 보니 키가 칠 척이 넘는 거구인데 나이는 서른을 넘기지 않은 듯했다. 두 팔은 쇠붙이처럼 단단하고 근육 위로 검붉은 힘줄이 튀어나와 있었다. 구리 방울보다 큰 두 눈에는 붉은 실핏줄이 선명하고 허리에 날카로운 칼을 차고 있었다. 능히 사회를 어지럽힌 간적들을 제거할 만했다.

흉중에 계략을 품고 있는 자는 기어이 악인을 손보고야 마는 법이다. 진시황을 암살하려 역수 물가에서 비감한 노래를 읊던 형가가 아니라면 오나라 왕 요(僚)를 죽인 협객 전제 같은 사람일 것이다.

"이 사람은 매우 쓸모가 있겠습니다!"

부윤은 왕철장의 용맹스러운 모습을 보고 말했다. 이강과 헤어져 부청으로 돌아온 섭창은 죄인들의 호송문서에 서명했다. 그들의 가족은 따로 보내도록 조치했다.

채경, 채유, 고구, 동관은 한 조가 되어 담주로 압송되고 왕보, 양전, 양사성은 파주로 압송될 예정이었다. 일각도 지체하지 말고 그날 밤 바로 도성을 떠나라고 엄명했다. 압송관은 감히 꾸무럭거리지 못하고 바로 자리에서 일어났다.

그런데 채경은 본래 몹시 노회하고 교활한 사람이었다. 그는 고구와 동관에게 말했다.

"우리가 일인지하 만인지상의 위치에서 얼마나 큰 위세와 복을 누렸소이까? 그 부귀를 자손만대에 물려주려 했거늘 창졸간에 이런 변고가 일어날 줄 누가 알았겠소? 도군 황제께서 태자에게 양위하는 바람에 우리가 세력을 잃게 되었는데 지금 조정에 등용된 자들은 주로 신진 서생들이라서 우리에겐 독이 될 것이오.

비록 성은을 입어 목숨을 보전하고 미개한 지역으로 가게 된다지만 그 먼 곳까지 가는 길이 무사하다는 보장이 없소이다. 먼저 압송관부터 매수합시다. 조용히 성을 나가야 하고 가는 길에 역관이 아니라 민가를 빌려 묵읍시다. 어쩔 수 없이 끌려가더라도 기회를 봐서 돌아와야지요. 두 분은 어떻게 생각하시오?"

"태사님의 말씀이 백 번 지당하십니다. 평소에 성상을 속이고 우리 맘대로 행동했기에 원한을 품은 자들이 부지기수일 겁니다. 지금은 세력을 잃었으니 절대로 신중해야 합니다."

고구의 말에 동관도 맞장구를 쳤다.

"우리가 대신들을 핍박해 피해를 입은 자들이 한둘이 아니지요. 죄다 우리가 저지른 일이니 그 앙갚음이 이제 우리를 향하겠지요. 의당 조용히 기회를 엿보아야 할 것입니다."

채경은 압송관에게 은근하고 부드러운 태도로 접근해 후한 뇌물을 건넸다. 보호를 부탁하자 압송관은 제의를 받아들였다. 그날 밤 도성을 나선 그들은 소로를 따라 길을 갔다.

왕보, 양전, 양사성은 옛 버릇을 버리지 못하고 하인들에게 짐을 잔뜩 진 채 따르게 했다. 길을 나선 뒤 줄곧 역관에서 숙식을 해결하고 압송관들에게 뇌물을 주기는커녕 예를 갖추지도 않았다. 그들은 여전히 의기양양한 태도로 말했다.

"조정에서 조만간 우리를 다시 등용하게 될 것이다. 금나라군이 물러가고 도군 황제께서 다시 황위에 복귀하시면 모조리 참살해 버릴 것이다. 세상물정 모르는 저 젊은것들은 아직 우리가 어떤 사람들인지 잘 모른단 말이야!"

옹구역에 이르렀을 때 역의 책임자인 역승이 마중을 나오지 않자 왕보는 크게 화를 냈다.

"나는 이 나라의 최고 관직에 있던 대신이다. 비록 좌천되기는 했어도 여전히 절도부사인데 네놈은 어찌하여 멀리 영접을 나오지 않았느냐?"

"전쟁통에 필요한 병마가 많아 일일이 응대하기 어렵습니다. 관원들이 왕래할 때는 사전에 알려주어야 모실 준비를 하는 법인데 오늘처럼 불쑥 나타나면 어떻게 높은 분인지 아닌지 알겠습니까? 그리고 그런 위세는 이전에는 통했겠지만 지금은 통하지 않는다는 것을 모르시오?"

역승은 이렇게 말하며 그대로 돌아서 가버렸다. 왕보는 스스로 생각해도 말이 통하지 않을 상황이라서 참는 수밖에 도리가 없었다. 그는 하인들에게 저녁밥을 짓게 한 다음 양사성, 양전과 함께 술을 마셨다.

압송관은 그들이 술자리에 청하지 않는 것을 보고 노기를 머금었다. 그는 부하에게 지키게 한 다음 별채로 가서 쉬었다. 제법 취한 왕보는 취한 목소리로 떠들어댔다.

"우리 세 사람은 하늘을 찌를 듯한 기세로 세상을 살아왔는데 그만 하루아침에 권력을 잃고 소인들의 업신여김을 당하는 신세가 되었구려. 조만간 다시 재기할 길을 찾아야만 하오. 부귀를 내던지고 어찌 그런 오지에서 고개를 쳐들고 살 수 있겠소?"

"시간은 기다려주지 않는다지 않습니까? 도군 황제께서 보위를 양위해 권력의 정점에서 물러나자 더 이상 조서도 내려보내지 못하시는데 하물며 우리야 말해 무엇하겠습니까? 그저 몸이나 편하길 바라며 현실에 안주해야 하지 않을까요?"

양전이 이렇게 말하자 양사성이 정색했다.

"그런 말씀 마십시오. 세상일은 알 수 없는 법이거늘 그렇게 쉽게 포기한단 말입니까? 왕대가께서 틀림없이 큰 계획이 있을 테니 스스로 비관하지는 맙시다."

그러자 왕보가 웃으며 말했다.

"이제 두 분께 사실대로 말씀드리리다. 이미 내 아들 왕조은을 금나라 진영에 보내 점몰갈 원수에게 진언한 게 있소이다. 하루빨리 동경을 공격해 지금의 황제를 북으로 사로잡아 가라고 말이오. 그리고 다른 성씨를 중국의 새 주인으로 세우라고 말해 주었지요."

그는 흰 수염을 비틀며 웃음기 머금은 얼굴로 나직이 읊조렸다.

"우리 세 사람이 그 대상 중의 하나일지 누가 알겠소? 며칠 지나지 않아 좋은 소식이 있을 거요."

이 말을 들은 양전과 양사성은 얼굴색이 환하게 바뀌며 왕보를 칭찬했다.

"왕대가께서 역시 천지를 뒤집을 만한 수단을 마련하셨군요. 일이 성사되면 우리 두 사람은 성심을 다해 보필하겠습니다."

"부귀를 함께 나누는 것이야 긴말이 필요없지요. 다만 말이 새어나가지 않도록 해주시오."

왕보의 말에 그들은 마음을 열고 실컷 술을 마셨다. 대취한 그들은 이내 잠자리에 들었다.

개봉 부윤의 명을 받은 왕철장은 파견나가는 벼슬아치로 분장한 채 허리에 요도를 두르고 품에 비수를 감추었다. 채경과 왕보 등의 종적을 뒤쫓았으나 채경 일행은 그림자도 보이지 않았다.

다행히 왕보 일행 세 사람이 옹구역에 있음을 알아냈다. 해질

녘에 그는 역사의 담장을 넘어 안으로 들어갔다. 벽 뒤에 숨어 왕보, 양전, 양사성이 술 마시는 것을 엿보며 왕보가 말하는 내용을 한마디도 빠짐없이 다 들었다.

'이 도둑놈들이 이렇게 무례하니 상서와 부윤이 그들을 죽이려는 것이로구나!'

입속으로 이렇게 되뇌며 바로 처단하려다 곰곰 생각해 보니 아직 적지않은 사람이 잠들지 않은 시각이었다. 자칫 놀라서 달아나기라도 하면 낭패였다. 왕철장은 밤이 깊어지기를 기다렸다. 이윽고 대취한 세 사람은 깊은 잠 속에 떨어졌다. 하인들도 다들 숙면에 빠져들었다.

왕철장은 가만히 문을 열고 방안으로 들어가 잦아지는 등잔불을 돋우었다. 손을 쓰기에 맞춤한 상황이었다. 왕보를 비롯한 세 사람은 각자 침상에 누워 천둥같이 코를 골며 자고 있었다. 품속에서 비수를 꺼냈는데 가을 호수처럼 맑은 보검이어서 상처를 입고 조금만 피를 흘려도 즉사하게 되어 있었다.

비수를 든 왕철장은 엄지손가락으로 칼끝을 누르면서 왕보에게 다가갔다. 번개처럼 왕보의 목을 찌르고 나서 한 번 더 일격을 가했다. 피가 샘솟듯 솟아나며 찍소리도 못한 채 왕보는 몸이 뻣뻣이 뻗어버렸다. 양전과 양사성도 같은 방법으로 처치했다. 불과 차 반 잔 마실 정도의 짧은 시간에 극악무도한 간신 셋을 간단히 지옥으로 보낼 수 있었다.

왕철장이 비수를 들여다보니 피 한 방울 묻어 있지 않았다. 비수를 칼집에 꽂은 그는 요도를 뽑아 세 사람의 목을 베었다. 그는 준비해 간 두 개의 가죽부대 속에 자른 머리를 넣고 동여맨 다음 요도를 칼집에 도로 꽂았다. 가죽부대를 둘러메고 역사 뒷담을 뛰어넘으니 역시 전문가답게 여유롭고 기력도 전혀 낭비하지 않았다.

옛 현인은 시를 지어 이렇게 탄식했더라.

나라를 열고 가문을 잇는 데 소인을 멀리해야 하나니
백성에게 해를 끼치고 군주를 모함하며 자신도 망칠 뿐이지
오래도록 오명을 남겨 역사를 더럽히니
옥대며 비단 관복도 다 부질없는 일이라네

왕철장이 가죽부대를 메고 개봉 부윤에게 돌아간 일은 일단 미뤄두자. 아침 일찍 일어난 압송관은 어서 떠나자고 재촉했다. 세 사람의 하인들은 말 등에 짐을 싣고 나서 자신들의 주인을 깨우러 갔다.

여러 번 불러도 대답하지 않기에 방문을 열어보니 방안에 유혈이 낭자했다. 깜짝 놀란 하인들은 급히 뛰어들어가 살펴보았다. 머리 없는 시신 세 구만이 피바다 위에 뻣뻣하게 굳은 채 누워 있을 뿐이었다.

무서움에 혼백이 다 달아난 하인들은 바로 압송관에게 보고했다. 압송관이 달려와 시신을 검시하였다. 원수에게 보복당한 것이 분명했다.

압송관은 즉시 동경으로 돌아가 사건의 경위를 보고할 수밖에

없었다. 하인들은 관을 사서 머리 없는 시신을 입관한 다음 한적한 교외로 옮겼다. 그리고 당국의 조치를 기다렸다.

이 세상에 악당의 무리가 줄었음은 다행이거니와
저승에는 사악한 영혼이 늘고 말았네

제23회
도성 함락과 남송의 건국

왕철장은 옹구역에 가서 진귀한 비수로 왕보, 양전, 양사성을 죽인 다음 그들의 머리를 잘라 가죽부대에 넣고 개봉부로 돌아와 부윤에게 바쳤다. 수급을 살펴본 부윤은 크게 기뻐하며 말했다.

"이 세 간적 놈들에게도 오늘 같은 날이 있구나! 이제야 세상사람들이 마음에 쌓인 울분을 조금이나마 풀 수 있게 되었군. 그나저나 채경, 고구, 동관을 놓친 것이 아쉽구먼!"

"도성을 떠날 때부터 몰래 뒤를 밟았지만 왕보 일행만 눈에 띌 뿐 채경 일행은 어디로 갔는지 종적을 찾을 수 없었습니다."

계면쩍어하는 왕철장에게 부윤이 말했다.

"걱정하지 말게. 놈들이 일단 담주에 도착한 다음 천천히 처치하세!"

부윤은 왕철장에게 큰 상을 주었다. 그리고 돌아가 이상서에게 보고하고 잘라 온 모가지는 개봉부를 가로지르는 변수에 내다 버리라고 일렀다.

압송관의 보고는 흠종에게도 전해졌다. 마침 이강은 예사전에서 황제를 알현하고 있었다. 흠종이 말했다.

"짐이 왕보 등을 너그러이 용서했거늘 옹구역에서 원수에게 죽임을 당했다고 하오. 마땅히 형법에 의거해 처리해야 할 것이오. 그건 그렇고 금나라군이 물러가지 않아 짐이 밤낮으로 근심이 끊이질 않으니 경은 그들을 막을 무슨 계책이라도 있소?"

"현재 충사도와 요평중의 근왕군이 도성 아래 집결해 있으니 폐하께서 즉시 그들을 불러 대장으로 임명하소서. 그들로 하여금 삼군을 통솔하게 하면 조만간 금나라군을 평정할 수 있을 것입니다."

이강의 말을 들은 흠종은 안상문을 열어 충사도를 입궐시키라고 명했다. 충사도는 나이가 많아 세상사람들이 그를 '노충'老种이라고 불렀다. 흠종은 충사도를 보고 크게 기뻐하며 말했다.

"지금의 정세를 경은 어떻게 생각하시오?"

충사도는 황제에게 예를 갖추어 대답했다.

"금나라는 병법을 잘 모릅니다. 깊숙이 쳐들어와 고립된 형국이니 어찌 온전히 돌아가기를 바라겠습니까?"

"이미 강화를 맺겠다는 의사를 그들에게 전달했는데 어찌하면 좋겠소?"

흠종이 걱정하자 충사도가 다시 대답했다.

"신은 군대의 일을 폐하께 아뢸 뿐 나머지는 감히 말씀드릴 만큼 잘 알지 못하옵니다. 지난날 전연 전투에서 진종 황제께서는 구준이 황제의 친정을 권함에 따라 전장으로 납신 바 있습니다. 그것을 본 삼군 병사들은 용기백배해 만세를 불렀고 결국 그로

인해 요나라와 화친을 이룰 수 있었습니다. 그후 백 년 동안 평안한 시기가 찾아오지 않았습니까?

지금 금나라는 삼진의 할양과 더불어 막대한 금은을 내놓으라며 지나친 요구를 하고 있습니다. 삼진은 동경을 지키는 요새인데 그들에게 넘겨주면 고립되어 방어하기 어렵습니다. 그들이 요구하는 금은의 양은 천하를 다 쥐어짜도 충당하기 어려울 만큼 많습니다. 조정의 신하들이 나라가 서는 근본을 잘 모르기 때문에 화의를 주장하는 것입니다. 금나라에 속아넘어가 재정이 궁핍해지고 땅을 빼앗기면 국운이 쇠약해질 수밖에 없습니다.

금나라는 자칭 십만 군사라고 합니다. 지금 신과 요평중 휘하 근왕군의 수효가 삼십만을 헤아리고 성안에 있는 궁노수만도 칠만 명에 이릅니다. 몇 배나 되는 군사를 가지고 어찌 그들과 대적하지 못하겠습니까? 그들이 황하를 건너느라 힘이 빠졌으니 이제 곧 군사를 보내 추격하면 그들의 무기를 빼앗고 납치된 아녀자를 되찾을 수 있을 것입니다. 겁을 먹고 다시는 남침하지 못하게 해야 합니다."

"경이 오랫동안 쌓아온 경험이 풍부하고 군대에 통달한 것을 잘 알겠소."

흠종은 크게 기뻐하며 바로 충사도를 동지선무사에 임명해 모든 근왕군을 통솔하게 하였다. 요평중은 도통제로 삼았다. 충사도와 이강은 함께 물러나와 군사전략과 출전 날짜 등을 의논하였다.

그런데 이방언은 흠종이 노충을 신임하는 것을 보고 또다시 황망히 주청하였다.

"충사도는 이미 늙은데다 지병이 있습니다. 바람 앞에 촛불 같은 인물이 어떻게 대장 자리를 맡는다는 말입니까? 금나라군의 포위공격이 몹시 위급한데 만약 전투에 나섰다가 패하기라도 하면 폐하께서 필부가 되고자 해도 불가능할 수 있습니다. 삼진이 무슨 소용이며 금은 같은 게 다 무슨 소용이란 말입니까? 모든 힘을 화의를 이루는 데 쏟아야 나라를 태산과 같은 안정 그리고 반석 같은 단단함 위에 세울 수 있습니다."

흠종은 어찌해야 할지 몹시 당황할 수밖에 없었다. 그는 다시 장방창을 협상대표로 임명해 금나라 진영에 파견하였다. 장방창과 볼모가 될 강왕은 뗏목을 타고 해자를 건너 저물녘이 되어서야 금나라 진영에 도착하였다. 이들을 맞은 알리불이 꾸짖었다.

"화의를 맺겠다고 하고는 어찌 서약을 어기고 다시 군대를 움직이는 것인가?"

두려움을 느낀 장방창은 눈물을 흘리며 변명하였다.

"군대를 움직인 것은 이강과 요평중으로 이는 조정의 뜻이 아닙니다."

강왕은 우뚝 선 채 태연자약한 표정으로 조금의 동요도 보이지 않았다. 알리불은 강왕의 태도가 거북스러워 그를 돌려보내라고 명했다. 대신 숙왕이 볼모가 되었다. 이방언은 다시 황제에게 주청하였다.

"이강을 파직해 금나라에 사과를 표하시옵소서!"

흠종은 그의 말을 따랐다. 그러자 태학생 진동이 수많은 백성과 함께 몰려와 상소를 올렸다.

"이강은 자신의 몸을 돌보지 않고 천하의 일을 중히 여기는 나라의 참된 신하입니다. 이방언과 장방창 등은 어리석고 시새움이나 일삼으며 국가 대사를 그르치는 나라의 공적으로서 이강이 공을 세울까봐 기회만 있으면 방해하는 것입니다. 이는 금나라의 계책에 말려드는 꼴입니다. 바라옵건대 이강을 다시 복직시키고 이방언 등을 물리치소서."

이방언은 아직 민심이 어떻게 돌아가는지 모른 채 화려한 의장을 앞세우고 '물렀거라' 소리를 외치며 입조하였다. 진동은 행차 앞으로 달려가 큰 소리로 꾸짖었다.

"녹봉이나 축내는 용렬한 인간아! 높은 자리를 도둑질해 차고 앉아서는 화의나 주장하며 충신을 해한단 말이냐! 나라를 망친 도적놈을 죽이지 않고서야 어찌 세상에 고개를 들 수 있겠는가!"

진동은 이방언에게 달려들어 옷을 찢고 머리에 쓴 관을 벗겨 내동댕이쳤다. 그리고 주먹을 휘두르며 마구 때렸다. 백성들은 조당 앞의 신문고를 두드리며 소란을 피웠다. 그러자 금군을 통솔하는 왕종초 전수가 앞으로 나서며 말했다.

"여러분, 모두 물러나시오! 내가 폐하께 주청드리겠소!"

흠종에게 달려간 왕종초는 이렇게 상주하였다.

"민심이 흉흉합니다. 속히 이강을 복직시켜 화를 피하소서!"

흠종은 내시 주공에게 명해 이강을 상서우승에 복직하고 아울러 경성사면방어사에 임명한다는 소식을 전하게 했다. 내시 주공은 몸이 뚱뚱해 걸음걸이가 매우 느렸다. 주공의 모습을 본 백성들은 크게 노했다.

"이 거세한 개 같은 놈아! 네놈은 권력을 농단하며 황제의 성총을 속여 왔다! 지금 너는 이강을 부르러 가면서 고의로 지체해 성지를 어겼다!"

백성들이 달려들어 순식간에 그를 때려죽였다. 더불어 십여 명의 내시도 죽임을 당했다. 소식을 들은 충사도가 이들을 해산시키기 위해 급히 입성하였다. 충사도의 수레가 도착하자 뭇 백성들이 그를 보고 외쳤다.

"과연 우리 장군님이로군!"

백성들은 금세 조용해져서 인사를 올리고는 해산하였다.

이강은 충사도, 요평중과 함께 군사를 움직일 방책을 상의하였다. 충사도가 말했다.

"적의 세력이 강성하니 요행을 바랄 수는 없소이다. 내 아우 사중이 올 때까지 기다립시다. 그가 거느린 이만 명의 병사는 하나같이 날래고 용맹해서 그들이 합세하게 되면 분명 승리할 수 있을 것이오."

이강은 충사도의 말에 동의하였다. 하지만 요평중은 생각이 달랐다.

"도성이 포위된 지 이미 오래입니다. 폐하께서 노심초사하고 계시고 백성들은 극도의 곤경에 처해 있습니다. 지금 삼십만 명의 뛰어난 병사들이 있는데 일전을 불사해야지 왜 사중이 오기를 기다린단 말입니까? 마냥 지체하다가는 천하의 바람을 저버릴까 걱정입니다."

충사도가 자신의 말을 받아들이지 않자 요평중은 화난 모습으로 자신의 진영으로 돌아갔다. 그는 휘하 장수들을 불러 말했다.
"충사도는 정말 늙고 무능한 사람이다. 대장으로 많은 군대를 거느리고 있으면서 속히 싸울 생각은 안하고 왜 사중이 오기를 기다린단 말인가! 이는 자신의 집안이 공을 독차지하려는 속셈에 지나지 않을 것이야. 우리 요씨 가문도 산서에서 대대로 대장군을 배출했으니 충씨 가문에 꿀릴 게 없다고. 나 홀로 출전하겠다. 휘하의 정예부대를 이끌고 타모강으로 진군해 금나라 진영을 쳐부숴야겠다. 알리불을 사로잡고 숙왕을 받들어 돌아오면 어찌 그 공이 세상을 놀라게 하지 않겠는가! 노충이 부끄러워 쥐구멍에라도 들어가게 해주겠다."
많은 장수들이 이구동성으로 출전하기를 원했다. 요평중은 크게 기뻐하며 다음날 황혼녘에 출전할 것을 지시했다. 그래서 이만 명의 정병을 선발해 부대를 편성하고 병장기와 갑옷을 꼼꼼히 챙겼다.
그런데 그 며칠 전 휘하의 한 장교가 군령을 위반한 일이 있었다. 요평중은 목을 베라고 명령했는데 여러 장교들이 용서를 청하므로 곤장 백 대를 치는 것으로 벌을 대신했다. 앙심을 품고 있던 그 장교는 금나라 진영을 공격한다는 소식을 듣고 속으로 생각했다.
'금나라 진영에 가서 이 소식을 알려야겠다. 그래야 맺힌 한을 풀 것 아닌가. 뿐만 아니라 부귀도 도모할 수 있을 것이다.'
그는 마침내 금나라 진영으로 몰래 넘어갔다. 보고를 받은 알리불은 요평중의 공격에 대비했다.

다음날 초저녁 요평중은 이만 명의 군사를 이끌고 타모강으로 진격했다. 군사들의 입에 헝겊을 물리고 말방울을 뗀 채 조용히 나아갔다. 금나라 진영에서 삼경을 알리는 북소리가 울렸다. 금나라군 진영에서는 아무런 움직임도 포착되지 않았다.

요평중의 군대는 촘촘히 늘어선 채 함성을 지르며 영내로 뛰어들었다. 그러나 금나라 진영은 텅 비어 있었다. 요평중은 대경실색했다. 그제야 계략에 걸린 줄 알고 급히 퇴각 명령을 내렸다.

이때 호포소리가 연이어 울리며 사면팔방에서 적이 쇄도해 왔다. 요평중이 아무리 용감하다 해도 어떻게 떼거리로 몰려오는 십만 대군을 당해 내겠는가. 그나마 출중한 무예 실력이 있었기에 죽을힘을 다해 겨우 혈로를 뚫을 수 있었다. 포위망을 벗어나 뒤돌아보니 이만 병사 모두 몰살당하고 살아남은 자는 자기 한 사람뿐이었다. 그는 하늘을 우러러 장탄식하였다.

'하늘이 우리 송나라를 돕지 않는구나! 어찌하여 나를 패망하게 만들었는고!'

주르륵 눈물이 쏟아졌다.

'주상께서 나약하시고 이방언 등은 화의를 극력 주장하는 가운데 오직 이강 한 사람만이 충심으로 나라를 위해 싸울 것을 독전했지. 오늘 전군이 몰살당했으니 무슨 낯으로 돌아가 그 간당들을 대면한단 말인가. 충사도가 신중히 처신하자고 했는데 용맹함만 믿고 가볍게 행동한 것에 화가 나는군. 후일을 다시 도모할 수도 있겠지만 대장부가 어찌 남의 모욕을 견딘단 말인가. 차라리 스스로 자결하는 것만 못하다!'

칼을 뽑아든 그는 잠시 생각에 잠겼다.

'인생 부귀공명이란 게 결국은 물거품 같은 것이지. 설령 성공한다 해도 토사구팽을 면치 못할 것이고 이용가치가 없어지면 버림을 받게 되는 법. 그래서 월나라의 충신 범려는 오호로 도피해 노닐고 한나라 공신 장량은 선인 적송자의 자취를 찾아 떠났다지 않은가. 부모도 처자도 다 애욕에 얽힌 존재일 뿐 자신과 무슨 관계가 있겠는가. 차라리 신선을 찾아가 도를 구하는 삶이 좋겠다. 세상 바깥에서 노니는 것이 영웅이 물러나는 바른 길이리라.'

이렇게 생각하자 갑자기 온몸이 상쾌해졌다. 그는 피 묻은 갑옷과 투구를 벗어버리고 무기도 모두 길가로 던져버렸다.

'그런데 어디로 가서 은둔하는 것이 좋을까? 그렇지, 함곡관에서 섬陝, 진秦, 농隴 지방을 거쳐 촉蜀으로 들어가면 아미산, 청성산 같은 명승지가 있지. 틀림없이 신선굴이 있을 테니 거기 가서 스승을 찾아봐야 되겠다.'

어디로 가야 할지 고민하자니 문득 이런 생각이 떠올랐다.

요평중은 희하 선무사 요고의 아들로 대대로 장군을 배출한 집안 출신이었다. 키가 팔 척이나 되고 멋진 자줏빛 수염을 지닌 그는 수십 명의 사내와 맞설 만한 용력을 지닌 명장이었다. 성격이 기개 있고 쾌활한데다 병사들을 아끼는 마음도 남달랐다. 그가 타고 다니는 말의 이름은 청라였다. 용처럼 건장하고 굳센 청라는 온몸이 잡티 하나 없이 온통 푸른 털로 덮여 있었는데 하루에 팔백 리를 달리는 신통한 준마였다. 요평중은 자신의 말한테 말했다.

"청라야! 청라야! 너와 함께 공을 세워 불멸의 이름을 남기자

했더니 벼슬을 버리고 산으로 들어가 영원히 세상을 등지게 될 줄 누가 알았겠느냐! 너도 이제 화살처럼 내달리는 고통에서 벗어나렴. 너와 나는 골육이나 다름없단다."

요평중은 청라를 타고 밤낮 없이 하루에 이틀 길을 달렸다. 청라도 요평중의 마음을 아는지 네 말굽이 땅바닥에 닿지 않을 만큼 빠른 속도로 달리는데 마치 유성을 방불케 했다.

청성산에 도착한 요평중은 맑은 개울가의 큰 소나무 밑에서 안장을 풀고 청라에게 풀을 뜯고 물을 마시게 했다. 사방이 기이하고 아름다운 산봉우리에 둘러싸여 있는데 골짜기는 깊고 고요했다. 요평중은 기지개를 켜며 중얼거렸다.

'이 몸이 이제야 비로소 내 것이 되었구나! 부귀를 다투는 세상은 끓는 가마솥이 아니면 사람의 목을 베는 형구나 다름없거든! 제후가 되거나 높은 관직을 누린다는 게 다 무슨 소용인가! 속세를 초월해 도를 닦는 선가의 삶이야말로 영웅의 마지막 길이 아니겠는가!'

이때 언덕 위에서 내려오는 한 도인이 눈에 띄었다. 두 가닥으로 머리를 틀어 올린 모습의 도인은 큰 배를 드러낸 채 어고 장단에 맞추어 노래를 불렀다.

오, 이런! 망망한 천지가 검게 변했구나
아서라! 오강 가에서 자결한 항우처럼 세상의 종말이 왔네
참아라! 총명이 지나치면 되레 바보가 된다지
자, 결국! 전쟁터 백골에 이끼가 끼고 말았네

속됨이라곤 없는 준수한 외모에 세상의 깊은 이치를 노래하는 모습을 보고 요평중이 '신선이 아닐까' 하고 생각하는데 도인이 말했다.

"보잘것없는 작은 공명을 탐하느라 이만 명의 목숨을 죽음의 구렁텅이에 빠뜨리다니! 그 죄업을 어찌 씻을꼬!"

요평중은 깜짝 놀라 땅에 엎드렸다. 도인이 웃으며 말했다.

"다행히 네가 일찍 사리를 깨우쳤구나. 네 행적이 나와 비슷하기에 일부러 여기 온 것이다. 나는 한나라의 종리권이다. 너는 비록 천성을 타고났다만 돈교頓敎(일거에 도를 깨닫는 방법)와 점교漸敎(점진적으로 도를 깨닫는 방법)의 방법을 실행해야만 신선이 될 수 있다. 날 따라오너라."

땅바닥에 엎드렸던 요평중이 일어나니 청라도 모든 상황을 안다는 듯이 앞장서 걸었다. 도인과 요평중은 산 넘고 재를 넘어 깊은 산속으로 사라졌다.

그후 오십여 년이 지난 남송 효종 때 오군 출신의 범성대가 검남 채방사가 되어 사천 지방에 갔다가 청성산에서 요평중과 마주쳤다. 자줏빛 수염이 배꼽 아래까지 길게 늘어진 요평중은 두 눈이 전기불처럼 형형하고 크게 부르짖는 목소리는 산을 진동시켰다고 한다. 푸른 말을 타고 첩첩산중을 달리는 모습은 마치 산 위를 나는 듯했다. 틀림없는 득도자의 모습이었다.

요평중의 이적을 기록한 육방옹의 시가 한 수 전한다.

조물주가 호걸을 곤경에 빠뜨림은

장차 유익하게 쓰고자 함이라
공명만으로는 충분하지 않았던가
혹은 속세를 떠날 근본을 타고 났음인가
요공姚公은 그 용맹함이 삼군의 으뜸이니
서부 변경의 싸움에서 백전백승하였고
오랑캐가 중원을 쳐들어왔을 때
오직 그 혼자의 몸으로 막아냈다네
속세를 떠난 지 이미 오십 년이매
세상사람 뉘라서 공을 기억할까
그럼에도 놀랍도다
산택간 깊은 자연 속에 그런 맹수의 자태가 있으니
나 역시 세상 밖에 마음을 두고 있음에도
백발이 되도록 아직 스승을 만나지 못했는데
다행히 근래 들어 자리에서 쫓겨났으니
만일 세상을 버리게 된다면
공을 따라 오악 명산이나 주유할까나
극진한 마음으로 영지 같은 약초를 섭생하면
세속의 몸이 신선의 몸으로 바뀌어
홀연 소나무 가지 위를 날 수 있을까

여담은 그만두기로 한다. 큰 승리를 거둔 알리불은 역으로 사신 왕예를 보내 맹약을 저버리고 군사를 움직인 사실을 문책하였다. 흠종은 벌벌 떨며 후회하였다. 흠종은 오민을 사신으로 보내

화의를 요청하였다. 알리불은 받아들이지 않고 도성 공격을 서둘렀다.

그러는 중에 이방언의 참소가 이어지자 흠종은 이강과 충사도에게서 병권을 거두어들였다. 이때 참지정사 손부가 다음과 같이 주청하였다.

"신이 비범한 재주를 지닌 이인을 만났는데 곽경이라는 사람입니다. 육갑둔법에 뛰어나 금세 금나라군을 물리칠 수 있을 것입니다."

흠종은 바로 곽경을 불러들이라 명했다. 곽경은 건강에서 왕조은 곁에 있으면서 화부인, 진부인, 화봉춘을 동루에 가두었다가 악화가 계략을 써서 그들을 구출해 내자 한바탕 망신을 당한 자이다.

곽경은 동경으로 돌아가 다시 임진인 문하에 머물렀다. 임진인이 죽고 의탁할 곳이 마땅치 않자 그는 왕조은과의 연줄을 밑천삼아 왕보에게 빌붙었다. 왕보마저 삭탈관직되고 급기야 피살당하자 그는 아는 사람의 추천으로 손부에게 줄을 댔다.

손부는 성실하고 소박한 사람이었는데 곽경의 뜬구름 같은 허황된 말을 사실로 믿고 황제에게 주청하였던 것이다. 흠종의 부름을 받은 곽경은 손부와 함께 어전에 들었다. 곽경이 예를 올리자 흠종이 물었다.

"경이 육갑신술이 뛰어나 금나라군을 물리칠 수 있다고 손참정이 말하던데 과연 그런가?"

"신은 어릴 때부터 도를 좋아해서 서촉 명학산에서 한나라 천

사였던 장도릉의 비결을 익혔사옵니다. 능히 귀신을 쫓아내고 산과 바다를 뒤바꿈은 물론 오행둔법을 부릴 수 있습니다. 십만 명의 적병이라 하더라도 하루 밤낮이면 모두 쓰러뜨리고 죽이자 하면 죽일 수도 있습니다. 다만 함부로 살생하지 않는 옥황상제의 품덕이 손상될까 걱정되니 투항하도록 하는 게 좋겠습니다. 그러면 결국 쥐새끼처럼 머리를 감싸쥐고 달아날 것이며 다시는 감히 침범해 오지 못할 것입니다.

신은 조부 이래로 황은을 누렸사온데 영명하신 폐하께서 편안치 못하시다는 말을 참지정사에게서 전해 들었습니다. 오늘 폐하께서 저를 불러주시어 이렇게 친견하게 되었으니 어찌 견마지로를 다하지 않겠습니까? 금나라를 항복시켜 사직을 다시 편안케 하는 것만이 신의 바람이옵니다."

곽경의 말에 혹한 흠종은 크게 기뻐하였다.

"태조 이하 선대 황제들의 혼령이 사직을 지키도록 경 같은 기인을 내려보낸 모양이오. 필요한 물건이 있으면 모두 말하시오. 해당 관아에 칙지를 내려 준비시키겠소."

"예, 넓은 공터에 천단을 축조해 주시옵소서. 칠 장 이 척 높이의 단을 삼층으로 쌓아야 합니다. 구궁팔괘九宮八卦를 벌여 천지의 풍뢰를 살필 것입니다. 제단 위에는 오행기와 당간을 세우고 어가 위에 씌우는 일산을 설치해야 합니다.

그리고 민간에서 뽑은 어여쁜 용모의 남녀 스물네 명이 필요합니다. 열여섯 살에서 열여덟 살 사이여야 하며 이들은 검을 받들고 향촉을 관장하게 될 것입니다. 갑사는 칠천칠백칠 명을 뽑아

주시되 병사든 민간인이든 상관없으나 반드시 비슷한 나이여야 합니다. 그 외에 제물, 술, 채색 비단천 등이 필요합니다. 이레 동안 밤낮으로 기도를 올린 후 출병하면 금나라군은 자연히 물러갈 것입니다."

흠종은 곽경의 말을 받아들여 손부에게 책임을 지고 준비할 것과 각 부처의 전량을 조달해 사용할 것을 명했다. 손부와 곽경은 성지를 받고 물러나와 곧바로 궁정정원인 간악艮岳 내의 높고 탁 트인 곳을 골라 법식에 맞추어 단을 쌓았다. 그리고 의식을 거행하는 데 필요한 물건들을 갖추었다. 한편 곽경은 고시문을 반포해 같은 연령대의 사람들을 모으게 하였다.

열흘 남짓 만에 모든 준비가 갖추어졌다. 흠종은 어가를 타고 천단으로 가서 향을 피우며 나라를 위기에서 구해 줄 것을 하늘에 빌었다.

곽경은 머리를 풀어헤치고 검을 든 채 북두칠성 위를 걷는 듯한 모습으로 신을 부르는 의식을 거행했다. 마지막으로 부적을 그리고 입으로 물을 내뿜었다. 이런 모습을 지켜보다 흠종은 환궁하였다.

곽경은 이 같은 의식을 하루에 세 번 거행했다. 여기에 소용된 금은과 비단은 모두 곽경의 호주머니 속으로 들어갔다. 어린 소년 소녀들은 밤에 곽경의 노리갯감이 되어 몸을 망쳤다. 곽경은 원래 음탕한 소인배여서 전에 진부인과 화공자를 보고서도 군침을 흘렸다. 그런 그가 묘령의 어여쁜 남녀를 눈앞에 두고서 게다가 의식을 위해 마음대로 해도 좋다는 황제의 허락을 받은 마당에 어찌 두고만 보겠는가.

이랬으니 나라가 패망하는 것은 너무도 당연한 일이었다. 이같이 남을 속이는 사술에 의지해 강적을 물리치려 했다는 것은 후세의 웃음거리가 아닐 수 없다.

알리불이 멀리서 바라보니 성안에 높은 단이 세워지고 짙은 향불 연기가 피어오르는 속에 붉은 깃발이 펄럭이는 것이었다. 무슨 일인지 궁금해 세작들로 하여금 알아보게 했다. 다름아닌 곽경이 술법을 행하는 모습이었다. 알리불은 어이가 없어 웃음을 터뜨리고 말았다.

"송나라 벼슬아치들이 이렇듯 유치하단 말인가! 양쪽 군대가 대치해 있는 마당에 장졸들을 선발하는 일은 제쳐두고 사술이나 행하다니 정말 어수룩한 놈들이로구나! 내가 꺼리던 사람이 이강과 충사도 둘이었는데 그들이 파면되었다니 백만 대병이 온대도 두렵지 않구나!"

알리불은 군사들을 독려해 밤낮 가리지 않고 공격을 퍼부었다. 송나라 문무백관들은 간담이 서늘해졌다. 그러나 이레 후에 적을 격파할 수 있다고 단단히 믿은 흠종은 궁중에서 음주 행락이나 벌이면서 국가 안위를 위한 일에는 손도 대지 않았다.

곽경이 이레 동안 법술을 행했지만 아무런 효험도 나타나지 않았다. 하지만 곽경은 여전히 웃으며 큰소리쳤다.

"아주 극도의 위급한 상황이 아니면 우리 선사仙師께서는 나오시지 않는 법이다!"

때마침 폭설이 내렸다. 열흘이 지나도 날이 개지 않아 온 백성이 수심에 잠겼다. 금나라군은 네 부대로 군대를 나누어 통진문을 공격하였다. 흠종은 내시를 보내 곽경에게 출전을 재촉하였다.

곽경은 성루 위를 지키던 군사들을 모조리 성벽에서 내려오게 했다. 정탐을 못하게 함으로써 바깥 사정을 아무도 모르게 한 것이다. 통진문을 활짝 열어젖힌 곽경은 얼추 동갑내기인 칠천여 명의 갑사를 거느리고 성밖으로 나섰다.

하지만 잔설을 몰아가는 듯한 금나라군의 폭풍 공세에 밀려 전원이 죽임을 당하고 말았다. 죽은 시체가 호룡하를 가득 메웠다. 곽경은 이미 패배할 줄 알고 황급히 돈을 챙겨 자취를 감추었다. 금나라군은 북을 울리며 성벽을 기어올랐다. 대적하는 자는 아무도 없었다. 이렇게 동경은 함락되었다. 일부러 문을 열어 도둑을 청한 꼴이었다. 소식을 들은 흠종은 통곡할 뿐이었다.

"충사도의 말을 듣지 않아 일이 이 지경이 되었구나!"

하율과 범경이 민병을 거느리고 시가전에 나서려 했으나 알리불은 미리 선수를 쳤다.

"옛날부터 남조가 있으면 북조가 있다. 조정을 없앨 수는 없다. 도군과 흠종이 친히 우리 진영에 와서 얼굴을 맞대고 화의를 논의하자. 땅을 할양해 준다면 군사를 물려 돌아가겠다."

"상황께서는 놀라움과 우환 때문에 병이 생겨 성밖 출입이 불가능하오. 꼭 가야 한다면 짐이 혼자 가겠소."

흠종은 이렇게 말하고서 항서를 휴대한 채 길을 나섰다. 백성들과 태학생 등이 어가를 배알하자 흠종은 얼굴을 가리고 통곡했다.

"재상들이 우리 부자를 잘못된 길로 빠뜨렸도다!"

지켜보는 사람들은 하나같이 눈물을 흘렸다.

흠종이 금나라 군영에 도착하자 알리불은 흠종을 그곳에 억류한 채 놓아주지 않았다. 알리불은 황금 천만 정錠, 백금 이천만 정, 비단 천만 필을 금나라에 바칠 것과 하북, 하동 땅 삼진의 할양을 요구하였다. 또한 흠종이 입고 있는 황제 의복을 갈아입을 것을 강요하였다.

이부시랑 이약수가 흠종에게 매달리며 울음을 터뜨렸다. 알리불은 이약수를 밖으로 끌어내라고 명했다.

"상황을 봐가며 처신하는 게 중요해요. 지금 순종하면 부귀영화가 따라올 수도 있을 텐데요."

곁에 있던 사람 하나가 이렇게 권하자 이약수는 탄식하며 욕을 퍼부었다.

"하늘에 두 개의 해는 없다. 어찌 두 임금을 섬긴단 말이냐!"

크게 노한 금나라 병사가 이약수의 혀를 자르고 목을 쳐 죽여버렸다. 이를 본 알리불이 말했다.

"요나라가 멸망할 때는 충의를 지켜 죽은 자가 수십 명이나 되었는데 송나라에는 이시랑 단 한 사람뿐이로구나!"

알리불은 도군 황제와 태상황후, 강왕의 어머니 위비와 부인 형씨, 모든 비빈, 왕, 공주, 부마도위 및 육궁 내의 작위를 지닌 궁인 모두를 금나라 진영으로 보내라고 명했다. 오직 원우황후만은 폐위되어 사가에 거처하고 있었기 때문에 끌려가지 않았다.

금나라는 황제의 어가와 어가 행차 때 사용하던 모든 의장 도구, 관복, 궁중에서 사용하던 그릇, 의례용 악기와 궁중음악 도구, 옥새를 비롯한 궁중 보물, 규벽圭璧, 천체를 관측하던 혼천의, 궐문 앞에 세운 동인銅人, 물시계, 소문관·사관·집현원 등의 장서, 지도 는 물론 및 관리, 나인, 내시, 궁중 예인, 장인 같은 사람들까지 마구 데려갔다. 창고에 쌓여 있던 물건마저 모조리 실어가는 바람에 도성은 텅 비고 말았다.

금나라는 오견과 막주라는 자를 파견해 백관들을 불러 모았다. 송나라 황제를 폐하고 다른 성을 가진 사람을 새 황제로 세우기 위해서였다. 아무도 감히 이의를 제기하지 못했다.

금나라의 의중을 알아차린 왕시옹의 제안으로 장방창의 이름이 적힌 문서가 작성되었다. 태상사 주부 장준, 개봉사조 조정, 사문원 외랑 호인은 서명하지 않고 태학으로 달아났지만 나머지 사람들은 시키는 대로 따랐다. 그러자 금나라는 장방창을 초제楚帝라고 칭하며 문무백관의 알현을 받게 했다. 신하들의 관직에는 '권'權자를 덧붙여 부르게 했다.

이날 비바람 속에 흙비가 내리고 태양은 빛을 잃었다. 백관은 참담한 기분에 사로잡혔으며 장방창 또한 얼굴빛이 창백해졌다. 왕시옹은 장방창에게 대전 옥좌에 앉도록 권했다. 그러자 여호가 장방창에게 물었다.

"상공께서는 진심으로 초제의 자리에 오르려 하십니까? 아니면 우선 금나라의 뜻을 따르는 척했다가 조만간 후일을 도모하려 하십니까?"

"무슨 말씀을 하십니까? 대신의 자리에 있으면서 국난을 막지 못해 부끄러울 뿐입니다. 지금 금나라가 시키니 하는 수 없이 따르기는 하지만 이 자리에 있는 게 어찌 내 뜻이겠소?"

장방창이 정색하자 여호가 말했다.

"중국 인민은 모두 대송의 은혜를 입은 사람들이기에 그 덕을 생각하지 않는 날이 없습니다. 금나라의 군사력이 두려워 잠시 순종하고 있을 뿐입니다. 금나라군이 떠나게 되면 상공께서도 오늘의 지위를 유지할 수 없습니다.

지금 강왕이 대원수가 되어 밖에서 군사를 모으고 있다고 합니다. 안에서는 원우황후가 내응하고 있으니 이는 하늘의 뜻에 부합하는 것으로 송조는 반드시 중흥할 것입니다. 상공께서는 당장이라도 생각을 바꿔야 합니다. 궁성의 관리였던 분이 하루아침에 정전에 앉는 것이 합당할까요? 마땅히 관리들이 숙직하는 곳으로 거처를 옮기고, 사람들에게 폐하라 부르지 못하게 하십시오. 문서를 내릴 때도 성지라고 칭해서는 안됩니다.

당장의 계책은 원우황후로 하여금 강왕을 청해 하루빨리 보위에 오르게 하는 것입니다. 그렇게 보위를 바로잡으면 화가 오히려 복이 될 것입니다. 하늘의 뜻과 인심이 모두 강왕에게 몰리고 있으니 상공께서 먼저 사람을 보내 강왕을 추대하십시오. 그러면 사직을 바로세운 공신이 되겠지만 만일 제위를 탐해 지체하게 되면 모든 죄를 뒤집어쓰게 될 것입니다. 사람들의 타도 대상이 된 다음에 후회해 본들 무슨 소용이 있겠습니까?"

그리하여 장방창은 사극가를 제주에 보내 강왕을 동경으로 모셔오게 했다.

이에 앞서 강왕은 금나라 군영에 있다가 탈출을 시도했다. 추격병들이 뒤쫓아오자 숲속으로 피신했다. 그런데 캄캄한 어둠 속에서 홀연 백마의 울음소리가 들렸다. 강왕은 얼른 말잔등에 올라타 말의 고삐를 잡았다. 말은 포효하며 마치 날듯이 빠른 속도로 달렸다.

이윽고 날이 밝아오기 시작하였다. 금나라 군영에서 제법 멀리 떨어진 곳까지 달려온 말은 갑자기 멈춰서서 움직이지 않으려 하였다. 강왕이 그 말을 자세히 들여다보니 그것은 신선 중의 하나인 최부군묘에 세워져 있던 진흙말이었다. 지금도 '진흙말이 강왕을 태워 강을 건너게 했다'는 전설이 전해 온다. 천명을 받은 진정한 천자에게는 신들의 가호가 있음을 알 수 있다.

강왕은 몹시 기이하다는 생각을 하며 말에서 내려 이곳저곳을 둘러보았다. 어디로 가야 할지 도무지 알 수가 없었다. 그때 돌연 징과 북소리가 울리며 한 떼의 인마가 흙먼지를 일으키며 달려오는 게 보였다. 강왕은 틀림없이 금나라군이 쫓아오는 것이라고 생각했다.

'이제야말로 내 목숨도 끝장이구나!'

두려움에 전전긍긍하는데 가까이 다가온 그들은 놀랍게도 송나라군이었다. 동경 유수 종택이 만 명의 군사를 거느리고 오고 있었다. 종택은 강왕을 보고 크게 기뻐하며 절을 올렸다.

"전하께서 무사하셔서 정말 다행입니다. 머지않아 송조의 중흥이 이루어질 것입니다!"

종택은 강왕을 모시고 바로 제주로 갔다. 주 관아를 행재소로 삼은 강왕은 사방의 호걸들을 불러모았다. 불과 십여 일 만에 장준, 묘부, 양기중, 전사중, 양양조 등 일군의 용장들이 휘하에 몰려들며 기세를 올렸다.

강왕은 장수들과 함께 나가 싸울 계획을 상의하였다. 동경이 함락되고 두 황제 모두 금나라 군영에 억류되어 있는 가운데 장방창이 초제로 옹립되었다는 소식에 강왕은 대성통곡하였다. 종택 등이 강왕을 위로하였다.

"대왕께서는 원수를 갚기 위한 와신상담의 마음으로 군대를 일으켜야 합니다. 도성을 수복하고 두 분 폐하를 구출해야 운다고 무슨 소용이 있겠습니까!"

이때 갑자기 사극가가 원우황후의 조서를 가지고 도착하였다. 사극가는 이강을 도성으로 모시라는 분부를 받았다고 보고하였다. 눈물을 거둔 강왕은 조서를 받아 장수들과 함께 펴보았다.

'대송이 나라를 세운 지 어언 이백 년, 병란을 모른 채 아홉 분의 임금이 보위를 이어오는 가운데 한 분도 덕을 잃지 않으셨도다. 비록 뜻하지 않게 황실 식구 대부분이 북쪽으로 끌려갔지만 하늘은 우리 황실을 버리지 않으셨으니, 현명한 임금을 가려 새로이 대업을 잇게 하려 함이로다. 한나라의 액운은 십세 광무제가 중흥하였고, 진나라 헌공의 아홉 아들 가운데 중이만이 살아남아 대통을 이었으니, 이는 곧 하늘의 뜻이거늘 어찌 인간이 꾀할 일이겠는가! 하루속히 황통을 이어 황실의 무궁함을 도모할지어다.'

조서를 다 읽고 나니 모든 장수들이 황통을 이을 것을 권하였다. 한 걸음 나아가 종택은 이렇게 아뢰었다.

"남경은 태조께서 나라의 기초를 닦은 땅으로 사통팔달할 뿐만 아니라 특히 조운이 편리합니다. 그곳으로 옮겨 큰일을 도모해 주십시오."

결심을 굳힌 강왕은 개봉의 동쪽에 위치한 귀덕을 응천부로 개칭하고 그곳으로 옮겨갔다. 부성 문의 왼쪽에 단을 쌓도록 명한 강왕은 오월 경인일 초하루에 단 위에 올라 하늘로부터 황제의 위를 받는 의식을 거행하였다. 그는 먼 곳으로 끌려간 두 분 황제를 생각하며 통곡하고 흠종을 효자연성황제로 추존하였다. 생모 위씨는 선화황후가 되고 부인 형씨는 황후가 되었다. 그리고 문무백관을 서열에 따라 임명하였다. 연호를 고쳐 건염 원년이라 하였는데 이분이 바로 고종이다.

남경에서의 즉위식은 이야기하지 않겠다. 다시 타모강에 주둔하고 있는 금나라군 이야기로 돌아가자. 알리불은 금과 비단이 부족하다며 빨리 완납할 것을 채근했다. 호부상서 매집례가 하소연하였다.

"천자께서 몽진하고 나니 온 백성이 죽기를 바랄 뿐입니다. 살아가기도 힘든데 금은이 어디에 있겠습니까? 정말로 집집이 텅 비어서 명령에 따를 방법이 없습니다."

알리불은 크게 화를 내며 매집례를 효수해 버렸다. 그리고 기한을 지켜 납부하지 않는 사람의 가족을 옥에 가두니 백성들의 눈물과 한숨이 그치질 않았다.

대종과 양림은 연청의 집에 머물고 있었다. 동경이 함락되고 두 황제가 금나라 군영에 억류되었다는 소식을 들은 그들은 탄식을 그치지 못했다.

"일은 이미 다 틀어졌군! 나하고 양림은 이제 음마천으로 돌아가 이곳의 돌아가는 상황을 알려야겠네."

대종의 말을 연청이 자르고 들었다.

"이삼일 더 머무시지요. 의논하고 싶은 게 있어서요. 도성이 함락되고 하북과 하동이 모두 금나라에 넘어가면 이곳도 오래 머물 수 있는 곳은 아니니 나도 거처할 다른 곳을 찾아봐야지요. 그런데 한 가지 이루고 싶은 소원이 있소이다. 그 일을 이루고 나면 두 분을 산채로 보내드리리다."

"대체 무슨 일이기에 그러는가? 당장 해결해 버리세!"

대종의 채근에 연청은 빙그레 웃기만 했다.

나라 잃은 외로운 신하는 덧없는 슬픔만 삼키고
잔혹한 역사에 낙심해 그저 비탄에 잠길 뿐

제24회
연청, 금나라 군영으로
잡혀간 황제를 찾아가다

 금나라군은 억류하고 있는 두 황제와 후궁을 비롯한 황족 모두를 북쪽으로 데려갈 예정이었지만 금은, 비단을 다 받아내지 못해 아직 타모강에 주둔하고 있었다. 내시는 스산하기 짝이 없고 백성들은 도탄에 빠져 있었다. 대종과 양림이 음마천으로 돌아가려고 하자 연청이 말했다.
 "이삼일 더 머무시지요. 한 가지 이루고 싶은 소원이 있소이다."
 그러면서도 그것이 무엇인지는 말하지 않았다. 다음날 아침 연청은 양림에게 말했다.
 "자넨 오늘 나하고 같이 좀 가세. 소원을 풀려고 그러네. 대원장께서는 잠시 이곳에 계시구려."
 연청은 역관 차림을 하고 있었다. 그는 옻칠을 한 작은 자줏빛 등나무 상자를 꺼내 입구를 단단히 봉했다. 그 안에 든 물건이 무엇인지는 알 수 없으나 상자를 양림에게 주면서 들어 달라고 했다.
 두 사람은 북쪽으로 시오리 정도 길을 갔다. 산기슭 아래 평지에 거대한 금나라군 군영이 보였다. 천여 개의 막사가 늘어서 있고 수만 명에 달하는 금나라군이 주둔하고 있었다.

"어쩌자고 이런 델 온 것인가?"

양림이 묻자 연청이 대답했다.

"아무 소리 말고 나를 따라 오게."

군영 문 앞에 도착한 양림은 눈을 들어 바라보았다. 칼과 창이 빽빽하게 늘어서 있고 바람에 나부끼는 검은 독수리 깃발이 수만 개의 새구름을 방불케 했다. 줄지어 늘어선 누런 막사에는 자줏빛 산안개가 어리고 산처럼 쌓여 있는 말똥이 지천으로 피어난 아름다운 꽃들을 덮고 있었다.

도처에 널려 있는 사람 시체에서 흘러나온 피고름이 개천을 적시니 슬픈 풀피리 소리에 귀신도 비통해 한다. 금나라 군인들이 일제히 내지르며 산천을 뒤흔드는 소리는 아무리 목석 같은 사람이라도 근심하지 않을 수 없고 무쇠 같은 강심장이라도 겁을 먹지 않을 수 없을 것이다.

양림은 원래 사람을 죽여도 눈 한 번 깜빡이지 않는 귀신도 두려워할 만한 사람이다. 그런데도 금나라 군영의 모습을 보니 모골이 송연해지고 몸에 소름이 돋았다.

하지만 연청은 태연자약한 얼굴로 군영 정문을 경비하는 군관과 한참 동안 무슨 이야기를 나누었다. 군관은 부하에게 두 사람을 영내로 안내하라고 지시했다. 그들은 출입을 허가하는 작은 깃발 영전을 든 부하를 따라갔다. 막사들이 군집해 있는 몇 개의 병영을 돌아 안으로 들어가니 규모가 큰 천막 하나가 나왔다. 반짝이는 칼과 창을 든 이삼백 명의 병사들이 천막 주위를 지키고 있었다.

천막 안에는 태상교주 도군 황제가 앉아 있었다. 황제는 검은색 흑사 당건을 쓰고 암록색 꽃무늬 사이에 아홉 마리 용이 수놓인 용포를 입고 있었다. 그리고 침향을 박아 넣은 옥대에 조회 때 신는 구름 무늬 장식의 비단신을 신고 있었다. 붉은 융단 위에 좌정하고 있는 황제는 양미간을 찡그린 얼굴에 수심이 가득했다.

천막 안으로 들어선 연청은 도군 황제를 향해 다섯 번 절하고 세 번 머리를 조아린 다음 무릎 꿇고 아뢰었다.

"저는 초야에 묻혀 있는 보잘것없는 신하 연청이라 하옵니다. 예전에 폐하께서 제가 지은 큰 죄를 사면해 주셨사온데 천지에 비길 만한 깊은 은혜를 분골쇄신해도 갚을 길이 없사옵니다. 그런데 듣자오니 폐하께서 북으로 행차하신다 하옵기로 죽음을 무릅쓰고 용안을 뵙고 싶어서 찾아뵈었습니다."

도군 황제는 그가 누구인지 기억이 나지 않아 물었다.

"경은 지금 어떤 직책을 맡고 있는가?"

"신은 한미한 존재에 지나지 않습니다. 오래 전의 일입니다만 원소절에 폐하께서 이사사의 집에 납시었을 때 알현한 적이 있습니다. 제가 아뢰는 말을 들으시고 직접 어필로 저의 죄를 사면한다는 글을 써주셨습니다. 폐하께서 써주신 문서를 지금도 간직하고 있사옵니다."

연청은 품속에서 비단 주머니를 꺼냈다. 그 속에는 먹물 자국이 선명한 도군 황제의 조서가 들어 있었다. 연청이 두 손으로 조서를 바치자 그것을 받아든 도군 황제는 옛 기억이 떠올랐다.
"그러고 보니 경은 양산박 송강의 부하로군. 송강은 진정한 충의지사였지. 짐의 눈이 밝지 못해서 그 같은 사람이 간신들의 참소를 받아 고통 속에 죽게 했으니 애석한 일일세. 참으로 애도의 마음을 금할 길이 없네. 만약 환궁하게 된다면 금상에게 전해 작위를 추증하고 대대로 그 자손들이 세습하도록 하겠네. 또한 사당을 세워 제사지내도록 할 것이네."
연청은 양림이 들고 온 등나무 상자를 바치며 다시 아뢰었다.
"폐하의 용안을 뵈온 것은 일찍부터 저에게 큰 영광이옵니다. 감람 백 개와 귤 열 개를 바치나이다. 쓴맛이 가신 후에 단맛을 드러내는 상서로운 과일이오니 폐하께 조금이나마 도움이 되면 하는 뜻을 담았사옵니다."
황제 곁에 있던 나이든 내시가 상자를 받아 뚜껑을 열었다. 도군 황제는 상자 속에서 감람 한 알을 집어 입안에 넣으며 말했다.
"연일 마음 편할 날이 없어 입안이 씁쓸했는데 이렇게 좋은 것을 먹으니 걱정이 싹 날아가는 것 같군!"
황제는 한숨을 내쉬며 말을 이었다.
"조정의 문무 관료들은 대대로 나라의 은혜를 입고 귀한 대접을 받았건만 하루아침에 변고가 생기니 제 목숨 보전하기 바쁘고 처자식이나 챙길 뿐 이곳에 와서 내 안부를 묻는 자가 한 명도 없더군. 경의 이 같은 충성스러운 행동은 생각지도 못한 일이었네. 본시 천하의 어진 선비와 영웅은 조정 가까이 있는 법이 아니거늘 짐이 사람을 잘못 등용해 이렇게 되고 말았구려. 먼길을 마다

하지 않고 이렇게 찾아와 위안을 주니 실로 감격스럽네!"
 도군 황제는 내관에게 붓과 벼루를 가져오게 했다. 그리고 흰 비단 부채를 집어 들었다. 옥으로 된 부채 자루에는 금 상감이 들어 있고 용무늬를 새긴 해남향목이 자루 끝 끈에 매달려 있었다. 도군 황제는 부채를 붉은 융단 위에 올려놓고 시 한 수를 적었다.

 호드기 소리 북소리에 모골이 송연한데
 온 세상에 충신은 단 한 명뿐이로고
 감람의 쓴맛을 돌이켜 잊지 않는다면
 귤이 무르익는 계절에 태평한 시대를 경축하리

 시를 다 적은 황제는 '교주도군 황제 어서'라고 쓴 다음에 낙관을 찍었다. 부채를 연청에게 주면서 황제는 말했다.
 "이걸 경에게 주겠소."
 연청은 바닥에 엎드리며 감사의 인사를 올렸다. 황제는 내관에게 분부했다.
 "감람과 귤을 절반씩 나누어 금상께 가져다드리게. 초야의 충신 연청이 바친 것이라고 전하게."
 분부를 받은 내관은 밖으로 나갔다. 연청은 좀 더 머물고 싶었지만 영전 깃발을 들고 있는 장교가 자꾸만 그만 자리에서 일어날 것을 재촉하였다. 연청은 흐르는 눈물을 참을 수 없었다. 눈물이 두 볼을 타고 흘러내렸다. 황제도 얼굴을 가리고 울면서 말했다.
 "화의가 성립되었으니 금나라 대원수가 곧 우리 부자를 조정으로 돌려보내줄 것이네. 그때 경에게 벼슬을 내리도록 하겠네."

연청은 사배를 올린 후 안내하는 병사를 따라 천막 밖으로 나왔다. 군영 정문에 이르자 경비 책임을 맡은 군관이 연청이 손에 든 부채에 적힌 글씨를 보고 혹시 기밀사항을 몰래 전달하는 것은 아닌가 해서 꼬치꼬치 캐물었다. 자초지종을 해명한 뒤에야 연청과 양림은 영문 밖으로 나올 수 있었다.

금나라 군영에서 한참 떨어진 곳에 이르러서야 양림은 혀를 내두르며 말했다.

"정말 무섭더군. 이런 곳인 줄 알았으면 자네를 따라나서지 않았을 거야. 자네는 참 간이 큰 사람이야."

"필요한 경우에는 얼굴색도 바꿀 수 있는 법이지. 태연한 척해야 의심을 피할 수 있으니까. 이제야 비로소 소원을 이루었네. 옛날에 송공명께서 초안을 받으려고 할 때 내가 이사사의 집에 갔다가 우연히 그곳에 들른 폐하를 만났거든. 노래를 한 곡 부르고 나서 사면 조서를 청했는데 그때 황제께서 베풀어주신 은혜를 잊을 수가 없었네.

간신배들에게 속는 바람에 나라를 망가뜨리고 가련하게 사로잡힌 몸이 되었지만 안타까운 마음을 견딜 수가 있어야지. 그래서 죽음을 각오하고 찾아가 조금이나마 충심을 표했던 것이네. 황제께서는 지금도 돌아올 희망이 있다고 생각하는 것 같지만 그를 달래는 금나라 사람들의 말일 뿐 다시 만날 날은 영원히 없을 것이네."

"세상의 많은 사람들이 어리석은 임금이라고 말하지만 오늘 뵙고 보니 아주 총명하신 것 같네. 그런데 어찌하여 금수강산을 망쳐버렸을까?"

"예로부터 나라를 망친 군주들은 대부분 영리한 사람들이었지. 다만 구중궁궐에서 아침저녁으로 쾌락을 누리다 보니 백성들의 고통을 알 리가 없는 것 아니겠는가. 게다가 권력을 쥔 간신배들이 세상이 평안하다며 눈을 가릴 뿐 아니라 수해나 기근, 도적의 봉기 같은 것을 보고조차 하지 않는 것이지. 때로 간언하는 충신이 있으면 조정을 어지럽힌다며 죽이거나 귀양을 보내버리고 말이야. 그러니 변고가 일어나도 주상을 위해 함께 걱정하고 힘을 보태려는 충성스러운 신하가 나오지 않는 것이지. 기반이 무너져 내리니 쉽게 만회될 리가 있겠는가."

"우리는 평소 산채에서 무도한 자라고 천자를 욕하지 않았나! 그런데 오늘 이런 정경을 보니 나도 눈물이 핑 돌더군."

두 사람은 이야기를 나누며 오 리쯤 길을 걸었다. 앞쪽에서 사람들이 울부짖는 소리가 들려왔다. 한 무리의 병사들이 이삼백 명의 남녀를 끌고 오고 있었다. 헝클어진 머리에 때 묻은 얼굴을 한 난민들이었다. 누더기옷을 걸친 난민들이 흐느끼는데 걸음이 느린 사람은 병사들이 등나무 채찍으로 후려갈겼다.

연청과 양림은 길가로 물러서서 그들이 지나가기를 기다렸다. 돌연 대열 속에 있던 한 중년부인이 연청에게 달려와 울면서 말했다. 그 부인은 젊은 딸을 데리고 있었다.

"삼촌, 우리 모녀를 구해 주세요."

그러자 등나무 채찍을 들고 있던 병사가 채찍을 휘둘렀다.

낭자 연청. 왼쪽은 송강과 함께 독주를 마시고 죽은 이규.

"빨리 못 가!"

부인은 간절한 목소리로 병사에게 애원하였다.

"은자를 납부하려고 그러는 거예요. 마침 친척을 만났기에 사정을 설명하려고 그럽니다."

그리고 다시 연청에게 말했다.

"삼촌, 우리집 양반은 모진 고문을 견디지 못하고 세상을 떠났습니다. 아직 은화 팔백 냥이 더 필요해요. 재산이라고는 이제 한 푼도 남은 게 없어서 여자의 몸으로 돈을 마련할 방법이 없군요. 개봉부에서는 인정사정없이 우리 모녀는 물론이고 다른 완납하지 않은 사람들을 금나라 군영으로 끌고 가는 중입니다.

앞으로 사흘 안에 납부하지 않으면 대명부 내 수용소로 끌려간답니다. 끝내 완납하지 못하는 사람은 노비가 된다는 거예요. 젊고 예쁜 여자애들은 창기로 팔아넘기고요. 어떻게 그런 일을 참을 수 있겠어요? 삼촌은 군자이니까 우리 모녀 두 사람의 목숨을 꼭 구해 주세요. 은혜는 결코 잊지 않을게요."

연청은 두말없이 승낙했다.

"걱정하지 마십시오. 제가 내일 아침에 반드시 구하러 가겠습니다. 노이원외께서 세상을 뜬 건 알고 있었지만 도성이 물샐 틈 없이 포위되어 들어갈 수가 없었습니다. 지금 부인과 따님의 이런 애처로운 모습을 보았는데 어떻게 가만히 있겠습니까?"

부인은 한 번 더 신신당부하고는 눈물을 흘리며 끌려갔다. 마음의 짐을 짊어진 연청은 수심 가득한 얼굴로 집으로 돌아갔다. 그는 대종에게 오늘 있었던 일을 이야기하였다.

"도군 황제를 알현해 귤과 감람을 헌상했더니 황송하게도 이 부채에 친필로 시 한 수를 적어주더군요."

대종은 부채를 받아 바라보며 말했다.

"이런 훌륭한 글씨를 쓰는 사람이 일신의 파멸과 나라의 멸망을 막지 못하다니 참으로 안타깝군!"

"원장님은 금나라 군영의 위세가 얼마나 대단한지 모르실 거요. 나는 가슴이 철렁 내려앉는데 연청은 얼굴빛 하나 안 바뀝디다."

양림에 이어 연청이 말을 받았다.

"내 소원은 이제 다 이루었소. 다만 노이원외의 부인과 딸이 금나라 군영에 잡혀갔으니 어떻게든 팔백 냥을 마련해야 신병을 인수할 수 있답니다. 나는 주인 노준의의 보살핌을 받은 몸인데다 노이원외 부인은 그의 가까운 인척이니 마땅히 구출해서 은혜를 갚아야 도리지요.

양림, 자네는 그들의 모습이 얼마나 처참한지 참상을 봤잖은가! 쇠나 돌로 된 인간이라도 자비심을 갖지 않을 수 없을 것이네. 산채에서 받은 돈과 종군해서 받은 포상금을 모두 모아 가지고 있는데 헛된 일에는 한푼도 쓰지 않았거든. 제대로 된 일에 사용하고 싶다는 생각에서였지. 이번에 부인과 딸의 신병을 구하는 것은 내게 매우 중요한 일이야. 수전노처럼 재물을 사용하는 데 인색할 수는 없지.

그렇게 많은 돈이 있을지는 모르겠지만 아무튼 꺼내서 헤아려 봐야겠네. 필요한 만큼의 돈이 된다면 또 하나의 소원을 이루는 것이지."

방에 들어간 연청은 주머니와 궤짝 속에 넣어둔 은자를 모두 꺼냈다. 저울에 달아 보니 팔백 냥이 딱 들어맞았다. 하늘로 날아오를 듯이 기뻤다.

"구해 준다고 약속은 했어도 돈이 부족하지 않을까 걱정했는데 마침 필요한 액수에 딱 맞는군. 하늘이 도우시는 게지."

이렇게 말하고는 심부름하는 소년에게 새벽시간을 알려주던 수탉을 잡으라고 일렀다. 석궁과 화살을 집어든 연청은 대종과 양림을 데리고 뒷산 수림 속으로 갔다.

"예전에 노원외를 구하기 위해 양산박으로 군사를 청하러 갔을 때 말예요. 수중에 돈 한푼 가진 게 없고 남은 것은 활뿐이었어요. 그것도 남아 있는 화살은 한 개뿐이었지요. 마침 까치 한 마리가 날아오더군요. 하늘을 향해 점을 쳤지요. '만약 까치를 쏘아 맞추면 노원외의 목숨은 살아날 것이다'라고요. 화살을 날려 까치 꼬리에 정확히 맞췄지요.

오늘 필요한 은자를 마련했으니 부인과 딸의 신병을 인수하러 갈 겁니다. 저기 마른 가지 위에 앉아 있는 까마귀 무리가 보이지요. 만약에 까마귀를 맞춰 떨어뜨리면 일이 잘될 겁니다."

연청은 한쪽 눈을 감고 목표물을 겨누며 외쳤다.

"화살아, 제발 부탁해!"

바람소리를 내며 날아간 화살에 까마귀 두 마리가 한꺼번에 떨어졌다. 석궁의 화살이 날카롭기 때문에 나란히 앉아 있던 까마귀 한 마리를 관통해 다른 까마귀의 날개를 손상시키는 바람에 함께 떨어진 것이었다. 연청은 기쁨을 이기지 못하며 말했다.

"한 마리만 노리고 쏘았는데 두 마리가 맞다니. 모녀 둘이 함께 풀려난다는 징조로구나!"

이야기를 하는 동안 토끼 한 마리가 깡충깡충 뛰어 나오다가 사람의 모습을 보고는 풀숲으로 몸을 숨겼다. 양림이 얼른 토끼를 붙잡았다. 그들은 토끼와 까마귀를 들고 돌아와 배불리 먹고 마셨다.

다음날 아침 연청은 양림과 함께 은자 두 자루를 짊어지고 어제 갔던 길을 다시 걸어 타모강으로 갔다. 은자 수납을 책임맡은 군관을 찾아가 말했다.

"개봉부에서 압송해 온 노준덕의 부인 막씨와 딸이 납부해야 할 헌납금 부족분 팔백 냥을 가져왔소. 지금 납입하겠으니 석방해 주시기 바랍니다."

군관은 장부를 넘기며 살펴보았다. 과연 두 여자가 팔백 냥을 납부하지 않은 것이 맞으므로 막씨와 딸을 불러 확인하였다. 그리고 연청이 가져온 은자를 저울에 달았다. 은자의 양이 정확하기에 팔백 냥을 납부했다는 영수증을 써주었다.

막씨와 딸은 연청이 은자를 납부하고 영수증까지 수령하는 것을 보고는 몹시 기뻐하며 연청과 함께 나가려고 했다. 그러자 군관이 소리를 질렀다.

"어딜 가는 거야! 개봉부에서 냈다면 이 금액이면 되지만 이곳 군영으로 끌려왔으니 수수료 삼백 냥을 더 내야 한다. 대명부로 넘겨진 뒤에는 육백 냥이 필요하다!"

연청은 어리둥절해 한동안 입을 열지 못했다.

'집에 있는 돈을 다 털어 온 것인데 어디 가서 돈을 더 구한담!'

연청이 속으로 걱정하고 있는데 두 여인은 눈물을 흘리며 이제는 죽은 목숨임을 직감했다.

"알겠소. 닷새 안에 수수료를 납부하겠습니다."

연청의 말에 군관이 다시 못을 박았다.

"군영을 철수하지 않으면 열흘의 말미를 주겠지만 만일 군영을 철수하게 되면 한순간의 유예도 허용되지 않소. 그때는 대명부에 육백 냥을 납부해야만 석방될 수 있소."

그 군관은 금나라 군인인 척하고 있지만 사용하는 말씨로 보아 동경 사람임이 분명했다. 그래서 연청은 사정을 해보았다.

"은자 삼백 냥이 큰돈도 아닌데 지금 수중에 지니고 있지 않아서 그러니 사정을 좀 봐주시오. 우리가 같은 동경 사람인데 자비를 베풀어 주시구려."

"돈에 관해서는 털끝만큼도 사정을 들어줄 수가 없소. 만일 납부한 돈이 아깝거든 팔백 냥을 가져가도 좋소. 그 대신 이들 모녀가 대명부로 끌려가 고통을 겪어야 할 거요."

군관이 이렇게 말하자 곁에서 듣고 있던 양림은 분통이 터지며 눈에서 불꽃이 일었다. 화가 나서 당장 그자를 칼로 베어버리고 싶었다. 연청은 그를 설득할 수 없다는 것을 알고 두 모녀를 위로했다.

"정액을 납부한데다 여기 영수증을 받아뒀으니 걱정하지 마십시오. 닷새 안에 삼백 냥의 수수료를 마련해 오겠습니다. 만일 대명부로 가시게 되면 삼백 냥을 더 준비해 반드시 구해 드리겠습니다."

그는 품속에서 은자 닷 냥을 꺼내 부인에게 주며 말했다.

"이건 몸에 지니고 있으면서 필요한 일이 있을 때 사용하십시오. 음식을 사 드시든지요."

두 모녀는 연청에게 눈물을 흘리며 감사를 표했다. 그리고 안타깝게도 다시 수용소 안으로 끌려갔다.

영문 밖으로 나와서 양림이 한마디했다.

"그놈 말이야, 동경 출신이면서 어떻게 그럴 수 있지. 그 따위 허세를 부리며 괴롭히는 놈을 그냥 두고 봐야 한다니!"

"그런 소인배들은 말할 것도 없고 조정 대신들까지 얼마나 많은 사람들이 상황이 좀 바뀌었다고 변심해 버렸는가! 인심이 사나워지니 하늘이 재난을 내리고 서로 죽이게 만드는 것이겠지. 그건 그렇고 은자 삼백 냥을 어디 가서 마련한담!"

연청이 걱정하자 양림이 말했다.

"그건 어렵지 않네. 대원장께 말해 신행법으로 산채에 가서 변통해 오게 하세."

"나도 그런 생각을 해봤는데 문제는 닷새 내로 다녀와야 한다는 것이지. 기한 내에 도착하지 못할까봐 걱정되는군."

두 사람은 신이 나서 집을 나섰다가 풀이 죽은 무거운 발걸음으로 돌아왔다. 그들은 대종에게 푸념을 늘어놓으며 말했다.

"진짜 나쁜 놈들은 중국인들이오! 본래 금은을 모으게 된 것은 화의를 이루기 위해서일 거요. 이제 도성이 함락되고 두 황제는 물론 비빈들까지 온통 금나라 군영으로 끌려갔으니 화의 따위는 성립되지 않을 것이 뻔하지 않소!

은자를 미납한 인민들을 풀어줘도 되는데 금나라에 헌신하는 척 그들을 수용소에 보내 마지막 한 방울의 피까지 고혈을 다 짜내고 있단 말이오. 부과된 금액이 터무니없는 것은 그나마 참는다 해도 거기에 수수료 따위를 붙이는 게 말이 되오? 그러고는 눈을 부라릴 뿐 눈곱만큼도 사정을 헤아려주지 않는군요. 정말 울컥 화가 치밀더군요.

'사람을 구하려거든 끝까지 구하라'고 했지요. 하지만 여기서는 더 이상 돈을 마련할 방법이 없으니 수고스럽지만 원장님께서 음마천에 다녀와 주시오. 형제들에게 제가 한때의 의리 때문에 두 모녀를 돕고자 하는데 수수료 삼백 냥이 부족하다는 전말을 전해 주시오. 형제들의 도움으로 이 일을 멋지게 마무리하고 싶군요. 닷새 안에 다녀올 수 있을까요?"

"맨몸으로 다녀온다고 해도 시간에 맞추기 어렵네. 은자를 가지고는 신행법을 쓸 수가 없어. 하는 수 없이 말의 힘을 빌려야 하는데 닷새로는 절대 불가능하네."

대종이 낭패스러워하자 연청이 다시 말했다.

"만약 대명부로 옮겨가게 되면 다시 삼백 냥을 더 내야 됩니다. 아무래도 형제들에게 육백 냥을 빌려야겠군요. 원장님은 그 돈을 갖고 곧장 대명부로 와주시오. 대명부 성밖에서 우리 둘이 기다리겠소."

대종은 그렇게 하기로 하고 새벽에 길을 나섰다. 연청과 양림은 오후에 타모강으로 가서 군영이 아직 그대로 있는지 살폈다. 군영이 있던 자리는 텅 비어 있었다. 지난밤에 옮겨갔음을 알 수 있었다.

도군 황제와 흠종 황제, 육궁의 비빈, 문무 관료, 현금을 미납한 백성들, 납치된 부녀자들은 물론 금은보화까지 모두 북쪽으로 옮겨갔다. 군영이 있던 자리에는 사람의 시체와 마소의 분뇨가 가득해 악취가 코를 찔렀다. 연청은 슬픔을 억누를 수가 없었다. 이런 상황을 읊은 시가 있다.

송태조가 기틀 열어 은덕을 베푸니
세상은 평화롭고 아름다웠나니
진나라 회제처럼 다시 천한 옷 입고 술 따르는 욕을 당하매
강가에 선 시골 노인네 울음 삼키네

"금나라 본영이 이미 철거되었으니 이곳에 있어 봤자 헛일이네. 도성으로 가서 성안의 형편을 살펴보세. 내일 대명부로 떠나도 늦지 않으니까."

연청의 제안에 양림이 화답했다.

"좋지. 난리 뒤의 도성 모습이 어떤지 구경이나 하세."

두 사람은 어슬렁어슬렁 걸어서 선화문을 통해 성안으로 들어갔다. 집들은 스산하기 이를 데 없고 거리를 다니는 행인은 거의 보이지 않았다. 상가는 모두 문을 달아 살풍경스러움만 내뿜었다. 대궐 누각은 의연한 모습으로 높이 솟아 있건만 아침 종소리, 북소리에 맞춰 대전에서 문무백관의 조례를 받는 사람은 조씨 성을

가진 송나라 황제가 아니다.

연청은 비감한 마음이 들었다. 거리 모퉁이를 두 개쯤 돌아 노이원외 집 앞에 와서 보니 집은 이미 불에 타서 잔해 더미만 남아 있었다. 이웃집들도 태반이 불에 타고 다른 곳으로 피난간 상황이었다. 슬픔이 더욱 북받쳐 올랐다.

"배가 고픈데 먹을 걸 살 곳이 보이질 않는군. 이제 날도 저물어 가니까 성을 나가세."

양림의 말에 따라 그들은 방향을 돌려 백 걸음쯤 걸었다. 그때 옷자락으로 두세 되의 쌀을 싸서 안고 오는 남자가 보였다. 뜻밖에도 노이원외 집의 청지기 노성이었다. 그의 얼굴을 알아본 연청이 노성에게 큰 소리로 말했다.

"이보게, 집이 언제 저 모양으로 불에 타버렸는가?"

노성은 연청을 보더니 펑펑 울며 대답했다.

"나으리! 주인님은 비참하게 돌아가셨습니다. 부인과 아가씨는 금나라 군영으로 끌려갔고요. 제가 찾아갔지만 군사들이 들여보내주질 않아 어떻게 지내시는지 소식도 모릅니다. 금나라군이 군영을 옮기는 바람에 대명부로 끌려갔다는 소문이니 아마 목숨은 보전하고 있을 겁니다.

여기 집은 성이 함락될 때 불에 탔습니다. 가재도구고 뭐고 아무것도 남은 게 없습니다. 저는 뒷골목에 셋방을 얻어 지내고 있습니다. 수중에 지닌 돈이 있어야지요. 허기진 배를 달래려고 헌 옷을 가지고 나가서 겨우 쌀 석 되를 바꿔 오는 참입니다."

이야기를 나누는 중에 갑자기 소나기가 퍼붓기 시작했다.

"아무래도 저희 집으로 가서 잠시 비를 피하시는 게 좋겠습니다."

노성이 이끄는 대로 연청과 양림은 서둘러 뒷골목으로 달려갔다. 노성이 문을 열어젖힌 집은 단칸 오두막집이었다. 다리 하나가 성하지 못한 걸상에 걸터앉으며 연청이 말했다.

"부인과 따님이 금나라군 군영으로 끌려가는 것을 보고 부족한 은자 팔백 냥을 납부하고 여기 영수증도 받아두었네. 대명부에서 석방되려면 육백 냥의 수수료가 더 필요하다고 해서 돈을 빌리러 사람을 보냈네. 내일은 두 분의 신병을 인수하러 대명부로 갈 예정이네."

연청의 말에 노성이 감탄했다.

"참 대단하십니다. 저 같은 경우는 마음뿐이지 한 푼이라도 어디서 구할 데가 있어야지요."

비는 그치지 않고 하늘이 어둑해졌다, 성문을 나갈 수 있는 상황이 아니었다. 연청은 은자 두 냥을 꺼내 노성에게 건네며 술을 좀 사오라고 했다. 그러면서 말을 덧붙였다.

"여기서 하룻밤 보내고 내일 아침에 성을 나가야겠네. 그런데 여기서 고생하고 있을 바에는 자네도 나와 함께 대명부로 부인과 따님을 맞이하러 가는 것이 어떻겠는가?"

"저야 부인을 꼭 만나 뵙고 싶은데 그렇게 해주신다니 감사합니다."

이렇게 대답한 노성은 이웃집에 가서 술병을 하나 빌렸다. 잠시 후 그는 술과 삶은 양고기 한 덩이를 들고 돌아왔다. 그들은 술을 데워 밥, 고기와 함께 먹었다. 침구가 없어 편히 잘 수 없었기 때문에 연청과 양림은 걸상에 걸터앉아 꾸벅꾸벅 졸다가 새벽을 맞았다.

노성에게 특별히 챙겨야 할 가업이 있는 게 아니어서 세 사람은 곧바로 성을 나와 연청의 집으로 갔다. 연청은 몇 가지 필요한 물건과 의복 따위를 싸서 두 개의 봇짐을 만들었다. 그는 심부름하는 두 소년을 불러 나이가 많은 소년에게 짐을 메고 자신을 따라오라고 했다. 그 마을에 사는 어린 소년에게는 집을 돌보게 했다. 소년의 부모도 그 집에 와서 지내며 함께 집안일이며 논밭을 관리해 달라고 부탁했다.

네 사람은 모두 금나라 옷으로 갈아입었다. 양림은 박도를 챙겨 들었다. 연청은 요도를 차고 활을 둘러멨다. 노성과 소년은 각각 봇짐을 하나씩 메고 나섰다.

이렇게 며칠 동안 길을 가는데 가랑비가 그치지 않고 계속 내렸다. 길이 진흙탕이 되어 걷기가 몹시 힘들었다. 또 여기저기서 도적들이 출몰해 행인들의 짐을 빼앗곤 했다.

'남자도 걷기 어려운 이런 진흙탕 길을 걸어가느라고 부인과 따님이 얼마나 힘들었을까? 규정액만 납부하면 방면해야지 수수료까지 납부하는 게 관행이라니! 인심이 이렇게 흉흉하니 하늘도 심술을 부려 툭 하면 환란이 일어나고 사람의 목숨이 파리 목숨처럼 줄줄이 스러지는 게지.'

어느 날 하늘이 맑게 갰다. 음력 오월이라서 날씨가 몹시 더웠다. 연청과 양림은 빈손이었지만 노성과 소년은 짐을 지고 있어서 걸음이 뒤처졌다. 오백 미터 가량 앞서가던 연청과 양림은 작은 언덕을 오르느라 숨이 가빠지자 소나무 아래 앉아 쉬면서 두 사람이 오기를 기다렸다.

한참이 지나도 그들이 오지 않자 연청과 양림은 길을 되돌아 언덕 밑으로 내려갔다. 그때 노성이 맨몸으로 헐레벌떡 달려오는 것이 보였다. 그는 연청을 보고 말했다.

"큰일났어요! 소년이 노상강도한테 당했어요! 저도 죽을 뻔한 것을 짐을 버리고 겨우 도망쳤습니다!"

연청이 놀라서 물었다.

"어디서 당한 거지?"

"동쪽에 있는 사당 근처입니다. 소년이 앞장서 걷고 있는데 갑자기 두 남자가 뛰어나와 몽둥이로 내려쳤어요. 깜짝 놀라서 짐을 벗어던지고 달려온 것입니다."

연청과 양림은 사당 근처로 가보았다. 과연 소년이 머리가 깨져 죽은 몸으로 땅바닥에 누워 있었다.

"이런 불쌍할 데가 있나! 여러 해 동안 내 곁에서 고생했는데 이렇게 비명횡사하다니! 아주 총명한 아이인데 누가 이유도 없이 죽였단 말이냐! 무슨 일이 있어도 반드시 이놈들을 붙잡아 원수를 갚겠다!"

연청은 분을 삭이며 말했다.

"사당 뒤에 구덩이를 깊이 파서 잘 묻어주세. 몸이 밖으로 드러나지 않도록."

양림과 노성은 시신을 사당 뒤로 옮긴 다음 평평한 땅 한 곳을 골랐다. 괭이가 없기 때문에 양림이 박도를 꺼내 땅을 파기 시작했다. 일 미터 정도 깊이로 흙을 파내고 나서 구덩이 속에 소년을 뉘었다. 그 위에 흙을 덮고 큰 돌덩이 두 개를 주워다 올려놓았다. 혹시라도 들짐승이 훼손하지 않도록 하기 위한 조치였다. 이윽고 매장 작업이 끝나자 연청이 걱정스러운 듯이 말했다.
"의복이며 돈이며 모두 없어져 버렸으니 어떡한담?"
"내게 은자 몇 냥이 있네."
양림이 안심시키자 연청이 말했다.
"그렇다면 빨리 서둘러 숙소를 잡아야지."
그들은 사당 앞 큰길로 내려섰다. 바로 그때 갑자기 모래바람이 일며 징소리와 북소리가 울려 퍼졌다. 동시에 한 무리의 객상이 달려오며 소리쳤다.
"큰일났소! 금나라 대군이 지나가면서 닥치는 대로 살인을 저지르고 있소! 얼른 피하는 게 상책이오!"
연청과 양림도 급히 몸을 돌려 나무가 울창한 숲속으로 피했다. 몸을 숨긴 채 금나라군이 지나가는 모습을 살피자니 이어지는 대오가 끝이 없었다. 깃발을 높이 쳐들고 삼엄한 병장기를 번뜩이며 보병과 기병이 번갈아 지나가는데 행군 대열에서 일어나는 모래 먼지로 하늘이 새까맸다.
"십만 대군이 다 지나가려면 내일이 되어도 안 될 것 같은데…. 이런 곳에 오래 있을 수도 없고. 놈들에게 들키면 목숨이 위태로울 테니 대명부로 가는 샛길을 찾아보세."
연청의 말에 따라 그들은 숲속으로 난 오솔길을 따라갔다. 오리 정도 길을 걸으니 작은 마을이 나오고 주막집 깃발이 보였다.

양림이 주막집 문을 열며 말했다.

"일단 술이라도 한잔 하고 보세. 길도 물어볼 겸."

주막집 안으로 들어선 그들은 우선 술을 주문하면서 물었다.

"요깃거리가 될 만한 게 뭐가 있소?"

"전쟁통이라서 소를 잡지 못해 소금에 절인 콩밖에 없습니다."

종업원이 술 세 사발과 삶은 콩 한 접시를 날라왔다. 술을 마시며 연청이 물었다.

"여기서 대명부로 가는 샛길이 있소?"

"산길이 하나 있어요. 큰길로 가는 것보다 백 리 정도는 가깝지요. 하지만 길이 너무 험해서 걷기가 힘들어요. 여기서 오 리만 가면 금계령이고 고개 너머 마을은 야호포라는 곳인데 거기서 대명부까지는 하룻길입니다."

종업원의 말을 듣고 난 연청은 빨리 떠날 것을 재촉하였다.

"그렇다면 빨리 떠나세. 오늘은 야호포에서 묵는 걸로 하지."

양림은 곧장 일어서서 술값을 계산하였다. 밖으로 나온 일행은 바삐 걸음을 옮기기 시작했다. 과연 오 리쯤 가니 금계령이 나오는데 그 모습이 자못 험준했다. 세 사람은 멈춰서서 천둥치는 듯한 소리에 귀를 기울였다. 얼핏 해서는 무슨 소리인지 알기 어려웠다.

원수가 외나무다리에서 만나니 하늘 법도가 엄중해서이며
군영에서 벌인 논쟁 덕에 옛 벗을 만나니 기쁨이 크도다

제25회
대명부 범의 소굴에서 관승을 구출하다

 연청의 짐을 지고 있던 소년이 노상강도의 몽둥이에 맞아 죽자 양림과 노성은 죽은 소년을 사당 뒤쪽에 묻어주었다. 바로 그때 금나라 군대가 지나가는 까닭에 큰길로 가지 못하고 술집 종업원에게 길을 물어 샛길을 택했다.
 금계령 아래 이르자 천둥치는 듯한 소리가 들렸다. 높은 산봉우리 위에서 아래로 떨어지는 폭포수가 만들어내는 소리였다. 바위가 움푹 패인 연못 위로 떨어진 폭포수가 아래로 미끄러지듯 흘러가지 못하고 부서진 돌무더기에 막혀 격랑을 일으킨 까닭에 그런 큰 음향을 내게 되었다. 고개를 오르기 시작하려는데 커다란 무덤 옆에서 두 남자가 서로 맞잡은 채 싸우고 있었다.
 "이 인륜도 모르는 금수 같은 놈아, 형수를 덮치는 놈이 사람이냐? 게다가 오늘 빼앗은 물건을 왜 혼자 독차지하려는 거냐?"
 한 놈이 이렇게 떠드니까 다른 놈도 큰 소리로 대들었다.
 "개 같은 소리하고 있네. 무슨 형수라는 거야! 빼앗은 계집이니까 당연히 공용이지. 그리고 오늘 빼앗은 보따리 두 개는 내가 그놈 머리를 박살내고 손에 넣은 것이니까 내가 더 챙기는 것이 당연하지.”

양림이 고개를 갸웃하며 말했다.

“저 두 사람의 말이 좀 수상한데.”

그러자 그들의 얼굴을 찬찬히 바라보던 노성이 말했다.

“저기 얼굴에 흉터가 있는 놈이 소년을 죽인 놈이에요.”

양림은 박도를 빼들고 그들 앞으로 나서며 호통을 쳤다.

“이 쥐새끼 같은 좀도둑놈들아! 우리 일행을 죽여 놓고는 여기서 빼앗은 물건을 가지고 다투고 있구나! 내 칼을 받아라!”

두 사람은 양림을 보더니 멱살 잡은 손을 놓고 달아나기 시작했다. 멀리 달아난 놈이 먼저 쓰러졌다. 양림은 가까이 있는 놈을 칼로 베어 버렸다. 놈은 머리를 바닥에 부딪치며 고꾸라졌다. 먼저 쓰러진 놈은 연청이 쏜 화살에 가슴을 맞고 선혈을 토하며 죽었다.

묘지 앞쪽에는 사당이 하나 있었다. 양림이 사당 입구를 밀고 들어서자 그들의 봇짐 두 개가 그곳에 놓여 있었다. 봇짐은 풀어헤쳐진 모습이었다. 그리고 한 부인네가 침상 뒤쪽에 몸을 숨기고 있었다. 양림이 끌어내자 여자는 무릎을 꿇고 사정했다.

“저는 도둑놈의 아내가 아닙니다. 성안에서 관리를 지내는 분의 묘지기입니다. 남편은 이름이 정대라고 하는데 우리 부부는 가까이에 사람이 살지 않는 이 외딴 곳에서 살았습니다. 그 도둑놈들은 낭부, 낭귀라고 하는 형제인데 어디 사는 자인지는 모릅니다.

어느 날 밤중에 몰래 침입해 남편을 죽이고는 둘이서 돌아가며 저를 차지했습니다. 낭귀는 항상 형에게 대들었는데 오늘은 빼앗은 이 봇짐 때문에 둘이 싸운 것입니다."

"시골 부인네이니 절개도 잘 모를 터. 나무랄 수도 없고 아무튼 용서해 주겠소. 그런데 놈들이 들이닥친 것은 언제쯤이오? 돌아가 의탁할 곳은 있소?"

연청의 물음에 부인이 대답했다.

"한 달도 안됐습니다. 놈들은 저를 방에 가두어 열쇠를 채우고는 밤에 도둑질하러 가곤 했습니다. 오라버니가 한 명 있는데 성 안에 삽니다. 난리가 일어나는 통에 오랫동안 왕래가 없었지만 자유로운 몸이 되면 찾아가 봐야지요."

연청은 이미 해가 기울어가는 것을 바라보며 물었다.

"이 금계령을 넘어 야호포까지 거리가 얼마나 되오?"

"칠팔십 리쯤 됩니다. 하지만 재를 넘는 산길에 호랑이와 늑대가 많아서 늦은 시간에 올라가면 안됩니다."

부인의 말을 듣고 연청이 양림에게 말했다.

"이미 날이 저물어서 오늘은 가기 어렵겠군. 객줏집에 가서 자고 내일 고개를 넘기로 하세."

그러자 부인이 말했다.

"나으리들께서 도둑놈들을 죽여주신 덕분에 남편의 원수를 갚을 수 있었습니다. 저도 내일은 오라버니를 찾아 떠나려고 합니다. 무서워서 더는 이곳에 있을 수가 없습니다. 두 분 나으리께서는 이곳에서 쉬시지요. 저 도독놈들이 사냥꾼 출신이라서 소금에 절

여둔 고기가 있으니까요."

"우리도 좋은 사람이 아니니까 조심하는 게 좋을 텐데 그러시오."

연청이 웃으며 농을 건네자 부인이 말을 받았다.

"보아하니 점잖은 군자이신데 어찌 저런 도둑놈들하고 비교하겠습니까?"

"그놈들이 우리 일행 하나를 때려죽이고 이 짐을 빼앗았소. 큰 길에 금나라군이 지나가는 바람에 샛길을 택하게 되고 덕분에 그 아이의 원수를 갚았으니 이는 하늘의 도리가 분명하오."

이렇게 말한 후 연청은 노성에게 도둑놈들의 시체를 처리하라고 말했다. 연청과 양림은 폭포 밑에 가서 시간을 보내다가 한참 만에 돌아왔다. 부인이 소주 두 병과 노루고기, 토끼고기, 꿩고기 등을 차려놓고 기다리고 있었다.

그들은 배불리 먹은 다음 사당 바닥에 풀짚단을 깔고 잠을 잤다. 다음날 아침에 부인이 다시 아침밥을 차려주었다. 밥을 먹고 나서 양림이 말했다.

"오늘은 내가 이 짐을 져야겠군."

부인은 다시 한 번 정중히 감사를 표했다.

연청을 비롯한 세 사람이 금계령 고갯마루에 올라 내려다보니 금나라군의 행렬은 아직 끝이 나지 않은 상태였다. 한참을 바라보다가 급히 산을 내려가 야호포에 도착한 것은 날이 저물 무렵이었다. 양림이 주위를 둘러보며 말했다.

"전에 이곳에 왔을 때는 꽤 번화한 곳이었는데 병화 때문인지

문을 연 가게가 하나도 없군. 오늘밤은 어디서 묵는담!"

야호포에는 병영 하나가 진을 치고 있었다. 지키는 군사의 수효는 오륙백 명쯤 되었다. 양림과 연청이 금나라 복장을 하고 있는 것을 본 병사들이 달려왔다. 그들은 매가 제비를 채가려 달려들 듯 연청 일행을 붙잡으려 하였다. 양림이 대항하려는 것을 연청이 고개를 흔들며 말했다.

"그만 두게. 가서 무슨 연유인지 알아보세."

세 사람은 병영 안으로 끌려갔다. 머리에 쪽빛 비단 두건을 두르고 용무늬가 어깨를 감싼 초록 비단 전투복을 입은 한 노장군이 정면 단상에 앉아 있었다. 금속 고리를 이어 만든 허리띠를 차고 튼튼한 가죽 군화를 신었는데 허연 수염은 촉나라의 황충 장군을 방불케 하고 검붉은 얼굴빛에서는 오나라 충신 오자서의 충심이 묻어났다.

당청에 앉은 노장군의 양옆에는 도부수가 도열하였다. 몹시 위엄이 넘쳐흘렀다. 부관이 아뢰었다.

"세 명의 첩자를 붙잡아 왔습니다. 처분을 내려주십시오."

"얼마나 뻔뻔스러운 놈들이기에 첩자 노릇을 한단 말이냐!"

노장군이 꾸짖자 연청이 대답했다.

"우리는 첩자가 아니라 재난을 당한 양민입니다."

노장군은 크게 노하여 탁상을 치며 호령했다.

"너희가 만약 금나라 사람이라면 용서할 수 있다. 하지만 이 나라 백성이라면 용서할 수 없다. 군영 바깥으로 끌고 가서 참수한 뒤 보고하라!"

도부수들이 달려들어 끌고 가려는데도 연청은 전혀 두려워하는 기색 없이 말했다.

"우리는 죽는 것이 두렵지 않소. 죽이려거든 죽이시오. 하지만 이 나라 백성이라면 용서할 수 없다는 말이 이해가 되지 않습니다."

노장군은 웃음을 머금으며 말했다.

"금나라 사람이 자기 나라 제도를 따르는 것은 당연하다. 하지만 송나라 백성이라면 역대 황제의 은혜를 입었을 것이다. 그에 보답할 생각은 하지 않고 금나라군을 보자마자 앞다퉈 투항하고 복장까지 바꾸어 입으며 오히려 백성들을 위협했다면 어찌해야 겠느냐! 이런 놈들을 죽이는 게 옳으냐 살려두는 게 옳으냐?"

연청도 웃으며 말했다.

"장군께서는 하나를 알고 둘은 모르십니다. 나라에서 군대를 두는 것은 백성을 지키기 위해서입니다. 적국이 국경을 침범하면 충량한 군사는 마땅히 국토를 방어해 인민을 안도시켜야 이치에 맞는 것입니다. 그러나 교만하고 나태한 군대는 평소 큰 봉록을 받다가도 적을 호랑이처럼 두려워해 감히 맞서지 않습니다. 그래서 급기야 도성은 함락되고 두 분 황제께서 몽진하는 화를 당하고 말았습니다.

싸우러 나간 수많은 장수들이 무기를 내던지고 적에게 귀순해 버리지 않았습니까? 노장군께서는 지금 가슴에 충의의 마음을 새긴 채 송나라의 기치를 세우고 계시지만, 그럼에도 황하 주변을 맴돌 뿐 군대를 진격시키지 않고 있습니다. 황제의 수난을 앉아서 지켜만 본다면 크게 보아 오십보백보일 뿐입니다.
지금 세상에서 우리 같은 백성이 어떻게 살아야 하겠습니까? 장군께서는 난민을 긍휼히 여기기는커녕 오히려 벌을 주려 하십니다. 어찌 남을 책망하는 데는 밝고 스스로의 잘못에는 어두운 것입니까?"

노장군은 연청의 말이 사리에 맞으므로 무어라고 대답할 말이 없었다.

"한 가지 물어보겠다. 자네는 어디 출신의 누구인가? 여기 온 것은 무슨 일 때문이고?"

"동경 출신인데 대명부로 잡혀간 친척을 구하러 가는 길입니다. 성명을 숨김없이 사실대로 말씀드리면 저는 양산박에 있던 낭자 연청이라고 합니다. 일찍이 초안을 받고 나와 조정을 위해 방랍 정벌에 공을 세우기도 했습니다."

"그러면 양산박 일원이었던 사진이란 사람을 아는가?"

"구문룡 사진은 천강성의 한 사람인데 대의를 받들어 양산박에 가담했다가 방납 토벌 때 나라에 목숨을 바쳤습니다."

노장군은 부관에게 지시했다.

"가서 능장군을 좀 오라고 하게. 와서 확인할 게 있다고."

얼마 지나지 않아 한 장수가 나타났다. 그는 연청을 보더니 갑자기 큰 소리로 외쳤다.

"아니, 연청! 자네가 여기 웬일인가?"

그러자 노장군이 황망한 모습으로 뜰 아내로 내려와 예를 갖추었다.

"존함을 들은 지 오래요. 조금 전의 무례를 용서해 주시오."

연청은 곧바로 노장군에게 예를 취했고 그 장수와도 정식으로 인사를 나누었다. 그 장수는 다름아닌 굉천뢰 능진이었다. 능진은 양림과도 인사를 나누었다.

"이분은 누구시오?"

노장군이 묻자 능진이 대답했다.

"제 결의형제인 금표자 양림입니다."

노장군은 연청과 양림을 상석에 앉혔다. 능진이 서로 못본 동안의 일을 묻자 연청은 오래도록 은둔 생활을 하고 있던 일부터 타모강에서 도군 황제를 알현해 감람과 귤을 헌상하고 부채를 하사받은 일, 대명부로 노이 부인을 구하러 가는 일까지 이야기하고 나서 노장군에게 말했다.

"아까는 노장군께 무례한 말씀을 드렸습니다. 용서해 주십시오."

그러자 노장군이 말했다.

"아니오! 귀하의 영민함과 조리 있는 말씀은 과연 명불허전이오. 또한 임금께 충성하는 마음과 벗을 위한 마음이 참으로 존경스럽소. 나는 구문룡 사진의 사부이자 동경 팔십만 금군의 교두 왕진이외다.

고구란 자가 죽은 제 아비의 한을 푼다며 보복하려 하기에 노충 경략상공이 계신 곳으로 피신했는데, 몇 번 전공을 세웠더니 병마지휘사를 제수하더군요. 근왕군을 이끌고 동경으로 갔는데 성상께서 양방평에게 이만 군사를 내어주며 황하 수비를 맡겼다오.

우리들 지휘사 열 명도 황하 나루를 방어하게 되었지요. 그런데 뜻밖에 왕표가 요충지를 적에게 내주어 금나라군이 황하를 건너는 바람에 아군은 적을 막아낼 수가 없었소. 결국 전군이 궤멸되고 말았는데 나는 겨우 수백 명의 군사를 수습해 여기 머물고 있는 중이오. 진퇴양난의 상황이지만 기회를 보아 움직일 생각이오. 능장군은 양태감 본대에서 화약 총괄책임을 맡고 있다가 양태감이 패해 돌아가자 이곳에 머물고 있는 것이오."

"이곳은 방어하기에 좋은 험준한 지형이 아니라 사방이 적에게 노출되어 있습니다. 금나라 대군이 곧 도착할 테니 다른 곳으로 군영을 옮기는 게 좋을 듯합니다."

연청의 충고에 왕진은 감사를 표했다.

"알겠소."

왕진은 연회를 마련해 연청과 양림을 대접했다. 밤이 되자 연청과 양림은 능진의 막사로 옮겼다. 세 사람은 오래도록 서로의 생각을 털어놓으며 이야기를 나누었다.

다음날 아침 연청과 양림이 길을 떠나자니까 왕진은 몹시 아쉬운 모양이었다. 노성은 봇짐을 짊어지고 나섰다.

다음날 저녁 그들은 대명부에 도착하였다. 먼저 객줏집을 잡은 후 기다리고 있던 대종이 소식을 전했다.

"이응 형님이 부하들을 시켜 이곳까지 은자를 호송해 주었네. 도중에 꾸물거리지 않고 곧장 달려왔지. '대명부에 가족을 구하러 간다'고 했더니 다들 힘을 보태주었네. 두령들이 안부를 전하면서 일을 끝내고 나면 산채에서 만나자더군."

연청은 대종에게 거듭 고맙다는 인사를 전했다. 그날 밤은 객줏집에서 쉬었다. 이튿날 아침 연청이 노성한테 말했다.

"우리 셋이서 성안을 살펴보고 오겠네. 은자를 들여가려면 먼저 형편을 알아보는 게 좋을 테니까. 자네는 여기 남아서 짐을 잘 간수해 주게."

"연일 고생을 해서 좀 쉬고 싶네. 성안에는 둘이서 다녀오게."

대종이 객줏집에 남겠다고 하는 바람에 연청과 양림은 둘이서 밖으로 나갔다.

그런데 알리불의 대군은 대명부로 가지 않고 곧장 새북으로 돌아가 버렸다. 알리불은 분담금을 미납한 죄인들의 관리를 대장 달라에게 맡기면서 삼만 명의 병력으로 대명부를 지키게 했다.

대명부 태수 유예는 몹시 교활한 인간이었다. 송나라의 기운이 기울고 금나라가 위세를 떨치자 솔선해서 금나라에 귀순해 버렸다. 금나라의 권세에 빌붙어 영달을 꾀하려는 잔꾀였다. 유예가 능력있는 사람이라고 생각한 금나라는 하북 일대를 그에게 봉토로 내어주며 제나라를 세우게 하고 황제로 삼았다.

금나라는 자신들이 승리한 곳에서 왜 하남 지방을 장방창에게 내어주며 초제楚帝로, 하북을 유예에게 주며 제제齊帝로 삼았을까? 송나라는 이미 이백 년에 걸쳐 백성들에게 인덕을 베풀고 선정을 펼쳐왔다. 그런 까닭에 백성들의 마음이 여전히 송나라에 기울어 있어 인심이 금나라에 호의적일 수 없었다.

게다가 강왕이 즉위하자 하남, 하북 일대의 호걸들 가운데는 강왕과 호응하는 사람이 적지 않았다. 그러므로 빈껍데기뿐인 허

명으로 장방창과 유예를 회유해 그들에게 변방을 지키는 소임을 맡긴 것이었다. 또한 서로 싸우게 함으로써 나중에 어부지리를 얻으려는 속셈이었다. 참으로 교묘한 계책이었다. 하지만 장방창과 유예는 어리석게도 자신들이 우롱당하는 줄을 전혀 몰랐다.

유예는 자신이 존귀한 사람이 된 줄로 제멋대로 생각해 궁궐을 짓고, 백관을 임명하고, 황후와 세자를 세우는 일에 분주했다. 대명부 병마총관으로 있던 대도 관승은 마음속의 분노를 참을 수가 없었다. 관승이 관직을 반납하고 향리로 돌아가고 싶다는 뜻을 전하자 유예는 깜짝 놀랐다.

"짐은 하늘의 뜻과 인심을 받들어 하북 땅의 황제로 군림하게 되었소. 장군을 정남대원수로 삼아 송나라의 남은 뿌리를 쓸어버리려고 하는데 어째서 귀향하고 싶다는 것이오?"

"저희 선조 관우 장군께서는 한나라의 정통을 받들어 세우려 하셨기에 그 이름을 후세에 전했습니다. 제가 비록 재주는 부족하지만 두 임금을 섬김으로써 깨끗한 몸을 더럽히고 싶지는 않습니다."

관승의 답변을 들은 유예는 얼굴빛이 싹 변했다.

"그토록 충의심이 강한 사람이 어째서 양산박 도적의 패거리에 들어갔던가?"

"한때의 잘못이 있었으나 나중에 귀순해서 조정을 위해 공을 세웠습니다. 대인께서는 송나라의 은총으로 이곳을 다스렸으니 맡고 있던 땅을 굳게 지키며 상산 태수 안고경이 의병을 일으켜 당 황실을 재흥하려 했던 것처럼 해야지, 어찌하여 임금을 자칭해 후세의 비웃음을 사려 하십니까?

맹태후께서 조서를 내려 강왕이 보위를 잇게 되었습니다. 강왕이 제주에서 즉위하자 하남과 회북 땅이 모두 그 휘하에 들면서 군세를 크게 떨치고 있습니다. 장방창 또한 금나라의 명을 받아 초제로 등극하였으나 유수 종택이 군사를 거느리고 쳐들어가 장방창은 이미 주륙되고 말았습니다. 이렇게 되어서는 안되니 부디 심사숙고하시기 바랍니다."

관승이 말을 마치자 유예는 크게 화를 냈다.

"이런 대역무도한 놈! 네깟 놈이 누구를 가르치려는 게냐!"

유예는 관승을 큰길로 끌어내 목을 베라고 무사에게 명했다.

"어떤 놈이든 감히 짐의 명을 어기는 자가 있다면 그 본보기로 삼겠다!"

"기꺼이 죽음을 받아들이겠다. 나는 구천에 가서 태조를 위시한 황제들의 영혼을 만나볼 수 있지만 너같이 하늘의 도리를 거스르는 역적은 더러운 이름을 역사에 남길 뿐이다."

관승은 당당히 소리쳤다. 무사들은 곧장 관승을 설박해 끌고 나갔다.

유예가 크게 노하자 승상, 추밀 등이 함께 아뢰었다.

"관승이 비록 천하의 시운이 어떻게 돌아가는지 모르고 망언을 뱉었지만 하북의 뛰어난 장수로서 수많은 사람을 한꺼번에 당해낼 만한 용맹을 지녔습니다. 지금은 인재가 필요한 때이니 참수하는 것은 아까운 일입니다. 주상께서 잠시 화를 가라앉히고 그를 감금해 두시면 신들이 천천히 좋은 말로 설득하겠습니다. 자연히 폐하의 위엄과 덕에 감화될 것이고 나중에 쓸모가 있을 것입니다.

한나라 고조께서 일찍이 모반을 꾀하던 옹치를 제후에 봉함으로써 그 넓은 도량이 지금까지 칭송되고 있지 않습니까? 윤허해 주시기 바랍니다."

유예는 잠시 망설이다가 명을 내렸다.

"경들이 그렇게 주청하니 잠시 감금해 두기로 하겠소."

문무 대소 관리들이 유예의 명령을 받고 대전에서 물러나왔다.

성안으로 들어온 연청과 양림은 금나라군의 병영이 어디에 있는지 물어보려고 했다. 그런데 느닷없이 저잣거리에서 징소리, 북소리가 요란하게 울려 퍼지면서 도부수들이 한 남자를 형틀에 묶고 있었다. 그쪽으로 가까이 다가간 연청은 깜짝 놀라며 양림한테 말했다.

"저건 관승 형님 아닌가? 관승 형님이 대명부 병마총관인 걸 잊고 있었군. 어째서 형틀에 묶여 있는 것일까?"

무장한 병사가 에워싸고 있기 때문에 물어볼 수도 없어 애가 탔다. 형 집행관이 붉은 깃발을 흔들자 망나니가 관승을 무릎 꿇리려 했다. 그렇게 해야 목이 잘 잘리기 때문이었다. 관승은 거부하며 성난 목소리로 외쳤다.

"나는 일편단심 충절을 다할 것이다! 차마 역적한테 죽을 줄은 몰랐다! 하지만 죽은 후에 귀신이 되어서라도 역적을 없애 버리고 말겠다! 송나라의 신하로 살았으니 남쪽을 향해 형을 받을지언정 북쪽을 향해 무릎 꿇을 수는 없다."

집행관과 망나니 모두 관승을 충신으로 공경하고 또 평소의 친분도 있어 굳이 다그치지는 않았다. 둘러선 구경꾼들 모두 눈물을 흘렸다. 이러는 중에 대궐에서 유예의 명을 받은 관리가 말을 타고 달려오며 외쳤다.

"칼을 멈춰라! 폐하의 명이시다. 죄인을 동사에 감금하라!"

그러자 급히 묶인 밧줄을 풀고 무장병이 관승을 호위해 떠났다. 연청과 양림도 동사로 따라갔는데 관승을 안에 감금하고는 문을 닫아 버렸다. 더 이상 접근이 불가능해 간수에게 물었다.

"방금 형장에서 끌려와 수감된 사람은 누구입니까?"

간수가 답했다.

"그분을 모른다고요? 관우 장군의 후손으로 하북 병마총관이시라오. 충성스럽고 용맹해서 백성들이 모두 숭배하는 분이지요."

간수는 목소리를 낮추더니 말을 계속했다.

"유태수는 금나라에 귀순해 제제로 책봉되었는데 관총관이 바른말로 간언하는 바람에 유태수가 격노한 겁니다. 그래서 참수될 뻔한 것을 다행히도 사람들이 주청해 동사에 감금하게 된 거지요. 천지가 뒤집히는 이런 세상에서 정직한 사람이 살아남기는 어렵지요."

"그런 거였군요."

연청은 이렇게 응답하며 천천히 그곳에서 물러나왔다.

"아까 형이 집행되었더라면 달리 도와줄 방법이 없었지만 감옥에 들어갔으니 어떻게든 구해 낼 방법을 생각해야지."

연청이 무슨 방법이 없을까 고심하는데 양림이 말을 받았다.

"산채에 가서 군사를 데려오지 않으면 구해 내기 어려울걸."

"달라가 지휘하는 삼만 대군이 이곳에 있네. 성을 공격하기는 불가능해. 아무튼 기회를 보세!"

금나라군 병영 앞에 도착한 두 사람은 문 앞에 붙어 있는 방문을 보았다.

'구금된 사람의 미납금을 사흘 안에 완납하면 석방한다. 기한을 넘길 경우 신병 인수는 허용하지 않는다.'

문구를 읽고 나서 연청이 말했다.

"방문을 보았으니 들어가 물어볼 필요도 없겠네. 내일 은자를 가져오면 되니까. 한나절이 벌써 다 지나가 버렸군. 어디 가서 술이나 한잔 하세."

두 사람은 큰 술집으로 들어갔다. 이층으로 올라가니 먼저 와서 술을 마시는 일행이 테이블 하나를 차지하고 있었다. 한 사람은 금나라 군영에서 일하는 군관이고 나머지 두 사람은 하급관리 복장을 하고 있었다. 그들은 귓속말로 잠시 수군거리다가 군영 소속의 군관이 고의춤에 차고 있던 주머니에서 한 자 남짓한 목찰을 꺼냈다. 목찰의 겉면에는 많은 글자가 쓰여 있었는데 그것을 하급관리에게 보여주고는 다시 주머니에 집어넣었다. 하급관리가 대접에 술을 따라 군관에게 권하면 군관은 연거푸 술잔을 비우곤 했다.

연청과 양림은 그들의 맞은편 자리에 앉아 있었다. 종업원이 술과 안주를 날라와서 두 사람은 한참을 먹고 마셨다. 그때 하급관리 복장을 한 사람 하나가 연청의 얼굴을 유심히 바라보더니 말을 걸어왔다. 준수한 얼굴에 마른 몸매를 하고 있는데 나이는 서른 살 안팎으로 보였다.

"혹시 동경 옹구문 밖에서 털실 가게를 하는 미* 사장 아니시오?"

연청은 눈치가 빠른 사람인지라 얼버무리며 대답했다.

"그분은 제 친척입니다. 그런데 선생의 얼굴은 익은데 얼핏 생각이 떠오르질 않는군요."

"전수부 동쪽에 위치한 우피항 골목 세 번째 집이 우리집입니다. 성은 유가이고 개봉부청에서 구실아치 노릇을 하고 있지요. 내 친구가 사소한 일로 여기 구금되어 있는데 백방으로 손을 써서 겨우 목찰을 얻었소이다. 이 어른께 청을 드려 석방시키려는 중이지요."

대답을 듣고 있던 연청이 그에게 물었다.

"목찰이란 게 어디에 쓰는 겁니까?"

"금나라에서는 모든 결정에 문서를 사용하지 않습니다. 전량, 병마의 동원이나 중죄인 등을 처결할 때 목찰을 가지고 증명하는 겁니다. 목찰만 있으면 무슨 일이든 즉각 처리할 수 있지요."

"그것 참 간편하군요. 번거로운 문서 따위는 쓰지 않아도 되니 말예요."

군영 군관이 술을 많이 마신 탓인지 비틀비틀 일어서더니 밖으로 나가려 했다. 두 사람은 그를 붙잡으려고 하다가 그의 뒤를 따라 아래층으로 내려갔다.

연청이 보니 목찰이 마룻바닥 위에 떨어져 있었다. 연청은 목찰을 얼른 주워서 옷 속에 숨겼다. 군관이 고의춤 주머니에 넣는다며 그만 밑으로 떨어뜨리고 만 것이다. 목찰이 가죽에 싸여 있었기 때문에 그들은 마룻바닥에 떨어지는 소리를 듣지 못했다. 그리고 얼큰하게 취해 아래층으로 내려가 버린 것이다.

목찰을 주운 연청은 양림의 팔을 잡아당기며 곧장 아래층으로 내려갔다. 연청은 은자 한 냥을 꺼내 계산대 위에 올려놓으며 말했다.

"내일 올 테니 그때 계산합시다."

두 사람은 골목길을 뛰다시피 해서 성밖으로 나왔다. 무슨 일인지 영문을 알 수 없는 양림이 연청에게 물었다.

"그런 걸 손에 넣어서 뭘 어쩌자는 건가? 이렇게 급히 서두르는 건 또 뭔가?"

연청이 웃으며 대답했다.

"요긴하게 쓸 데가 있지. 내일 보면 알 수 있네."

객줏집으로 돌아온 연청은 대종에게 오늘 있었던 일을 이야기했다.

"유예가 제나라를 세우고 황제가 되었는데 그 밑에 병마총관으로 있던 관승이 충심으로 간언을 했던 모양이오. 격노한 유예가 관승을 포박해 참수형에 처하려는 것을 목격하고 오는 길이오. 우리로서는 구할 방도가 없었는데 다행히 몇몇 사람이 상주해 지금 동사에 감금되어 있소."

"우리가 몰랐다면 할 수 없지만 동사에 갇혀 있다니 가서 한 번 살펴보세. 옛 정을 생각해서 그래야 하지 않겠는가!"

대종의 걱정하는 소리에 연청이 말했다.

"지금은 찾아가봐야 아무 소용이 없고 기회가 있을 거요. 일이 잘 풀릴지 아닐지는 알 수 없지만, 우선 노이원외 부인과 딸의 신병부터 인수하고 봅시다."

다음날 아침 연청은 노성에게 은자를 짊어지게 했다. 그리고 양림과 함께 다시 금나라 군영으로 갔다. 타모강에서 돈을 받은 군관을 찾아 납부한 돈의 영수증과 함께 수수료 육백 냥을 한 푼도 모자라지 않게 내놓았다.

"이젠 다 됐지요?"

그러자 책임자가 대답했다.

"당신은 참 능력있는 사람이군. 분담금을 다 납부한 사람 가운데 미리 발행한 영수증을 지닌 사람은 여기서 신병을 인수하게 되지만 만약 영수증을 갖고 있지 않으면 영내에서 목찰을 수령한 다음 제왕부의 조회를 거쳐야 되오. 목찰을 발행하자면 일이백 냥의 은자가 더 필요하고 담당 관리에게 예물도 챙겨주어야 하오. 이처럼 번거롭기 때문에 돈을 다 내고서도 하는 수 없이 부모와 처자를 포기하곤 한다오."

"그 목찰은 분담금 미납자를 인수할 때만 사용하는 건가요? 아니면 다른 용도로도 사용할 수 있나요?"

연청의 질문에 군관이 대답했다.

"금나라에서는 목찰만이 유일한 증표요. 전량, 병마, 군사기밀은 말할 것도 없고 심지어 형장에 끌려가 처형되기 직전의 중죄인이라도 목찰만 보여주면 바로 풀려날 수 있소."

연청은 그 말을 듣고 마음속으로 은근히 쾌재를 불렀다. 군관은 은자를 수령한 다음 막씨 모녀를 데리고 나와 넘겨주었다.

부인은 연청을 보자마자 감격에 겨워 눈물을 흘렸다. 연청은 막씨 모녀를 수레에 태워 양림과 함께 객줏집으로 돌아왔다. 그리고 객줏집 안주인에게 부탁해 따뜻한 물로 목욕할 수 있게 해 주고 새 옷을 몇 벌 사서 갈아입도록 했다. 부인은 연청에게 다시 한 번 감사의 인사를 했다.

"세상에 둘도 없는 참으로 친절한 분이십니다. 우리 모녀의 목숨을 다시 살려준 은혜를 어떻게 갚아야 할지 모르겠습니다. 남편이 생전에 몇 번이나 사위로 삼겠다고 한 것을 거듭 사양했잖습니까? 우리 모녀는 이제 어디 기댈 데가 없는 몸입니다. 이렇게 된 이상 우리의 인생을 의탁할 수밖에 없으니 딸아이를 배필로 받아 주세요."

곁에서 이야기를 듣고 있던 노소저는 부끄러운지 얼굴 가득 홍조를 띠었다. 소저는 고개를 숙인 채 안쪽으로 들어가 버렸다. 연청이 말했다.

"그런 말씀을 듣고 보니 아무 사심 없이 한 일이 무슨 속셈이라도 있던 것처럼 비칠 수 있겠군요. 노이원외와 나눈 옛 정이 있는데 어찌 모른 체하겠습니까? 부인께서 그런 어려운 일을 당한 것을 보면 길거리에서 만난 사람이라도 의당 안타깝게 여길 것입니다. 제게 저축해 둔 돈이 조금 있었습니다만 그것으로 모자라 여기 두 분 덕분에 그럭저럭 잘 마무리할 수 있었습니다. 앞으로 노성이 두 분을 모시게 되면 자연스레 생활이 안정될 것입니다. 그때 가서 좋은 사윗감을 골라 부인께 평생 효도하도록 하겠습니다."

부인이 감사를 표하자 대종이 말했다.

"자넨 너무 고지식해! 부인께서 은혜에 보답하겠다는 걸 가지고 말일세. 하지만 오늘 결말지을 일은 아닌 것 같네. 양림과 우리 둘이 알아서 좋은 해결책을 찾아보겠네."

부인은 다시 고맙다는 인사를 하고 자리를 옮겼다.

"내일 아침 일찍 일단 산채로 가세. 전쟁통에 세상이 어지러우니 집안 식구들부터 돌보는 게 좋겠네."

대종이 이렇게 주장하자 연청이 말했다.

"물론 그렇게 해야지요. 하지만 하루만 더 있다가 관승을 구출해서 함께 갑시다."

연청은 생글생글 웃는 얼굴로 목찰을 꺼내 들었다.

"하늘이 도울 테니 이것만 있으면 구해 낼 수 있소."

대종이 목찰을 건네받아 들여다보니 전서체로 쓰인 글씨가 꽃이라도 흩뿌린 듯이 새겨져 있었다.

"이게 대체 무슨 물건인가? 이걸 갖고 어떻게 하겠다는 거야?"

"금나라 군영에서 일하는 군관이 떨어뜨린 것을 주운 것이오. 그가 목찰을 찾으러 돌아올까봐 술값 정산도 하지 않고 달려나왔소. 은자를 계산대에 던져놓고 부리나케 성문을 나왔단 말이오. 오늘 금나라 군영에서 다시 이 목찰의 정체를 확인했으니 내일 이걸로 계책을 꾸밀 수 있을 것이오. 개봉부 구실아치 유가가 무심코 목찰 이야기를 내뱉은 것은 관승이 살아날 운명이라는 거요. 그 사람들이 목찰을 잃어버려서 어찌 했는지는 우리가 상관할 바 아니오."

"자네는 정말 천강성 중의 천교성이 맞군! 이렇게 기지가 종횡

무진이니!"

양림이 감탄을 내뱉었다. 그들은 기쁨 속에서 편히 잠들었다.

다음날 연청은 금나라 군영의 군관으로 분장하고 성안으로 들어갔다. 대종과 양림은 수행원으로 분장했다.

미리 사정을 알아보니 유예가 비록 황제로 봉해졌다고는 하나 크고 작은 정무 일체는 금나라 달라의 승인을 받은 뒤에야 시행되는 상황이었다. 원활한 업무 연락을 위해 통사부라는 관서도 설치해 두고 있었다.

연청은 대종과 양림을 거느리고 당당한 모습으로 통사부로 들어섰다. 그는 유창한 금나라 말로 찾아온 용건을 말했다. 목찰을 보여주자 통사부 관리는 지체하지 않고 유예에게 보고하였다.

"달라 원수께서 관승이 용맹한 사람이라는 이야기와 그가 직무를 거부해 동사에 감금되어 있다는 말을 듣고 자신의 막하에서 중용하려고 한답니다. 아울러 그가 다시 반역하면 극형에 처하겠답니다. 지금 목찰을 휴대한 금나라 군영의 군관이 수행원 두 명을 거느리고 와서 기다리고 있습니다."

유예는 감히 달라의 요청을 따르지 않을 수 없었다. 그는 즉시 동사로 전령을 보내 관승을 금나라군에 넘기라고 지시했다.

얼마 지나지 않아 관승이 통사부에 도착했다. 연청은 다시 금나라 말로 관승에게 상황을 설명하였다. 하지만 관승은 전혀 말을 알아들을 수가 없었다. 관승이 뭔가 물어보려고 입을 우물거리자 연청은 큰 소리로 꾸짖었다. 그러자 통사관이 말했다.

"달라 원수께서 장군을 불러 중용하려고 특별히 이분을 보내신 겁니다."

"우리 집안은 조상 대대로 충의를 지켜왔소. 절대로 다른 성을 가진 임금을 섬기지 않을 것이오. 만일 작위나 봉록을 탐했더라면 유예의 노여움도 사지 않았을 것이오. 가본들 죽음이 있을 뿐이오!"

관승의 대답에 통사관이 다시 말했다.

"때로는 융통성도 있어야지요. 결기만 내세우면 안됩니다."

연청은 화가 난 체하며 관승을 잡아끌었다. 그들을 따라 방을 나서며 관승은 곰곰이 생각했다.

'이 사람들은 분명 대종과 양림, 연청이 아닌가. 세 사람 모두 벼슬을 하기 싫다고 했는데 어쩌다가 금나라에 귀순했단 말인가. 의지가 강하지 못한 자들이로군. 그런데 아무리 금나라에 고개를 숙였다고 해도 나를 보고도 그렇게 쌀쌀맞게 대하다니. 게다가 하필 세 사람이 함께 나를 데리러 오다니. 참으로 기괴한 일이로군.'

관승은 마지못해 그들의 뒤를 따라갔다. 하지만 그들은 금나라 군영으로 가지 않고 성문을 나와 버렸다. 객줏집에 도착하자 대종과 연청, 양림은 넙죽 바닥에 엎드리며 관승에게 절을 올렸다. 관승은 얼떨결에 답례를 하면서도 아직 무슨 영문인지 몰라 마음속에 의심이 가시지 않았다.

하늘로 손을 뻗어 구름을 잡는다 해도
끝내 피할 수 없는 재앙이 있나니

제26회
음마천 최후의 전투

금나라 군영의 군관으로 분장한 연청은 목찰을 이용해 관승을 구해 냈다. 객줏집으로 돌아와 인사를 나눈 뒤 대종이 말했다.

"관장군, 연청 아우가 천하를 훔칠 만한 묘계를 낸 덕분에 범의 소굴에서 벗어난 줄 아시오."

"나는 의롭게 이름에 먹칠을 하지 않고 죽을 각오였네. 그런데 세 사람은 왜 여기 있는 것인가? 또 어떻게 해서 나를 구해 주게 되었고?"

관승의 물음에 연청은 먼저 타모강에서 도군 황제를 배알한 일이며 길에서 만난 노이원외 부인을 위해 은자를 마련해 신병을 인수한 일을 설명했다. 이어서 말을 계속했다.

"그날 양림과 함께 성안으로 들어갔다가 형님이 형장에 묶여 있는 것을 보았지만 속수무책이었소. 동사에 감금된다는 것을 알고 뒤따라갔으나 안으로 들어가 보지도 못한 채 술집에 들러 술을 한잔 하게 되었지요. 금나라 군영의 군관이 술에 취해 떨어뜨린 목찰을 우연히 주웠기에 금나라 군관인 양 가장해 천행으로 형님을 데리고 나올 수 있었던 거요."

자초지종을 들은 관승이 감사해 하며 말했다.

"참으로 간난신고를 함께한 형제의 우의를 새삼 느끼네. 다시 살아난 은혜는 평생 잊지 않겠네. 연청 아우가 금나라 군관 행세를 할 때 너무 매몰차게 대해 마음이 크게 불편했는데 그런 속임수를 쓰고 있는 줄 누가 알았겠는가? 자네는 정말 충과 의를 겸비한 고금에 드문 인물이군. 그런데 이제 몸을 어디에 두어야 할지 모르겠군."

"걱정할 것 없소. 이응을 비롯한 형제들이 음마천에 모여 있으니까 내일 아침에 같이 갑시다. 참, 깜빡했는데 가족은 성안에 있는 거요?"

양림의 물음에 관승이 대답했다.

"자식은 없고 아내가 있을 뿐이네. 내가 잡혀간 것을 알고는 편지로 목숨을 끊고 싶다고 했는데…. 이 몸은 다행히 범의 소굴에서 벗어났지만 지금 어찌 아내까지 돌볼 여유가 있겠는가!"

"그런 말하지 마시오. 형수님께서 형님을 위해 절개를 지키려 했는데 당연히 챙겨야지요. 편지를 한 장 써주시오. 내일 한 번 더 성안으로 들어가서 모셔오겠소."

연청이 이렇게 말하자 관승은 얼굴을 펴며 말했다.

"그렇다면 얼마나 좋겠는가! 그런데 성문에서 부녀자는 성밖으로 보내주지 않는다네. 게다가 내 집 식구라는 것을 알면 더더욱 승낙하지 않을 걸세. 만약 일이 틀어지면 큰일 아닌가."

"이게 있잖소! 걱정할 필요없소."

연청이 목찰을 가리키며 장담하자 관승이 말했다.

"같은 방법을 다시 되풀이해서는 안되네. 이번엔 간파당할 것이 뻔하다고. 도저히 될 일이 아니야."

"이 목찰은 위조품이 아니거든요. 이걸 갖고 가는 사람이 가짜일 뿐. 하지만 동경 사람 중에 금나라에 투항해 그들 밑에서 일하는 사람이 허다하기 때문에 발각될 리도 없어요. 그냥 이렇게 얘기하는 거죠. 달라 원수가 장군에게 중책을 맡겨 군사를 이끌고 남쪽으로 가게 되어서 가족을 데려가는 거라고.

유예가 일일이 조사할 리는 없소이다. 게다가 이 목찰은 대단히 귀중한 것이오. 한 번 쓰고 버리라는 법은 없지요. 안전은 내가 보증하겠소."

연청의 말에 관승도 따르기로 했다.

다음날 아침 자리에서 일어난 연청은 다시 대종과 양림을 데리고 통사부로 갔다. 목찰을 꺼내 보여주면서 용건을 말했다. 그러자 통사관은 다시 유예에게 보고하였다.

"금나라 군영으로 간 관승은 그들의 요청을 감히 거절하지 못했다고 합니다. 달라 원수는 몹시 기뻐하며 관승을 정남장군에 제수하였고 관승은 삼천 군사를 거느리고 창덕부를 지키기 위해 떠난다고 합니다. 어제 왔던 군관이 다시 와서 목찰을 제시하며 관승이 가족과 함께 부임할 예정이니 성문을 통과시켜달라고 요청하였습니다."

"대단한 담력을 지닌 놈인 줄 알았더니 결국 순종하고 말았구

나. 금나라의 위광이 아니었다면 놈은 아직도 고집을 피우고 있을 것이다. 그자의 가족을 성밖으로 내보내 주어라."

유예의 지시를 받은 통사관은 출입허가증을 발급해 주었다. 허가증을 받고 나서 연청 일행은 관승의 집을 찾아갔다. 관승의 부인은 남편이 금나라 군영으로 끌려갔다는 말을 듣고 아랫사람을 시켜 소식을 알아보았다. 하지만 생사 여부조차 알 수 없어 몹시 번민하고 있었다. 마침 이런 참에 하인이 급히 뛰어들어오며 알렸다.

"지금 어떤 군관이 수행원 둘을 데리고 와서 마님을 뵙고 싶답니다."

부인이 대문간으로 나가니 연청은 잠자코 있는 가운데 양림이 입을 열었다.

"이분은 달라 원수의 분부를 받들고 오신 분입니다. 관장군께서는 금나라에 귀순해 정남장군의 직을 제수받았습니다. 창덕부 방어를 위해 군사를 이끌고 가게 되었는데 지금 성밖에서 부인을 기다리고 계십니다. 저희가 모시러 왔으니 얼른 가재를 수습해 떠나시지요."

부인은 비록 양산박에서 산 적은 있어도 남자와 여자가 거처하는 곳이 달랐기 때문에 연청 일행을 알아보지 못했다. 속으로 남편이 금나라에 귀순했을 리는 없을 텐데 하는 생각이 들면서도 그들이 말하는 이야기를 믿지 않을 수도 없었다.

부인은 안으로 들어가 먼길을 떠나는 데 필요한 몇 가지 물건과 귀중품 등을 챙겼다. 부인은 뒤꼍의 마구간에서 끌고 온 말에 올라탔다. 챙긴 짐은 네 명의 하인과 두 명의 계집종이 짊어졌다.

일동은 곧 성문 앞에 이르렀다. 양림이 문을 지키는 수문장에게 출입허가증을 보여주었다. 연청이 금나라 말로 설명하자 무슨 말을 하는지도 모른 채 얼른 통과시켜주었다.

일행은 곧 객줏집에 도착하였다. 관승이 크게 기뻐하는 것을 보고 연청이 말했다.

"다행히 일이 순조롭게 풀렸지만 우물쭈물하고 있을 시간이 없소. 형님은 오늘밤에 대원장과 함께 신행법을 써서 먼저 산채로 가시오. 이곳에서 오랫동안 관직에 있었던 데다 얼굴이 잘 알려져 있어 누가 알아볼까봐 걱정이오. 만일 실수라도 생기면 돌이킬 수가 없어요. 우리는 내일 수레를 빌려 출발하겠소."

"이 모든 것은 우리 옛 형제들이 세운 계책 덕분이오. 나는 오늘밤 먼저 떠날 테니 당신은 노이 부인과 함께 오시오."

관승은 자신의 부인을 안심시키고 나서 대종과 함께 먼저 길을 떠났다.

다음날 아침 연청은 말 한 마리와 수레를 몇 대 빌렸다. 관부인, 노이 부인과 딸, 계집종은 수레에 타고 짐보따리도 모두 수레에 실었다. 말은 연청과 양림이 교대로 타고 갈 예정이었다. 객줏집 주인에게 후히 사례하고 그들은 음마천으로 출발했다.

하룻길을 꼬박 간 끝에 야호포에 도착했다. 왕진의 군영은 흔적도 보이지 않았다. 빈 땅에 시체만 가득했다. 연청은 왕진의 군대가 패한 것으로 생각했다.

해는 이미 기울었건만 사람이 거주하는 집이라곤 하나도 보이지 않았다. 하는 수 없이 이십 리쯤 길을 더 갔는데 갑자기 천둥소리와 함께 큰비가 내리기 시작했다. 길은 어둡고 발은 미끄러워 한 걸음도 더 나아갈 수 없었다.

그때 문득 소나무 숲속에서 한 줄기 불빛이 눈에 띄었다. 어렵사리 가서 보니 그곳은 다름아닌 절이었다.

불전 안은 텅 비어 있었다. 여자들을 수레에서 내리게 하고 말은 뒷마당에 매어두었다.

양림은 승방으로 가 보았다. 희미한 등잔 하나가 벽에 걸려 있었다. 밖으로 새어나오는 불빛은 바로 그 등잔불이었다. 양림이 방으로 들어가 등잔을 집어들고 나오려는데 침상 위에서 누군가 신음소리를 내며 중얼거렸다.

"노승이 아파서 누워 있는데 누가 등불을 가져가는고?"

양림은 세대로 대답도 하지 않고 불전으로 돌아왔다. 그는 노성과 하인들에게 말했다.

"부엌에 가서 물이라도 좀 끓여오게. 말린 음식이라도 먹어야지."

조금 있으니 노성이 뜨거운 물을 가져왔다. 그들은 가져온 떡과 육포를 나누어 먹었다.

"불전에서 잠을 자기는 좀 불편하겠군!"

연청은 이렇게 말하고 나서 계집종을 불러 부인들을 동쪽 전각으로 모시라고 일렀다. 수레꾼, 하인 등은 불전의 서쪽 복도로 가 드러누웠다. 고된 하루였던지라 모두들 이내 잠이 들었다. 연청과 양림은 불전에 앉아 이런저런 이야기를 나누었다.

어느새 비가 그치며 하늘에 밝은 달이 떠올랐다. 휘영청 밝은 달을 바라보다가 졸음이 몰려와 눈을 붙이려는 순간이었다. 갑자기 밖에서 사람들의 발자국 소리가 들렸다. 도둑들인가 싶어 연청과 양림은 복도로 몸을 피하며 무기를 꼬나쥐었다.

연자창 틈으로 바라보니 두 장수와 십여 명의 건장한 사내들이었다. 모두 요도를 차고 등에는 활을 메고 있었다. 그들은 불전으로 오르다가 문득 걸음을 멈춰섰다. 한 장수가 달을 우러러보며 탄식했다.

"무슨 낯으로 노충 경략상공을 가서 뵌단 말인가! 연청이 사방이 적에게 노출된 곳이라며 군영을 옮기라고 권했는데…. 그 말을 즉각 실행하지 않아 패하고 말았으니 참으로 후회스럽구나. 한때의 명성도 다 물거품이 되고 말았도다. 다행히 딸린 식구도 없으니 스스로 목숨을 끊어 조정에 보답하는 것이 옳을 것이야!"

그러자 다른 장수가 그를 진정시켰다.

"천군만마 중에서 우리만 겨우 목숨을 건졌습니다. 그런데 어찌 이런 곳에서 명분없이 생을 마감한다는 말입니까? 몸도 마음도 지쳤으니 하룻밤 자고 나서 어떻게 할지 처신을 생각해 보시지요."

놀란 연청과 양림은 밖으로 뛰어나왔다.

"노장군, 멀리 내다보셔야 합니다. 연청이 여기 있소이다!"

연청을 알아본 왕진은 깜짝 놀라며 기쁨을 주체하지 못했다.

"이렇게 다시 만나다니 정말 반갑소. 자네는 참으로 선견지명이 있는 사람이오. 마침 군영을 옮기려고 하는데 유예劉豫의 아들 유예劉猊란 놈이 오천 인마를 거느리고 우리를 포위 공격했지 뭔가.

놈은 고계박에 있던 장신과 필풍이 이끄는 도적의 무리까지 회유해 공격에 가담시켰다네.

나와 능장군은 필사적으로 적진을 헤치며 빠져나왔지만 나머지 군사들은 모두 죽임을 당하고 말았네. 이젠 갈 곳조차 없는 신세가 되고 말았다네."

"강왕이 이미 남경에서 즉위해 사방의 호걸들을 불러 모으고 있으며, 종택 유수는 동경에서 하북과 하남의 회복을 꾀하고 있습니다. 저의 옛 형제들은 지금 음마천에 모여 있습니다. 음마천에 가서 며칠 머물다가 군사를 거느리고 남쪽에 있는 종유수 휘하에 가담해 송나라 중흥에 힘을 보태면 어떻겠습니까?"

연청은 이렇게 말한 뒤 능진에게 몸을 돌렸다.

"우리가 관승 형님을 구했는데 대종 형님과 함께 한발 앞서 산채로 갔네."

그러자 능진이 탄복하며 말했다.

"자네는 하는 일마다 정말 기상천외하군. 탄복하지 않을 수가 없네."

양림이 남은 떡과 육포를 가져왔다. 그것으로 허기를 달래며 그들은 새벽까지 이야기를 나누었다. 그리고 하인과 수레꾼들을 깨워 길 떠날 채비를 했다. 여자들을 수레에 태우고 말은 왕진에게 양보한 뒤 길을 재촉했다. 반나절 정도 여정을 계속했지만 가게다운 가게 하나가 없어 일행은 모두 주린 배를 움켜쥐어야 했다. 그때 모래 먼지가 피어오르며 한 떼의 병마가 그들의 뒤를 쫓아왔다. 유예가 보낸 추격병이었다.

말을 탄 삼백여 명의 군사들은 모두 가벼운 활에 짧은 화살로 무장한 채 바람처럼 달려왔다. 연청은 얼른 수레를 숲속으로 밀어 대피시켰다. 선두에서 달려오던 적병이 이를 보더니 소리쳤다.

"야, 이놈들아! 수레 속의 여자들을 얼른 바쳐라! 계집을 끼고 술 한잔 해야겠다!"

왕진 등은 크게 노해 저마다 요도를 빼들었다. 그러자 우두머리인 듯한 자가 비웃음을 띠며 말했다.

"네놈들은 겨우 열네댓 명에 지나지 않는다. 그 숫자로 우리와 맞서겠다는 거냐!"

연청이 쏜 화살이 날아가 그자의 이마를 꿰뚫었다. 놈은 찍소리도 못한 채 그대로 말에서 굴러떨어졌다. 양림은 다른 말의 다리를 베었다. 말에 탄 병사가 밑으로 고꾸라지는 것을 왕진이 한칼에 두 동강내 버렸다. 그것을 본 삼백 병마가 우르르 몰려들어 연청 일행을 포위했다.

몹시 위태로운 순간이었다. 이때 갑자기 쇄도해 오는 한 무리의 인마가 있었다. 앞장선 장수 하나가 쌍편을 휘두르자 유예의 군사들은 추풍낙엽처럼 나가떨어졌다. 급기야 그들은 사방으로 도망쳐 달아났다.

연청이 고개를 돌려 바라보니 이들은 호연작, 번서, 대종의 무리였다. 연청 일행은 크게 기뻐하며 말에서 내린 그들과 인사를 나누었다.

"이응 형님이 도중에 어려움이 있을 수 있다며 우리더러 군사 삼백을 이끌고 영접하라 하셨네. 우리가 정말 때맞춰 도착했군.

사상자가 나오지 않아 다행이네."

대종이 안도의 한숨을 내쉬는데 일행 속에 왕진이 있는 것을 본 호연작은 깜짝 놀랐다.

"왕장군, 장군께서는 여기 어쩐 일이시오?"

"호연장군, 장군과 함께 양류촌을 수비하던 왕표가 금나라군을 끌어들이는 바람에 아군의 진영이 모두 무너지고 말았잖소. 남은 병사들을 모아 야호포에 머물고 있었는데 유예의 공격을 받아 다시 패하고 말았소. 어젯밤 한 절로 피신했다가 이분들을 만나 동행하고 있는 것이오."

"나는 왕표란 놈 때문에 하마터면 목숨을 잃을 뻔했습니다. 음마천에 있는 형제들 덕분에 한동안 그곳에 머물고 있는 중입니다."

호연작은 연청, 능진과도 오랜만의 정을 나누었다. 그들은 임시 진영을 꾸린 다음 점심을 먹었다.

점심식사 후에 살펴보니 적병은 삼십여 명이 살해되었다. 주인 잃은 말 십여 마리가 주변을 배회하고 있었다. 일행은 거누어를 인 말 위에 올라탔다.

산채에 도착하니 이응을 비롯한 산채 식구들이 마중을 나왔다. 두령들은 곧 취의청으로 자리를 옮겨 상견례를 나누었다. 왕진을 상석에 앉히고 나머지 사람들은 순서에 따라 좌정하였다. 한동안 서로간의 그리워하던 회포를 푸는 데 여념이 없었다.

연청은 수레꾼들을 챙겨 돌려보냈다. 관부인과 노이 부인 등은 별채로 안내되어 이응 부인의 접대를 받았다.

이응은 축하 연회자리를 마련했다. 관승은 연청의 재주와 기지에 감복했다며 연신 칭찬을 늘어놓았다. 호연작도 거들었다.

"평소에 이 사람이 재주가 많고 기지가 뛰어난 줄은 알고 있었지만 그토록 충성스럽고 의리가 깊은 줄 다시금 깨달았소이다. 묘책을 내놓는 것이 신의 경지라서 우리처럼 저돌적으로 돌진이나 하는 사람들은 도저히 따라갈 수가 없지요."

다른 두령들도 앞다투어 연청을 칭찬했다. 연회는 사흘 동안이나 계속되었다.

한편 연청 일행을 뒤쫓다 삼십여 명의 군사를 잃은 추격병들은 돌아가서 유예에게 음마천 적도들 때문에 군사를 잃었으니 군사를 보내 토벌해 달라고 요청하였다.

그리고 요전날 동경 사는 유가와 함께 술을 마시다가 목찰을 잃어버린 금나라 군영의 군관은 황급히 술집으로 가서 목찰을 찾았다. 샅샅이 뒤졌지만 목찰은 발견되지 않았다. 원래 목찰은 한 번 사용한 후에는 바로 반납해야 했다.

목찰을 잃어버린 군관은 곤장 백 대의 처벌을 받았다. 함께 술을 마신 두 명의 관리는 군인으로 징집되었다. 그 술집도 적지않은 은자를 벌금으로 내게 되었다.

나중에 제왕 통사부에서 목찰 번호를 대조해 보니 같은 번호가 두 개 발견되었다. 그들은 비로소 관승이 도주한 것을 알게 되었다. 게다가 관승이 음마천에 있다는 보고가 올라오자 유예는 대로하였다.

당장 군사를 보내려고 하던 마당에 또다시 추격대가 큰 손실을 입었다는 보고가 이어졌다. 유예는 자신의 아들을 달라에게 보내 원병을 청함과 동시에 음마천의 도적들은 몹시 횡포한 자들이므로 반드시 박멸해야 한다고 건의했다. 그러나 달라는 이렇게 말하는 것이었다.

"양산박의 무리 중에는 지혜롭고 용맹한 자들이 많다고 들었는데 그들을 귀순시켜 중용해야겠소."

달라는 용장 독로에게 천 명의 기병을 내어주며 먼저 설득해 보고 안되거든 나중에 토벌하라고 일렀다. 유예가 달라의 명을 받고 돌아오자 그에게 항복한 필풍이 진언했다.

"제가 전에 용각산에서 그놈들한테 패한 바 있고 형님인 담화 스님 또한 살해당하고 만경사는 불에 탔습니다. 원한이 골수에 사무칩니다. 장신과 함께 제가 선봉이 되어 제왕부 군사 오천을 거느리고 산채를 소탕하게 해주십시오."

"그럼 두 사람이 선봉을 맡으시오. 나는 독로와 함께 후진에 서겠소. 하지만 상황을 보아가며 행동해야 함을 명심하시오. 날라 원수는 그들을 귀순시키고 싶어하니까 말이오."

유예의 승낙을 받은 필풍은 즉시 장신과 함께 위풍당당한 기세로 음마천으로 향했다. 필풍은 산채를 짓밟아 가슴에 쌓인 한을 풀고 원수를 갚겠다는 간절한 소망을 품었다.

음마천의 두령들이 주연을 즐기는 중인데 부하들이 달려와 보고했다.

"필풍이 담화의 원수를 갚는다고 고계박의 장신과 함께 오천 인마를 거느리고 오고 있습니다. 그 뒤에는 유예와 독로의 기병이

응원군으로 따르고 있다 합니다. 어서 전투를 준비해야 합니다."

이응은 두령들과 함께 방어 전략을 상의하였다. 주무가 의견을 제시하였다.

"고계박은 수나라와 당나라 시절에 이밀, 정교금 같은 도적떼가 웅거했던 곳이지요. 듣자니 장신은 대단히 용맹스러운 자라더군요. 게다가 금나라군이 뒤에서 조력하고 있으므로 적을 가볍게 보아서는 안됩니다.

우리는 먼저 산채 입구에 방책을 단단히 세운 다음 네 개 부대의 유격군을 편성해 상황을 보아가며 응전하는 게 좋겠습니다. 이응, 왕진, 관승, 호연작 네 분은 본대를 맡아 정면으로 적과 맞서고, 주동, 번서, 호연옥, 서성은 각기 유격군을 맡는 것입니다. 대종과 연청은 부대 사이를 오가며 연락 책임을 맡으면 좋을 것입니다."

이리하여 각자의 역할이 정해졌다. 막 산채 입구 여기저기에 방책을 세우는 일을 마무리할 즈음에 장신과 필풍의 군대가 도착해 양군이 대치하게 되었다. 개전을 알리는 북소리가 세 번 울리자 장신과 필풍은 말머리를 나란히 한 채 앞으로 나와 무기를 높이 쳐들며 외쳤다.

"도적놈들아! 어서 나와서 모가지를 내놓아라!"

이응, 호연작, 왕진, 관승도 일제히 말을 타고 앞으로 나섰다.

"이 야차 같은 양산박 놈들아! 감히 우리 형님을 죽이다니! 지금 대병을 거느리고 왔으니 어서 말에서 내려 결박을 받아라!"

필풍이 다시 욕지거리를 퍼붓자 이응이 큰 소리로 꾸짖었다.

"이런 무식한 좀도둑 같으니라구! 어디서 감히 허튼소리를 내뱉느냐! 그 까까머리 중놈은 온갖 간악한 짓을 저지르다 천벌을 받은 것이다. 너는 이미 나한테 패한 놈이다. 한밤중에 담을 넘어 겨우 목숨을 건진 놈이 또다시 죽으러 왔구나!"

화가 머리끝까지 난 필풍은 큰 칼을 내리쳤고 이응은 창으로 맞섰다. 이십여 합을 싸워도 승부가 나지 않자 장신은 참지 못하고 말에 박차를 가하며 뛰어나왔다. 장신이 양쪽에 날이 선 삼첨양인도를 휘두르며 협공하는 것을 관승이 청룡언월도를 들고 맞섰다. 네 마리의 말은 주마등처럼 서로 엉킨 채 빙글빙글 돌았다.

이응은 일부러 틈을 보이며 창을 늘어뜨린 채 달아나기 시작하였다. 필풍은 놓칠 수 없다는 듯이 말을 달려 그 뒤를 쫓았다. 이응은 창을 거두어들이며 슬그머니 단도를 손에 쥐고 던졌다. 날아간 단도가 필풍의 왼쪽 팔에 맞았다. 상처를 입은 필풍이 말머리를 돌리자 이번에는 이응이 뒤쫓았다. 장신은 필풍이 패주하는 것을 보고 말을 돌리려 하였다. 하지만 관승에게 가로막혀 빠져나갈 수 없었다.

산꼭대기에서 상황을 살피고 있던 능진이 연달아 호포를 쏘자 호연옥, 서성, 주동, 번서가 사방에서 쇄도하였다. 장신과 필풍은 서로 응원의 손길을 보낼 수도 없는 상황에 몰렸다. 급히 퇴각 명령을 내렸지만 병사들끼리 마구 짓밟고 짓밟히는 정경이 펼쳐져 천여 명의 병사가 목숨을 잃었다. 그들은 불에 탄 만경사까지 후퇴하였다.

유예와 독로는 이미 그곳에 도착해 있었다. 필풍이 패전 사실을 보고하자 유예가 말했다.

"내가 서두르지 말라고 일렀거늘 경거망동해 아군의 예기를 꺾어 버리다니! 우선 여기에 군영을 설치해야겠다. 달라 원수께서 먼저 설득해 보고 토벌하라 했으니 부장 한 사람을 보내 투항을 권고해야겠다."

음마천 두령들은 승리를 거두고 산채로 돌아가 다음 전략을 논의하였다.

"필풍이 패했다고는 하나 유예가 곧 공격해 올 것이 분명하므로 아직 일상으로 돌아가기는 어려울 것이네."

이런저런 의견들을 나누고 있는데 연락병의 보고가 들어왔다.

"제나라 태자 유예가 사자를 보냈습니다."

"무슨 꿍꿍이속일까?"

이응이 고개를 갸웃거리자 주무가 의견을 말했다.

"회유하러 온 것이 분명하오. 무슨 의도인지 들어보고 상황에 맞게 대처하되 화를 내거나 해서는 안됩니다."

사자로 온 부장은 원래 계주의 병졸로 있던 장보라는 자였다. 그는 한때 병관색 양웅이 답례품으로 받은 비단 등을 빼앗았다가 반명삼랑 석수에게 혼쭐난 적이 있었다. 정보는 금나라군이 계주에 들어와 어수선해지자 떠돌이들을 규합해 약탈강도 행각을 벌이다가 유예의 휘하로 들어갔다. 유예 밑에서 부장으로 있었는데 유예가 자신을 사자로 파견하자 장보는 아주 의기양양한 표정으로 나타났다. 이응이 장보를 보고 물었다.

"무슨 용건이 있어서 찾아온 것이오?"

"제나라 태자의 영을 받들어 왔소. 장군께서 오시면 높은 작위를 내리겠다는 말씀을 전하려는 것이오."

장보의 말에 이응이 대답했다.

"우리는 송나라의 신하로 이곳 음마천에 잠시 몸을 의지하고 있을 뿐이오. 제나라와는 아무 관계도 없는데 어째서 작위를 준다는 거요?"

"금나라는 하늘의 뜻과 세상인심에 따라 제나라를 세운 것이오. 하북 땅은 모두 그 관할에 속하니 이곳 음마천도 그 경내에 있는 것이지요. 장군 같은 천하의 영걸은 세상의 부름에 맞추어 공명을 세워야 할 것이오. 하늘의 뜻도 세상인심도 저버리는 것은 좋은 계책이 아니지요."

장보가 다시 권유하였다. 그러자 이응이 말했다.

"잠시만 기다리시오. 형제들과 상의한 다음에 회답하겠소."

이응은 장보를 산상으로 보내 감시하게 하였다. 그리고 두령들을 모아 상의했다. 왕진, 관승, 호연작, 주동 등이 이구동성으로 말했다.

"우리는 조정의 관직을 맡았던 사람들이지만 불행히도 적에게 패하고 말았습니다. 이곳에서 여러분을 만났으니 한마음으로 힘을 모아 먼저 대명부를 공격합시다. 유예를 쳐죽이고 하북 땅을 회복해야 합니다. 비록 들판에 묻히는 몸이 된다 해도 피할 일이 아닙니다."

그러자 주무가 자신의 의견을 말했다.

"여러분 장군들의 뜨거운 충심은 잘 압니다. 하지만 유예의 위세는 점점 커져가고 있습니다. 게다가 달라의 삼만 대군이 대명부를 지키고 있는데 어떻게 그들을 무너뜨릴 수 있겠습니까? 여기서 유예와 필풍의 군대를 하나도 남김없이 해치우는 것이 먼저입니다. 그런 다음 산채를 굳건히 지키며 종유수의 소식을 기다리다가 군사를 움직여야 합니다."

이번에는 연청이 나섰다.

"공격은 말할 것도 없고 여길 지키는 것도 쉬운 일이 아닙니다. 우리 군사는 삼천 명에 불과한데 종일 전투를 벌이다가는 피로에 지치고 말 것입니다. 만약 달라가 직접 군사를 몰고 오면 절대 지탱할 수 없습니다. 장보를 붙잡아 둡시다. 그러면 유예는 화를 이기지 못하고 쳐들어올 것입니다. 장군들은 이렇게 이렇게 해주십시오. 그러면 승리는 틀림없을 것입니다. 그 다음에 군대를 남쪽으로 옮겨 종유수 휘하에서 송나라의 중흥을 돕는 것이 상책일 것 같습니다."

두령들은 모두 기뻐하며 그의 계책에 따르기로 했다.

유예는 사흘 동안 만경사를 지키며 장보의 보고를 기다렸지만 그는 끝내 나타나지 않았다. 유예는 분통이 터져 참을 수가 없었다.

"이 도둑놈들이 가증스럽기 짝이 없구나!"

그는 필풍과 장신을 선봉에 서게 하고 자신은 독로와 함께 중군을 맡아 음마천으로 몰려갔다. 산채 앞에 이르러 보니 산채가 텅 빈듯 사람의 그림자 하나 보이지 않았다. 고함을 지르고 욕설을 퍼부으며 아무리 싸움을 걸어도 산채 문이 굳게 닫힌 채 아무도 교전하러 나오지 않았다.

사흘째 되는 날이었다. 날이 밝기도 전에 포성이 한 발 울리면서 음마천 군사들의 진이 펼쳐지고 말을 탄 두령들이 진 앞에 늘어섰다.

유예 또한 출진하였다. 유예는 태자를 상징하는 자금관을 썼는데 관 양옆에는 꿩의 깃이 높이 매달려 있었다. 황금 쇄자갑옷을 입고 갈기를 다섯 갈래로 땋아 장식한 준마를 탄 유예가 손에 방천화극을 들고 외쳤다.

"이 좀도둑놈들이 정말 도리를 모르는구나! 내가 달라 원수의 명을 받들어 귀순하도록 권고하느라 사자를 보내는 호의를 베풀었다마는 이젠 죽음뿐이다. 사자를 억류하는 등 아둔한 고집을 부리면서 설마 살기를 바라지는 않겠지!"

그는 음마천 진영에 관승의 얼굴이 보이자 노여움을 자아내며 다시 목소리를 높였다.

"이 한낱 필부만도 못한 놈아! 충의를 떠벌이더니 목찰을 훔쳐가지고 도주해서는 기껏 도둑놈의 소굴에 있는 것이냐!"

"젖비린내 나는 어린놈이 잘도 떠벌이는구나! 네놈 부자는 조정의 두터운 은혜를 입었거늘 보답할 생각은 하지 않고 오히려 역심에 눈이 뒤집혀 황제를 참칭하지 않았느냐! 오늘 네놈을 토막난 시체로 만들어 세상에 법이 살아 있음을 보여줄 것이다!"

관승은 이렇게 응답하며 청룡언월도를 휘둘렀다. 유예는 방천화극으로 맞섰다. 채 삼 합도 겨루지 않았는데 벌써 기력이 떨어진 유예는 말의 고삐를 잡아당기며 방향을 돌렸다.

말머리를 나란히 한 채 장신과 필풍이 앞으로 나오는 것을 이응과 호연작이 맞아 싸웠다. 삼십여 합을 겨룬 끝에 왼쪽 팔이 성하지 않은 필풍은 호연작의 철편에 어깨를 맞고 말에서 굴러떨어졌다. 장신이 이응과 싸우기를 멈추고 필풍을 구하러 달려왔다. 그러자 연청이 산채 관문 위에서 노려 쏜 화살이 장신의 가슴에 맞으면서 장신도 낙마하고 말았다.

관승과 주동이 달려와 장신을 향해 동시에 칼을 내리쳤는데 그만 두 칼날이 부딪치며 불꽃이 튀었다. 그 틈을 이용해 장신과 필풍은 함께 자신들의 본진으로 달아났다.

이때 호연옥과 서성이 함성을 지르며 들이닥쳤다. 전황이 좋지 않다고 판단한 독로는 금나라 기병들과 함께 먼저 달아났다. 음마천 두령들이 일제히 돌격하자 유예도 갑옷과 투구조차 벗어던지고 도주하였다.

죽은 시체가 들판을 가득 채우고 피는 흘러 도랑을 이루었다. 또다시 이천여 명의 군사를 잃은 유예는 만경사까지 퇴각해서야 겨우 숨을 쉴 수 있었다.

"이 도둑놈들을 박멸하지 않고는 맹세코 돌아가지 않으리라! 사람을 보내 토벌에 나설 원병을 청하거라! 놈들을 이대로 두었다가는 두고두고 화근이 될 것이다."

유예는 분을 삭이지 못하며 이렇게 외쳤다. 그리고 방심하지 말고 적의 공격에 대비하라고 부하들에게 명했다.

음마천 두령들은 해거름이 되어서야 모든 전투를 마무리지었다. 이응은 장보를 데리고 오라고 이른 다음 놈을 큰 소리로 꾸짖었다.

"네놈이 아주 대담하게도 세 치 혀를 놀리려고 우리를 찾아왔던 것이냐! 오늘밤 네놈 모가지를 베어 제사를 지내주마!"

이응은 군사들에게 장보를 효수하라고 명했다. 그리고 저녁밥을 먹고 나서 일제히 말을 타고 만경사로 향했다. 만경사에 도착하니 이미 자정 무렵이어서 사방은 고요하고 달빛도 처연했다.

만경사는 비록 불에 탔지만 사방을 두르고 있는 담장은 그대로여서 마치 성벽을 방불케 했다. 담장 왼쪽에는 작은 언덕이 솟아 있고 출입하는 큰길은 오른쪽으로 뚫려 있었다. 유예는 혹시라도 음마천 군사들이 쳐들어올까봐 절의 앞뒤 모두에 목책을 촘촘히 세우고 절 내부에 십여 개의 화톳불을 피워놓았다.

금나라 기병들은 가죽 장막 안에서 잠을 잤지만 유예의 병사들은 갑옷을 입은 채 쭈그리고 앉아 졸면서 밤을 새웠다. 하지만 시각이 바뀔 때마다 북을 쳐서 시간을 알리고 방울소리를 울리며 순찰을 도는 등 삼엄한 경계가 펼쳐졌다.

이응은 호연작과 왕진에게 후문을 맡기고 주동, 서성, 호연옥은 오른쪽을 맡게 하였다. 자신은 관승, 번서와 함께 정문 앞에서 공손승이 법술을 행하기를 기다렸다. 갑자기 난데없는 세찬 바람이 불면서 모래와 돌이 날아가고 포성이 일었다. 만경사 일대를 휘몰아치는 솔바람 소리가 마치 천군만마가 질주하는 듯했다.

유예, 장신, 필풍은 깜짝 놀라 잠에서 깨어났다. 비록 철저히 대비하고는 있었다고 해도 종일 계속된 전투에 심신은 지칠 대로 지쳐 있었다. 겨우 몸을 일으켜 밖을 내다보니 절 앞뒤에 붉은 횃불이 가득했다.

독로와 금나라 기병이 먼저 도망칠 길을 찾아 뛰어나왔다. 그들을 기다린 것은 앞뒤에서 날아오는 화살 세례였다. 숲처럼 늘어선 음마천 병사들이 쏘아대는 화살에 꼼짝 못하고 모두들 주춤주춤 되돌아섰다.

그런 혼란한 상황에서 절 마당이 갈라지고 하늘이 무너지는 벽력 소리가 도처에서 일며 불기둥이 하늘로 솟구쳤다. 사람이고 말이고 콩가루처럼 산산조각이 났다.

장신은 오른쪽 담장을 넘어뜨린 다음 유예를 감싸며 달아나려 했다. 그 순간 호연작의 철편이 날아와 장신의 머리를 가격했다. 골통이 깨진 장신은 말에서 떨어지며 말발굽에 밟혀 숨통이 끊어졌다.

정문으로 달아나는 필풍과 독로를 향해서는 관승의 칼날이 번뜩였다. 독로는 홱 몸을 돌리며 피했다. 필풍도 황급히 피하기는 했으나 이응의 창에 찔리고 말았다. 말에 매달리며 아래로 떨어지는 것을 번서가 한 칼에 필풍과 말다리를 동시에 베어버렸다.

금나라 기병도 대부분 불에 타 죽었다. 그런 중에도 독로와 유예는 가까스로 살아 도망칠 수 있었다. 두 사람과 함께 쥐새끼처럼 달아난 패잔병은 사오십 명에 지나지 않았다. 그들 모두 불에 머리가 타고 이마가 그슬린 처참한 몰골이었다.

이 모든 것은 연청이 세운 계책이었다. 연청은 장보를 구금해 분을 이기지 못한 유예가 산채를 공격하게 만들었다. 그리고 사흘 동안 응전하지 않으면서 그 사이에 양림, 채경, 두흥, 능진으로 하여금 만경사에 가서 지뢰를 묻게 하였다. 패전한 그들을 추격하지 않음으로써 그들은 다시 만경사 터에 군영을 설치할 수 있었다.

공손승이 산마루에서 법술을 행하는 동안 능진은 매설한 지뢰의 도화선에 불을 붙였다. 그리하여 공중에서 광풍이 붐과 동시에 땅에서는 지뢰가 터졌던 것이다. 게다가 사방을 음마천 군사들이 에워쌌으니 어디로 도망치겠는가! 독 안에 든 쥐처럼 한무더기로 죽을 수밖에 없었다. 이를 노래한 시가 있다.

남만을 정벌해 한나라의 정통을 이으려 한 제갈량
오월에 노수를 건너 전염병을 피했다지
화공의 기묘함 또한 닮았으니
연청은 제갈량처럼 능히 오과왕의 등갑군을 태워죽일 만하네

이응 등은 큰 승리를 거두고 산채로 돌아왔다. 산채에 도착했을 때 연청이 말했다.

"유예가 대참패를 당했지만 놈이 달라에게 군사를 청해 대군을 이끌고 다시 쳐들어올 것은 불을 보듯 훤합니다. 적은 수효의 군사로 적과 싸우지 말고 예상치 못한 실수를 조심하라고 했으니 대승을 거둔 지금이 남쪽으로 옮길 적기입니다. 종유수 휘하에서 함께 나라의 기틀을 다시 세우는 것이 우리 형제들의 평생소원을 이루는 길일 것입니다."

모든 두령들이 크게 기뻐하였다. 곧장 호연작, 양림, 번서, 호연옥, 서성은 선봉을 맡고, 관승, 왕진, 주동, 채경, 능진은 후방을 엄호하는 편제를 마련하였다. 이응, 공손승, 주무, 시진, 연청, 두흥

은 중군이 되어 모든 가솔과 병기, 군량의 운송을 책임맡았다. 대종은 전령으로서 대오 사이의 연락을 맡았다.

병력의 총수효는 삼천이 넘고, 말은 오백 필에 이르렀다. 이백여 대의 수레에는 전량과 무기 등을 실었다. 그들은 산채에 불을 질러 모두 태워버리고 그날 바로 음마천을 출발하였다.

가는 길에 나루터를 비롯해 요소요소에 설치된 검문소를 통과하였지만 그들 군대의 위용을 보고는 누구도 감히 가로막으려 하지 않았다. 굽이굽이 힘든 여정 끝에 황하 나루터 입구에 이르자 총칼이 촘촘히 늘어선 큰 군영이 보였다. 금나라와 송나라의 경계지점으로 금나라 군대가 수비하는 곳이었다.

황하 강물은 도도히 흐르는데 강을 건널 배가 한 척도 눈에 띄지 않았다. 이응 등은 임시 영채를 세우고 도하 계획을 세웠다. 바로 이런 상황이었다.

아득히 넓은 황하 강물에 영웅들 눈물 머금네
모락모락 피어오르는 전쟁의 기운 비감하누나

제27회
황하를 건너 퇴각하다

음마천을 떠나 남쪽으로 향한 이응의 무리는 황하 나루에 도착하였다. 이곳은 남쪽의 송나라와 북쪽의 금나라가 경계를 맞댄 곳으로 황하 북쪽 기슭에 금나라 군영이 설치되어 있었다.

금나라군 대장은 오록이었다. 오록과 함께 이전에 금나라군의 황하 도하를 도운 배신자 왕표가 지키고 있었다. 이응은 영채를 세운 뒤 두령들과 상의하였다.

"오록과 왕표가 오천 군사를 거느리고 이곳을 지키고 있는데 건널 배도 없구려. 반드시 그들을 쳐부숴야 황하를 건널 수 있겠소."

호연작과 왕진이 말했다.

"왕표는 나라를 팔아먹은 배신자요. 그놈 때문에 두 황제가 몽진하고 도성이 함락되었으니 죄인 중에서도 가장 악질이라 할 수 있소. 그놈을 생으로 씹어 먹어도 시원찮을 것이오. 우리 둘이서 당장 놈들의 군영을 쳐부수겠소."

"왕표는 걱정할 게 없지만 오록이 있으니 적을 얕잡아 보지 말고 조심해야 하오. 내가 군대를 이끌고 지원하겠소."

호연작과 왕진은 오백 명의 군사를 이끌고 출진하였다.

이때 오록도 자신의 군영에서 전략을 짜고 있었다.

"음마천 도둑떼가 소굴을 버리고 남쪽으로 탈출하는 모양이오. 지금이야말로 놈들을 붙잡아 대원수께서 바라는 큰 공을 세울 절호의 기회요."

오록이 서두르자 왕표가 말했다.

"물러나는 군사는 막지 말고 막다른 골목에 몰린 도적은 뒤쫓지 말라는 말이 있잖습니까? 저자들은 막다른 길에 내몰린 처지라서 빠른 결전이 유리합니다. 하지만 우리 군영은 도랑이 깊고 담벼락이 높아 견고하기 때문에 나가 싸우지 않고 방비만 튼튼히 하면 됩니다. 그들은 곧 군량이 떨어질 것입니다. 신속히 달라 원수께 사람을 보내 원병을 청하는 게 좋겠습니다. 앞뒤에서 협공하면 단숨에 사로잡을 수 있을 것입니다."

오록은 왕표의 의견에 따르기로 하였다. 오록은 영문을 나가지 말고 굳게 지키라고 영을 내렸다. 그리고 구원병을 청하기 위해 두 명의 전령에게 문서를 쥐어 보냈다.

왕진과 호연작은 군대를 이끌고 금나라 군영 앞에 이르렀다. 영문은 굳게 닫혀 있고 목책 주위에는 가시나무와 마름쇠 등이 널려 있었다. 몹시 견고해서 공격이 불가능했다.

뒤이어 이응이 군대를 이끌고 당도하였다. 여러 가지 방법으로 싸움을 걸어 보았지만 오록과 왕표는 전혀 응전하지 않았다. 어찌할 수가 없어 결국 군사를 돌리고 말았다. 군영으로 돌아와서 연청이 말했다.

"놈들이 오천의 군사를 갖고도 출전하지 않는 것은 우리가 두려워서가 아니라 무슨 꿍꿍이가 있을 것이오. 우리가 지치고 양식이 떨어지기를 기다렸다가 응원군을 불러 협공하자는 속셈이 분명해요. 우리는 고립무원의 군대이기 때문에 그렇게 되면 실로 큰일입니다. 사방으로 정탐꾼을 보내 적의 동태를 살펴야 합니다. 혹시 원군을 청하러 가는 적의 전령이라도 붙잡으면 좋은 계책을 세울 수 있을 것이오."

이응은 채경과 두흥에게 부하들을 데리고 순찰에 나서도록 했다. 반나절도 지나지 않아 오록이 보낸 전령 두 명이 잡혀왔다. 그들은 응원군을 청하는 문서를 지니고 있었다. 이응은 그자들을 데리고 나가 베어 버리라고 말했다.

호연작은 왠지 그들이 낯이 익은 듯했다. 그들에게 어디 사람이냐고 물었다. 그러자 전령 하나가 큰 소리로 외쳤다.

"장군님, 저는 장군님의 부하입니다. 전에 왕표가 금나라군을 끌어들였을 때 어쩔 수 없이 투항했던 겁니다."

"오록은 어째서 굳게 지키기만 하고 나와서 싸우려 하지 않는 건가?"

호연작이 묻자 전령이 대답했다.

"오록은 당장 싸우려고 했는데 왕표가 말리는 바람에 원군을 청해 협공하려는 것입니다."

연청이 좋은 말로 전령을 위로했다.

"자네들 두 사람이 우리 편에 선다면 목숨을 건질 뿐만 아니라 큰 상을 받게 될 것이네."

전령은 무릎 꿇고 눈물을 흘리며 말했다.

"저는 원래 동경 사람으로 집에 부모처자가 다 있는데 왕표에게 붙잡혀 돌아가지 못하고 있습니다. 목숨을 살려주신다면 불속이라도 마다하지 않겠습니다."

연청은 술과 음식을 대접해 그들을 진정시키고 군영 안에 머물게 했다. 그리고 이응에게 말했다.

"대명부까지 왕복하는 데 적어도 닷새는 걸립니다. 엿새째가 되면 오록을 깨뜨릴 비책을 알려드리겠소. 그때까지는 군영을 단단히 지키기만 하면 됩니다. 다만 적의 야습은 경계해야지요."

엿새째 날이 되자 연청은 전에 사용한 적이 있는 목찰을 꺼내며 말했다.

"또 이걸 쓸 때가 됐군. 전에 금나라 기병을 무찔렀을 때 빼앗은 군복이 있으니 양림, 번서, 두흥, 채경은 금나라 병사 차림으로 갈아입고 저놈들 군영으로 함께 가세. 나는 지난번처럼 금나라 군관으로 변장하겠네."

이어서 연청은 이응을 비롯한 나머지 두령들에게 말했다.

"전령들에게 가서 전할 말을 일러주었으니 우리는 먼저 출발하겠소. 잠시 후 천여 명씩의 군사로 네 개의 부대를 편성해 공격해주시오. 저들은 자연히 쫓아나와 싸우게 될 거요. 그 틈을 이용해 우리가 영내에 불을 지르면 놈들을 무찌를 수 있을 것이오."

연청은 전령을 데리고 오록의 군영으로 갔다. 전령이 먼저 오록에게 보고했다.

"달라 원수께서는 원병을 허락하지 않으셨습니다. 그래서 문서를 그대로 가지고 올 수밖에 없었습니다만, 대신 군관 한 분을 보내셨습니다."

연청은 앞으로 나서며 오록에게 예를 갖추었다. 그리고 목찰을 꺼내 보이면서 금나라 말로 말했다.

"달라 원수께서는 이곳에 오천이나 되는 병마가 있는데 그깟 초적 하나 대적하지 못하고 원병을 청하느냐고 화를 내셨습니다."

"나는 싸우자고 했는데 왕표가 반대해서 그렇게 되고 말았소이다."

오록이 변명하자 연청이 다시 말했다.

"원수께서 다시 말씀하시기를 왕표는 원래 송나라 사람인데 교전을 반대한다면 혹시 딴마음이 있는 것 아니냐고 하셨습니다. 만약 그가 다시 반대한다면 가차없이 군법에 따라 참수하라는 것입니다."

왕표는 한쪽 구석에서 눈을 끔벅이며 두 사람의 대화를 듣고 있었지만 말이 통하지 않아 무슨 말인지 알 수 없었다. 그때 돌연 군영 앞에 음마천의 대장 네 명이 나타나 무력을 과시하며 악담을 퍼붓고 있다는 보고가 들어왔다.

급히 갑옷을 챙겨 입은 오록은 창을 비껴든 채 말 위에 올랐다. 오록이 영문을 열고 출전하려는 것을 왕표가 말렸다.

"대병이 아직 오지 않았는데 출전하면 안됩니다."

그러자 오록은 불같이 화를 내며 꾸짖었다.

"무능한 소인배 같으니라고! 네 말을 듣다가 일을 망쳐버렸다.

당장 출전하지 않으면 목을 베겠다!"

왕표도 어쩔 수 없이 칼을 들고 출전하였다.

급기야 양군이 맞서게 되었다. 왕표를 보고 화가 불끈 솟은 호연작이 쌍편을 휘두르며 왕표에게 달려들었다. 왕표는 칼을 들고 대적하였다. 십여 합가량 겨룬 끝에 왕표 쪽이 밀린다고 생각한 오록이 창을 휘두르며 달려나왔다. 그러자 관승이 오록을 맞아 삼십여 합을 주고받았다.

이때 능진이 쏜 호포소리가 지축을 울렸다. 동시에 연청과 번서는 금나라 군영 안에 불을 질렀다. 양림과 두흥, 채경은 칼을 빼들고 닥치는 대로 군나라군을 베어 넘겼다.

불이 난 것을 본 오록은 말머리를 돌려 군영 쪽으로 달려갔다. 그러나 그를 향해 돌진해 오는 것은 양림, 두흥, 채경, 연청, 번서였다. 오록은 말의 박차를 차며 황급히 도주하였다. 왕표도 당황해 도망치려다가 호연작이 뒤쫓으며 휘두른 철편에 맞아 말에서 떨어지고 말았다. 음마천 군사들이 달려와 왕표를 포박하였다.

오록의 군대는 많은 수가 죽고 또한 적지않은 병사들이 도망쳐 뿔뿔이 흩어졌다. 더 이상 음마천 군사들의 행로를 막을 자는 없었다. 다만 황하의 거칠고 탁한 물살을 헤치고 건널 배가 없었다. 이때 금나라군에 있던 전령이 아뢰었다.

"저쪽 강 지류에 삼백 척의 큰 배가 숨겨져 있으니 그걸 이용하면 황하를 건널 수 있습니다."

이응은 크게 기뻐하며 군영을 거두어 배가 있는 곳으로 이동하였다. 먼저 가솔들과 전량, 무기 등을 실어 보내고 이어서 모든 병마가 순차적으로 강을 건넜다. 얼마 지나지 않아 모두 무사히 황하의 남쪽 기슭에 도착하였다.

그곳 여양성은 송나라 군대가 지키고 있었다. 그들은 왕진의 옛 부하들이어서 왕진을 비롯한 일행을 성안으로 맞아들였다. 그곳에서 왕진은 노충 경략상공이 한 달 전에 세상을 떠났다는 소식을 듣게 되었다. 왕진은 커다란 슬픔에 가슴이 미어졌다.

이응은 두 전령에게 은화 삼백 냥을 상으로 주며 돌려보냈다.

"우연히 주운 이 목찰 덕분에 세 번의 큰 난관을 돌파했구나."

연청이 목찰을 들여다보며 감회에 젖자 호연작이 연청을 칭찬했다.

"그렇긴 해도 만약 아우의 뛰어난 담력과 여러 나라 말을 구사하는 재주가 없었다면 불가능했을 걸세."

이어서 호연작은 왕표를 끌고 오라고 했다. 왕표를 본 호연작은 준열히 꾸짖었다.

"이 역적 놈아! 조정이 우리들 열 명의 장수에게 황하 방어 수비를 맡겼는데 양류촌은 그 가운데서도 제일가는 요충지였다. 그런데 어떻게 나라를 배반하고 적과 내통할 수 있단 말이냐! 네놈이 금나라군을 끌어들여 도하시키는 바람에 이백 년에 걸친 송나라 사직이 끊기고 두 분 황제께서 정처없이 몽진하는 수모를 당했다. 뿐만 아니라 수백만의 백성이 목숨을 잃었다.

관작을 탐하고 처자식의 부귀를 위해서였더냐? 하지만 오늘 같은 일은 생각지 못했으리라! 조정을 대신해 법을 바로세우고 천하인민의 원한을 풀어줄 것이다!"

호연작은 장대 끝에 왕표를 매달고 군사들로 하여금 백 보 밖에서 활을 쏘아 죽이라고 명했다. 그리고 장대 아래 경축하는 술자리를 마련했다. 한 시간도 안돼 왕표의 몸에는 고슴도치의 털처럼 많은 화살이 박혔다. 죽은 왕표의 몸뚱이는 끌어내린 다음 잘게 썰어 개한테 먹였다. 두령들은 기뻐하며 마음껏 술을 마셨다.

음마천 군사들은 종전처럼 병마를 세 부대로 나누어 하남을 향해 다시 출발했다. 출발하면서 이응은 대종에게 부탁했다.
"번거롭겠지만 대원장이 먼저 가서 동경 상황을 살펴봐 주시오. 종유수 밑으로 합류할 수 있는지 말이오."
이응의 부탁을 받은 대종은 먼저 동경으로 떠났다. 도중에 아무 일 없이 며칠 간의 행군 끝에 음마천 부대는 중모현에 도착했다. 백성들이 모두 달아나 성안은 텅 비어 있었다.
"일단 여기에 진을 치고서 대원장이 돌아오기를 기다리세. 대원장이 돌아온 뒤에라야 다음 행선지를 정할 수 있으니."
이응의 말에 따라 성안에 군영을 설치하였다. 전쟁의 여진이 이어지는 때라서 황폐한 들판에는 잡초만이 무성했다. 행인은 드물고 도처에 승냥이떼와 호랑이떼가 출몰하곤 했다. 사흘을 기다렸지만 대종은 돌아오지 않았다.
연청, 양림, 호연옥, 서성은 십여 명의 군사와 함께 활을 메고 야외로 새 사냥을 나갔다. 해거름이 되어 몇 마리 잡은 사냥감을 챙겨 돌아오는 길이었다. 그들은 큰길에서 두 대의 수레를 끌고 오는 일행을 만났다.

수레에는 네 사람이 타고 있었다. 모두 문인들이 사용하는 방건을 쓰고 있는데도 옷은 허름한 평복 차림이었다. 수레 뒤를 따르는 군관이 탄 말에는 칙명을 수행중이라는 깃발이 달려 있었다. 그 뒤로는 짐보따리를 짊어진 짐꾼들이 따라가고 있었다. 연청은 일행을 바라보며 곰곰이 생각했다.

'수레에 타고 있는 두 사람은 분명 낯익은 얼굴인데 얼른 떠오르지가 않는구나. 마상의 군관이 칙명 표시 깃발을 가지고 있는 걸로 보아 아마도 귀양가는 양반들인 모양이지.'

연청은 크게 개의치 않고 계속 길을 갔다. 백 미터 남짓이나 갔을까 싶은데 수레 뒤를 멀찍이서 따르는 열 명 정도의 군사들이 다가왔다. 모두 허리춤에 요도를 차고 등에는 활을 메고 있으며 손에는 박도를 들고 있었다. 그 가운데 우두머리인 듯싶은 자가 연청을 보더니 큰 소리로 불렀다.

"아니, 연형 아니시오! 이런 데서 다 보는구려."

그는 동경성 내의 노이원외 옆집에 사는 섭무라는 사람으로 개봉부청의 마두군이었다.

"섭형은 또 웬일이시오?"

연청이 놀라며 묻자 섭무가 대답했다.

"말도 마시오. 재수가 없으려니 지금 팔천 리 길을 가고 있는 중이오."

"어째서 그리 먼길을 간단 말이오? 무슨 중요한 용무라도 있소?"

"모두 다 저 악귀 같은 자들 때문이지요. 수레에 타고 있는 네 사람이 누군 줄 아시오? 이름을 들으면 귀신도 깜짝 놀랄 것이오."

"괜한 농담하지 마시오. 그렇잖아도 아까 그 사람들을 보니까 몹시 어두운 얼굴을 하고 있습디다. 도대체 누구요?"

"다른 사람이 아니라 송나라 천지를 꽁꽁 싸서 금나라에 몰래 갖다 바치려 한 대신들이오."

연청은 깜짝 놀라며 물었다.

"저들이 채경, 고구, 동관이란 말이오? 그렇다면 나이 어린 자는 누구요? 동경이 함락되기 전에 이미 귀양을 떠난 것으로 들었는데 어째서 아직 여기 머물고 있단 말이오?"

"젊은 사람은 채경의 아들 학사 채유라오. 아는지 모르겠지만 동경이 아직 함락되기 전에 태학생 진동이라는 사람이 여섯 명의 도적이 나라를 망치고 백성을 해친다며 탄핵 상주해 그들 모두가 귀양을 가게 되었지요. 두 패로 나누어 호송했는데 왕보, 양전, 양사성은 옹구역에서 원한을 품은 사람의 손에 살해당해 귀양갈 것도 없이 종료되었고 나머지가 저들 네 사람이오.

채경은 워낙 음흉하고 교활한 자라서 금나라군의 공격에 동경이 위급한 것을 보고 압송관을 매수해 시골에 숨어 있었지요. 기회를 엿보다가 금나라에 귀순해 벼슬을 이어가려 했던 거지요. 그런데 세상이 여전히 병란의 소용돌이 속이라서 뜻대로 줄을 대지 못했던 겁니다.

강왕이 즉위하고 이강이 재상이 된 다음 그들의 행방을 조사했는데 유배소인 담주에 조회해도 그들이 도착하지 않았지 뭡니까? 결국 그들에게 원한을 갖고 있던 사람이 고변해 체포되고 말았지요. 지난번 압송관은 죄를 받고 우리 상관이 다시 압송관이 된 까닭에 같이 호송길에 나선 참이오. 그런데 기현 쪽으로는 도적들 때문에 갈 수가 없어 이쪽으로 빙 돌아서 가는 길이지요."

섭무의 설명을 듣고 난 연청이 다시 물었다.

"그럼 오늘 어디서 묵을 계획이오?"

"중모현 성안에서 묵을 생각이었는데 거기에 군대가 주둔하고 있다는 소식이어서 좀더 가볼 생각이오."

"성안에 있는 군대는 우리의 친한 형제들이니 숙박하는 데 방해가 되지 않을 것이오. 오랜만에 만났으니까 한잔하면서 회포나 풉시다."

두 사람은 이야기를 주고받으며 말을 몰아 현성 가까이 왔다. 압송관의 말을 따라잡은 섭무가 고했다.

"여기를 지나면 숙소가 없답니다. 성안에 군대가 있지만 그들 가운데 아는 사람이 있으니 편히 쉴 수 있을 것입니다."

그러사 입송관은 성안으로 들어가자고 했다. 그들은 빈집을 찾아 묵게 되었다.

양림, 호연옥, 서성은 연청과 섭무가 이야기를 주고받는 것을 보았지만 관심을 기울이지 않아 무슨 말인지 내용을 알 수 없었다. 연청은 여러 두령들이 있는 곳으로 돌아와 말했다.

"우연히 네 명이나 되는 대귀인을 만났소그려. 아무쪼록 성대한 연회석을 마련해 환대했으면 하오."

"대관절 대귀인이 누구길래 그러는가?"

이응이 묻자 연청은 웃으며 대답했다.

"그 네 귀인은 평소 우리를 눈여겨 보아주던 분들이오. 길에서 딱 맞닥뜨렸는데 소홀히 대접할 수야 없지요."

그러면서 채경 부자와 고구, 동관이 담주로 유배가는 경위를 설명하였다.

"이미 성안으로 초빙해 두었소."

연청의 말에 일동이 입을 모아 말했다.

"놈들을 만나다니 정말 진기한 일일세. 한 사람 한 사람 칼질을 한 번씩 하는 것으로 상을 대신하세. 무슨 연회석이란 말인가!"

"칼질 한 번으로는 재미가 없지요. 천천히 놈들을 놀려 먹자고요. 이래저래 하면 묘미가 있지 않겠소!"

연청의 말에 일동은 따르기로 했다. 연청은 곧 양림, 번서, 채경, 두흥과 함께 압송관이 머물고 있는 곳으로 갔다. 채경 등 네 사람은 한담을 나누고 있었다. 연청은 두 손을 모으고 공손히 말했다.

"이장군께서 채태사님, 채학사님, 고태위님, 동추밀님께서 이곳에 계시다는 소식을 듣고 숙소가 누추하고 쓸쓸할 것이라며 한잔 대접해 올리겠다고 해서 저희가 모시러 왔습니다."

채경 등은 깜짝 놀라며 말했다.

"이장군이 누구신데 그런 호의를 베풀어 주시는 것이오? 하지만 우리는 나그네길에 있는 사람들이고 폐를 끼치는 것도 불편한 일이니 사양하겠소이다."

섭무는 초대하러 온 사람이 연청인 것을 보고 압송관 앞으로 나서며 말했다.

"이 사람이 바로 제 이웃입니다. 이장군이 아마 지인이라서 그런 것 아닐까요?"

연청이 얼른 말을 받았다.

"이장군은 아주 인정이 많은 사람이니 군관께서도 꼭 함께 가시지요."

"이장군은 채태사님의 옛 지인인 것 같은데 관직이 뭐죠?"

압송관의 질문에 연청은 말을 돌렸다.

"이장군은 채태사님과 동추밀님의 천거를 받은 분입니다. 가보면 아실 겁니다."

채경은 속으로 생각했다.

'내 문하에 있다가 관리가 된 사람인 모양이군. 이 변덕스러운 세태에 아직도 그런 의리있는 사람이 있구나!'

마침 이런 생각이 드는 중인데 압송관이 가보자고 권유하는 것이었다. 드디어 일행이 모두 자리에서 일어서게 되었다. 연청은 두홍에게 먼저 가서 알리라고 했다.

이응의 지시로 활을 메고 칼을 찬 병사들이 매우 엄숙한 모습으로 도열하였다. 등불을 휘황하게 밝힌 대청 위에는 성대한 연회석이 마련되었다. 두령들은 단정한 차림으로 양쪽으로 벌려 섰다. 채경 일행이 도착하자 병사들 사이에서 북소리가 울려 퍼졌.

이응은 계단을 내려가 그들을 맞았다. 공손한 태도로 대청 위로 안내한 다음 서로 인사를 나누었다. 채경을 비롯한 네 사람과 압송관은 상석에 앉도록 했다. 채유는 자신의 아버지와 나란히 상석에 앉을 수 없다고 사양하여 동쪽 줄 첫 번째 자리에 앉았다. 음마천 두령들은 서열대로 나머지 자리에 양편으로 나누어 앉았다.

술이 세 순배 돌고 요리 접시가 다시 채워졌다. 채경과 고구는 아무리 유심히 눈을 들어 바라봐도 이응이 누군지 알아볼 수가 없었다. 채경이 참다못해 말을 꺼냈다.

"우리는 세상에서 버림받은 사람들인데 이렇게 극진히 대접해 주니 감사할 따름이오. 다만 누군지 잘 생각이 나지 않아 좀 민망하외다."

이응이 웃으며 말했다.

"태사님은 일인지하에 만인지상이시니 사해에 모르는 자가 없습니다. 평소에 태사님의 은혜를 입었으면서도 존안을 뵙기는 오늘이 처음입니다. 태위님, 추밀님은 두세 번 만났지만 아마 잊으신 모양입니다."

한동안 술잔을 더 기울이고 나서 이응이 다시 입을 열었다.

"태조 황제께서 막대기 하나로 세상을 아우르기 시작해 사백여 주, 만리강산을 손아귀에 품고, 그것을 역대 황제들에게 전했습니다. 도군 황제께서 보위에 오르자 태사님을 수상으로 봉해 국정을 위임했지요. 태사께서 국방을 비롯한 나라의 중대사를 모두 관장했던 것이지요. 그런데 하루아침에 동경이 함락되고, 두 분 황제는 몽진하고, 하북과 하남은 적에게 빼앗기고, 백성들은 재앙에 빠지게 되었는데 이는 누구의 잘못일까요?"

채경 등은 이응의 말을 들으며 안절부절했다.

'우리를 술자리에 초대해 놓고 왜 으름장을 놓는 것일까?'

그들은 서로 얼굴을 바라보았지만 대답할 말이 없었다. 자리에서 일어나 돌아가려 하자 이응이 다시 말했다.

"보잘것없는 사람이지만 아직 내 이름을 얘기하지 않았는데 돌아가려 하다니요!"

이응은 큰 사발을 가져오게 해 가득 술을 따랐다. 술 사발을 채경의 면전에 내밀며 이응이 말했다.

"태사께서는 놀라지 마시오. 나는 다른 사람이 아니라 양산박 의사 송강의 부하인 박천조 이응이오. 태사님 덕분에 제주 감옥에 갇힌 적이 있지요. 요행히 구출되어 음마천에서 금나라군을 때려잡고 오늘 사졸들과 함께 송나라 중흥을 돕기 위해 종유수에게 가던 중에 뜻밖에도 이렇게 뵙게 되었으니 어찌 한잔 올리지 않을 수 있겠소?"

고구, 동관, 채유에게도 각각 술을 채운 사발을 갖다 주었다. 채경 일행은 놀라서 혼비백산하였다. 그들은 술에 입도 대지 않은 채 어서 자리를 뜨려 하였다. 이응이 웃으며 말했다.

"우리 형제들 모두가 한 잔씩 드릴 테니 편히 앉아 계시기 바라오."

이때 왓진이 벌떡 일어나더니 흰 수염을 날리며 호령했다.

"이놈, 고구야! 나는 양산박 사람이 아니라 팔십만 금군의 교두로 있던 왕진이다! 네놈은 본시 무뢰배 소인으로 창봉술을 조금 배웠을 뿐이다. 그런 놈이 주제도 모르고 우리 선친과 겨루다가 한 방에 나가떨어졌지 않느냐! 그걸 자신의 탓으로 여기지 않고 오히려 원한을 품어 나까지 해하려 했다. 내가 노충 경략상공 밑으로 들어가 병마지휘사를 지낸 것은 그나마 다행이다. 오늘 이렇게 만났으니 이제 나를 알아보겠느냐?"

고구는 말문이 막혔다. 이번에는 시진이 앞으로 나섰다.

"고구야! 나는 대주大周 시세종의 적통 자손으로 창주 횡해군에 살던 소선풍 시진이다. 일찍이 조정에서 단서철권丹書鐵券을 하사해 편히 살고 있었다. 네놈이 친척 동생되는 고렴을 고당주 지사로 만드는 바람에 비극이 시작되었다. 은천석이 매부 고렴의 힘을 믿고 내 숙부 시황성의 정원을 빼앗으려고 해 숙부께서 돌아가신 것이다. 흑선풍 이규가 행패부리던 은천석을 때려죽이자 고렴은 나를 감옥에 가두었는데, 다행히 송공명이 구해 주어 산채로 갔다. 초안을 받고 나서 방랍 정벌에 큰 공을 세웠으나 나는 벼슬을 사양하고 창주에 은거해 살았다.

그런데 네놈이 또 고원을 창주 태수로 임명해 성지를 핑계로 금은을 거둬들이게 하자 고원은 사적인 원한을 풀기 위해 우리 가족을 전부 죽이려고 했다. 이건 모두 네놈의 권세를 믿고 저지른 짓이다. 이렇게 횡포가 심한데 어떻게 참을 수 있겠느냐?"

고구는 이번에도 대꾸를 하지 못했다. 시진의 말이 끝나자 배선이 두 자루의 검을 들고 연회석 앞으로 나왔다.

"그건 다 지난 일인데 다시 얘기해서 뭐하겠소? 군영 안이라서 아무런 흥취도 없으니 술맛을 돋우기 위해 내가 칼춤을 한번 추어보리다."

배선이 쌍검을 들고 오른쪽으로 왼쪽으로 날아다니자 마치 두 줄기 번개가 빙빙 돌며 서로 아우러지는 듯했다. 섬뜩한 빛이 번뜩이고 차가운 바람이 회오리를 일으켰다. 일동이 박수갈채를 보내자 춤추기를 멈춘 배선은 손가락으로 칼날을 튕기며 노래하기 시작했다.

철면공목 배선(왼쪽)과 옥비장 김대견.

하늘이 재앙을 내리니
땅이 갈라지고 하늘이 무너지네
두 분 황제 멀리 떠도는 곳
매섭게 추운 눈길 빙판길
간신들 농간에
세상인심 떠나갔네
오늘밤 없애버려
호기로움 떨치려네

노래를 들은 채경을 비롯한 네 사람의 얼굴이 흙빛으로 변하는데 연청이 나서며 말했다.
"칼춤보다야 씨름이 한결 낫지. 고태위, 당신이 군사를 끌고 양산박을 치러 왔다가 패한 일 생각나는가? 그때 낭리백도한테 붙잡혀 산상으로 끌려온 것을 송공명께서 연회를 베풀어 주었지. 술을 한잔 마신 후 당신과 내가 씨름을 겨루었단 말이야. 오늘밤 밤도 길고 무료한데 다시 나와 한판 겨뤄보면 어떻겠는가?"
연청의 말이 끝나기 무섭게 번서가 말을 받았다.
"동관! 당신이 조양사와 곽경이 하는 말을 믿고 요술을 부린 공손승을 잡는다며 이선산으로 군대를 보낸 일이 생각나는가! 하지만 그 일은 공손승과 아무 상관도 없고 모두 이 혼세마왕 번서가 한 일이다. 오늘밤 그분의 얼굴을 확인시켜주마. 저기 오른쪽 두 번째 머리에 자리 말이다, 성관을 쓰고 학창의를 입은 분이 바로 공손승 선생이시다."

더는 안되겠다 싶었는지 압송관이 말을 꺼냈다.

"여러분의 말씀을 충분히 들었습니다. 밤도 깊고 술도 많이 마셨으니 우리는 이만 가봐야겠습니다. 이 사람들은 조정에서 죄를 받은 사람들인데다 제가 압송 책임을 맡고 있는 만큼 불미스러운 일은 없어야 합니다."

번서가 눈을 동그랗게 뜨고 호랑이수염을 곤추세우며 꾸짖었다.

"빌어먹을, 당신 무슨 소리를 하는 거야! 우리는 이 세상에 무서울 게 없다고. 이들 네 놈의 간적이 우리 백여덟 형제를 못살게 산산조각 내버린 것은 말할 것도 없고 당신이 보듯이 금수강산을 결딴내 버렸단 말이야. 온 천지를 시체가 뒤덮고 배고픈 짐승들만 득시글거리는 게 지금의 현실이라고. 이백 년을 이어온 송나라가 뿌리째 무너져 내리고 있단 말이야. 오늘 원수놈들을 만났는데 그냥 점잖게 있으라는 거냐! 몇 마디 화풀이 말을 하는 걸 가지고 트집을 잡다니. 다시 한 번 입을 놀려 보거라. 네놈 모가지부터 베어 버리겠다!"

압송관은 혼비백산해서 온몸에 식은땀이 흘렀다. 더 이상 말을 할 엄두가 나지 않았다. 이응은 연회석을 치우고 자리를 깨끗이 정리하게 했다. 빈 자리에는 향불을 피울 탁자와 향로가 놓였다. 이응은 향을 피운 다음 두령들과 함께 남쪽을 향해 하늘에 있는 태조 황제의 영령에 절했다. 이어 두 황제에게도 북쪽을 향해 절을 올렸다. 그리고 마치 직접 상주하기라도 하는 듯이 말했다.

"신 이응 등은 나라를 위해 간적들을 제거함으로써 위로 열성조의 은혜에 보답하고 아래로 천하 만민의 원한을 풀고자 합니다."

일행은 정성을 다해 다섯 번 큰절을 올리고 세 번 머리를 숙였다. 예를 다하고 나서 탁자 하나를 꺼내 그 위에 위패를 올려놓았다. 송강, 노준의, 이규, 임충, 양지 다섯 사람의 위패였다. 향촉을 켜고 두령들은 함께 사배를 올리며 아뢰었다.

"송공명 형님과 여러 형님들의 영령이시여! 오늘밤 채경, 고구, 동관, 채유 네 명의 간적을 붙잡아 이곳에 대령하였사옵니다. 생전에 그들의 모함을 받아 억울하게 세상을 떠난 한을 오늘 풀어 드리겠사오니 굽어 살펴보소서."

채경, 고구, 동관, 채유는 모두 무릎을 꿇고 애원했다.

"저희들의 죄는 잘 알고 있습니다. 지금 성지를 받들어 담주로 가는 길입니다. 국법을 감수하겠사오니 부디 용서해 주십시오."

이응이 그들을 꾸짖었다.

"우리 백여덟 명은 본래 하늘이 내린 사람들로 지략과 용맹을 겸비했을 뿐만 아니라 모두가 일심동체였다. 초안을 받은 다음 북쪽으로 요나라를 정벌하고 남쪽으로 방납을 토벌해 조정을 위해 큰 공을 세웠다. 하지만 그 과정에서 형제들 태반이 싸우다 목숨을 잃었다. 황제께서 높은 벼슬을 내리려 했는데도 불구하고 네놈들이 누차 가로막아 주어진 것은 하찮은 한직이었다.

그마저도 받아들이지 못한 네놈들은 송강과 노준의 우리 두 형님에게 독약 탄 술을 먹여 가슴에 한을 품고 죽게 만들었다. 또한 여러 가지 꼬투리를 만들어 양산박의 남은 형제들을 잡아들임으로써 분노를 자아내고 다시 깃발을 들어올리게 만들었다. 만약 송공명과 노준의 형님이 살아 있었다면 금나라군이 쳐들어올 때 우리를 보내 적을 막았을 것이다. 어찌 영토를 빼앗기고 종묘사직이 무너지는 일이 있었겠느냐!

지금 충신과 용맹한 장수들이 모두 사라져 나라는 반쪽이 거덜나고 백성들은 도탄에 빠졌으니 이는 누구의 죄냐? 지금 네놈들은 용서해 달라고 하지만 과거에 우리를 포용하려 한 적이라도 있느냐?

한 가지 더 말해 두고 싶은 것이 있다. 채경 네놈이 뇌물을 밝히지 않았더라면 양중서가 십만 관의 금은보화를 모아 생일선물로 보냈을 리도 없고 여러 호걸들이 그 불의한 재화를 빼앗았다가 양산박으로 들어가지도 않았을 것이다. 그리고 고구 네놈이 양가집 부녀자를 강간하려던 조카를 도와주지 않았더라면 임무사(임충)도 양산박에 갔을 리 없다. 배가 침몰해 화강석을 물에 빠뜨린 양통제(양지)의 죄가 풀린 다음에도 네놈이 복직을 허락하지 않아 그 역시 양산박으로 갔다.

동관, 네놈은 말이다. 네가 조양사의 헛소리를 믿고 금나라와 함께 요나라를 협공하는 실수를 저지르지 않았더라면 금나라가 어찌 그 틈을 이용해 쳐들어오고 급기야 나라가 망하는 일이 있었겠느냐! 네놈들은 군주의 근심을 치욕으로 여기거나 군주가 굴욕을 당하면 죽음으로 충성을 다하는 신하된 도리를 외면했다. 두 분 황제와 육궁의 비빈이 모두 세상 끝으로 끌려가 다시는 밝은 세상을 보기 어렵거늘, 네놈들은 수치도 모르고 목숨을 구걸하는 것이냐!

저 옛날 후조後趙의 창건자 석륵은 사로잡힌 서진의 방위 책임자 왕연이 맑은 선비인지라 칼로는 죽이지 말라고 했다. 그리고 언젠가 동경이 함락되었을 때 태묘 안에 들어가 태조 황제의 서비誓碑를 본 사람이 이르길 제3조에 '대신에게 죄가 있을 때에는 형륙을 가하지 말라'고 되어 있다니, 삼가 태조 황제의 유훈에 따라 칼을 대지는 않겠다. 대신 짐독이 들어간 짐주를 맛보게 해주마."

이응은 부하를 불러 큰 사발 네 개에 짐주를 가득 채우게 했다. 채경, 고구, 동관, 채유는 눈물을 흘리고 바들바들 떨며 술잔을 받으려 하지 않았다.

이응이 손을 흔들어 신호를 보내자 하늘이 무너지고 땅이 갈라지는 듯한 대포소리가 세 번 울렸다. 동시에 사오천 명의 군사들이 일제히 내지르는 함성에 산이 요동을 쳤다.

간적 한 사람 앞에 두 명씩의 군사가 달라붙어 그들의 귀를 꽉 잡고 입안으로 짐주를 부어넣었다. 한 시간도 채 지나지 않아 채경 등 네 명은 온몸에 나 있는 일곱 개의 구멍으로 피를 흘리면서 송장으로 변했다.

두령들은 손뼉을 치며 쾌재를 불렀다. 이응은 시체를 성문 밖에 내다 버리라고 명했다. 까마귀 밥, 늑대 밥이 되게 한 것이다. 이런 상황을 묘사한 시가 있다.

　　나라를 망친 원흉이 죽어 백골이 되니
　　비로소 영웅의 울분 풀리누나
　　평생 눈살 찌푸리는 일을 하지 않으면

세상사람의 증오를 살 일도 없다네

압송관은 네 사람이 죽임당하는 모습을 지켜보며 한동안 멍하니 있다가 말했다.
"장군들의 처분은 이해가 됩니다만 저는 돌아가 무어라고 보고해야 할지 모르겠습니다."
"사실대로 말해도 괜찮소. 양산박 호걸들이 원한을 갚기 위해 죽였다고 하시오!"
이응은 이렇게 말하고 나서 은자 스무 냥을 꺼내 압송관에게 주며 한마디 덧붙였다.
"당신은 이제 만 리 길을 가지 않아도 되었잖소."
압송관은 감사의 인사를 올렸다. 연청도 은자 열 냥을 섭무에게 주며 말했다.
"자네가 알려준 덕분에 원수를 갚을 수 있었네."
"노이원외의 집은 불에 타 버렸고 안타깝게도 부인과 딸이 금나라 군영에 잡혀갔는데 그후의 소식은 모르겠소이다."
섭무가 소식을 알려주자 연청이 진정시키며 말했다.
"내가 돈을 갖다 주고서 이곳으로 모셔왔소. 걱정 안해도 되오."
그때 노성이 섭무에게 다가오며 말했다.
"오랜만입니다. 저와 부인, 아가씨는 이제 집에 돌아갈 수 없으니 제가 살던 셋집은 집주인에게 돌려주었으면 합니다. 집안에 있는 옷가지 같은 소소한 것들은 아저씨가 챙기시고 제가 전에 빌린 돈 세 푼은 가진 돈이 없어 갚기 어려우니까 이해해 주세요."

"알았네."

이렇게 말하고 섭무는 압송관을 따라갔다.

어느덧 날이 밝았다. 마침 대종이 돌아와 동경 상황을 보고하였다.

"종유수가 천하의 호걸들을 불러들이자 처음에는 왕선과 이성 같은 사람이 부하들을 데리고 대거 귀순했다고 합니다. 충성심과 의로움으로 똘똘 뭉쳐 모두가 순종하고 힘을 합쳐 한때는 그 세력이 매우 성대했기 때문에 종유수는 세 번이나 상소를 올려 황제의 환도를 상주했지요. 하지만 왕백언과 황잠선 등이 반대하는 바람에 울화가 치밀어 중병을 앓게 되었다더군요. 종유수는 임종할 때 자신의 집안일에 대해서는 일언반구도 없이 오직 '황하를 건너라'는 말만 크게 세 번 외치고는 피를 토하며 죽었는데 장병들 가운데 눈물을 흘리지 않는 사람이 없었답니다.

조정에서는 두충을 후임으로 임명했는데 사람이 어리석고 무능한데다 병사들을 아낄 줄도 몰라 거의 모든 병사들이 흩어지고 말았지요. 올출 사태자가 십만 대군을 이끌고 건강부로 온다는 소식을 들은 두충은 너무 겁이 나서 금나라군이 도착하지도 않았는데 하남 땅을 버리고 회서로 후퇴해 버렸답니다. 백성들은 또다시 사방으로 달아나고 동경은 텅 비어 있습니다."

두령들은 그 말을 듣고 깜짝 놀랐다.

"종유수가 세상을 떠났다면 이제 우리는 어디로 가야 하나? 올출이 남하한다는데 이런 빈 성을 지키고 있을 수도 없지 않은가!

그야말로 진퇴양난이니 어찌해야 좋단 말인가?"

대종이 다시 말했다.

"산동으로 가는 길에 우연히 우리 옛 형제를 한 사람 만났지 뭐요. 그가 있는 등운산의 형세가 아주 성대하다고 하더군요. 잠시 그곳에 몸을 의탁하고 있다가 다음 계획을 세우는 게 좋겠소."

양산박 위에 잔물결 이니
충의당 안에서 큰 기운 뻗쳐오르네